我这一辈子

老舍中短篇小说集

梦华 主编
老舍 著

中国华侨出版社
·北京·

前言

preface

老舍（1899—1966），原名舒庆春，字舍予，满族正红旗人，我国现代著名作家、杰出的语言大师，被誉为“人民艺术家”。老舍是他最常用的笔名，另有鸿来、非我等笔名。

老舍出生在北京西城小羊圈胡同（现名小杨家胡同）一个满族贫民家庭。父亲是一名满族的护军，阵亡在八国联军攻打北京城的巷战中，所以，老舍从小就与母亲相依为命，在北京底层市民的生活环境中长大。9 岁时，他受人资助进入私塾读书。1913 年，老舍考入京师第三中学（现北京市第三中学），数月后因经济困难退学。同年考取公费的北京师范学校，于 1918 年毕业。1924 年秋，老舍赴英国，任伦敦大学亚非学院中文教员。在此期间，他利用业余时间阅读了大量西欧文学名著，并开始文学创作。1966 年 8 月 24 日深夜，老舍自沉于北京西北的太平湖畔，终年 67 岁。

老舍一生共留下 800 万字的作品，多以老北京平民生活为题材，他擅长用纯熟的北京话做细致的描绘，展现出地道的北京味儿，代表作有《骆驼祥子》《茶馆》

《四世同堂》《二马》《离婚》《龙须沟》等。这些作品语言朴实无华，幽默诙谐，为中国现代文学创造了一个丰满完整的市民世界和独特生动的市民形象体系。老舍是用文字绘画的丹青妙手，勾描人物，涂抹风景，无论笔墨或浓或淡，那力透纸背的功夫，令人捧腹的幽默，一看便知只能是老舍的。他不用字典里的现成词汇去掉书袋，也不会为诱惑读者故意雕饰文字；他不板面孔、不摆架子，也不云里雾里地说空话，而全凭思想牵着笔头，化技巧于无形，文章自然、率真地从心底流淌出来。

本书精选老舍经典中短篇小说《我这一辈子》《月牙儿》《断魂枪》等，篇篇皆为经典中的经典。这些作品多取材于当时人们的日常生活，通过平凡的场景反映普遍的社会冲突，挖掘对人民生存、命运的思考。为了尊重原著，我们保留了原文中的古今异体字、传统的标点使用习惯等，力求确保作品的原汁原味，其中对一些北京方言、难解字词，做了注释，毫无阅读障碍。这些作品文笔细致入微，极尽渲染之笔触，让人从诙谐之中体味人生哲思。

目录

contents

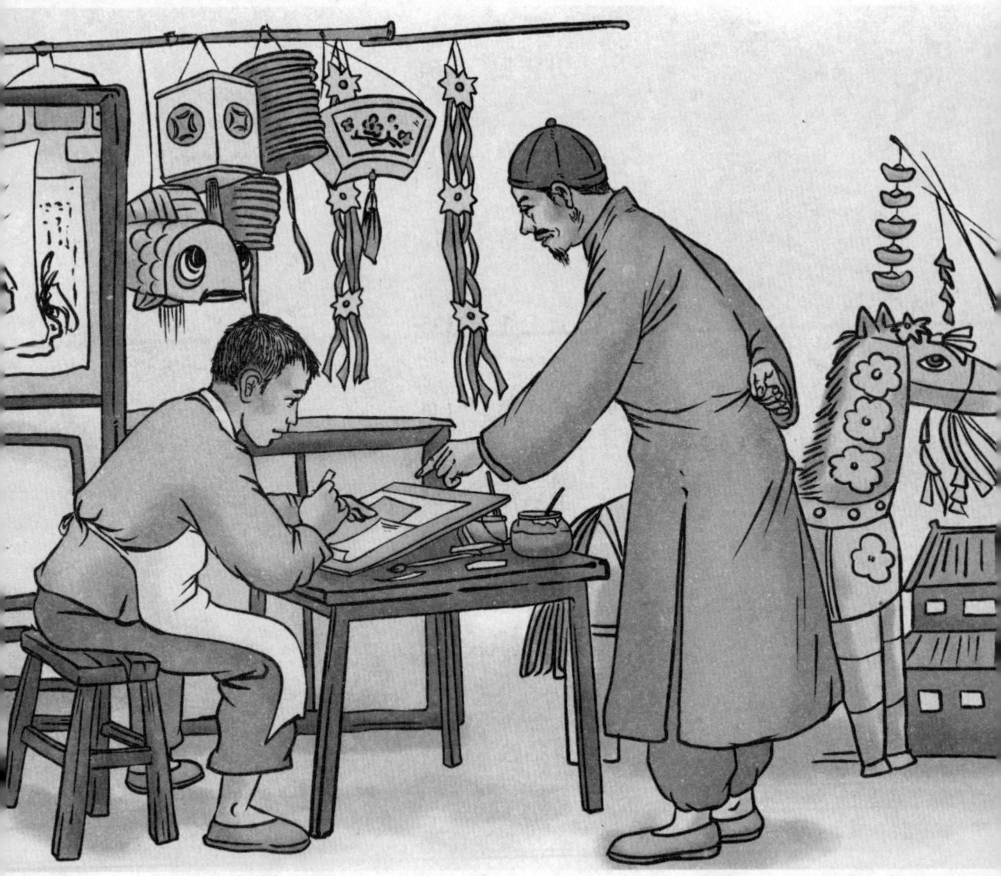

我这一辈子

一

我幼年读过书，虽然不多，可是足够读《七侠五义》与《三国志演义》什么的。我记得好几段聊斋，到如今还能说得很齐全动听，不但听的人都夸奖我的记性好，连我自己也觉得应该高兴。可是，我并念不懂聊斋的原文，那太深了；我所记得的几段，都是由小报上的“评讲聊斋”念来的——把原文变成白话，又添上些逗哏打趣，实在有个意思！

我的字写得也不坏。拿我的字和老年间衙门里的公文比一比，论个儿的匀适，墨色的光润，与行列的齐整，我实在相信我可以作个很好的“笔帖式”。自然我不敢高攀，说我有写奏折的本领，可是眼前的通常公文是准保能写到好处的。

凭我认字与写的本事，我本该去当差。当差虽不见得一定能增光耀祖，但是至少也比作别的事更体面些。况且呢，差事不管大小，多少总有个升腾。我看见不止一位了，官职很大，可是那笔字还不如我的好呢，连句整话都说不出来。这样的人既能作高官，我怎么不能呢？

可是，当我十五岁的时候，家里教我去学徒。五行八作，行行出状元，学手艺原不是什么低搭的事；不过比较当差稍差点劲儿罢了。

学手艺，一辈子逃不出手艺人去，即使能大发财源，也高不过大官儿不是？可是我并没和家里闹别扭，就去学徒了；十五岁的人，自然没有多少主意。况且家里老人还说，学满了艺，能挣上钱，就给我说亲事。在当时，我想象着结婚必是件有趣的事。那么，吃上二三年的苦，而后大人似的去耍手艺挣钱，家里再有个小媳妇，大概也很下得去了。

我学的是裱糊匠。在那太平年月，裱匠是不愁没饭吃的。那时候，死一个人不像现在这么省事。这可并不是说，老年间的人要翻来覆去的死好几回，不干脆的一下子断了气。我是说，那时候死人，丧家要拼命的花钱，一点不惜力气与金钱的讲排场。就拿与冥衣铺有关系的事来说吧，就得花上老些个钱。人一断气，马上就得去糊“倒头车”——现在，连这个名词儿也许有好多人不晓得了。紧跟着便是“接三”，必定有些烧活：车轿骡马，墩箱灵人，引魂幡，灵花，等等。要是害月子病死的，还必须另糊一头牛，和一个鸡罩。赶到“一七”念经，又得糊楼库，金山银山，尺头元宝，四季衣服，四季花草，古玩陈设，各样木器。及至出殡，纸亭纸架之外，还有许多烧活，至不济也得弄一对“童儿”举着。“五七”烧伞，六十天糊船桥。一个死人到六十天后才和我们裱糊匠脱离关系。一年之中，死那么十来个有钱的人，我们便有了吃喝。

裱糊匠并不专伺候死人，我们也伺候神仙。早年间的神仙不像如今晚儿的这样寒碜，就拿关老爷说吧，早年间每到六月二十四，人们必给他糊黄幡宝盖，马童马匹，和七星大旗什么的。现在，几乎没有人再惦记着关公了！遇上闹“天花”，我们又得为娘娘们忙一阵。九位娘娘得糊九顶轿子，红马黄马各一匹，九份凤冠霞帔，还得预备痘哥哥痘姐姐们的袍带靴帽，和各样执事。如今，医院都施种牛痘，娘娘们无事可作，裱糊匠也就陪着她们闲起来了。此外还有许许多多的

"还愿"的事，都要糊点什么东西，可是也都随着破除迷信没人再提了。年头真是变了啊！

除了伺候神与鬼外，我们这行自然也为活人作些事。这叫作"白活"，就是给人家糊顶棚。早年间没有洋房，每遇到搬家，娶媳妇，或别项喜事，总要把房间糊得四白落地，好显出焕然一新的气象。那大富之家，连春秋两季糊窗子也雇用我们。人是一天穷似一天了，搬家不一定糊棚顶，而那些有钱的呢，房子改为洋式的，棚顶抹灰，一劳永逸；窗子改成玻璃的，也用不着再糊上纸或纱。什么都是洋式好，耍手艺的可就没了饭吃。我们自己也不是不努力呀，洋车时行，我们就照样糊洋车；汽车时行，我们就糊汽车，我们知道改良。可是有几家死了人来糊一辆洋车或汽车呢？年头一旦大改良起来，我们的小改良全算白饶，水大漫不过鸭子去，有什么法儿呢！

二

上面交代过了：我若是始终仗着那份儿手艺吃饭，恐怕就早已饿死了。不过，这点本事虽不能永远有用，可是三年的学艺并非没有很大的好处，这点好处教我一辈子享用不尽。我可以撂下家伙，干别的营生去；这点好处可是老跟着我。就是我死后，有人谈到我的为人如何，他们也必须要记得我少年曾学过三年徒。

学徒的意思是一半学手艺，一半学规矩。在初到铺子去的时候，不论是谁也得害怕，铺中的规矩就是委屈。当徒弟的得晚睡早起，得听一切的指挥与使遣，得低三下四的伺候人，饥寒劳苦都得高高兴兴的受着，有眼泪往肚子里咽。像我学艺的所在，铺子也就是掌柜的家；受了师傅的，还得受师母的，夹板儿气！能挺过这么三年，顶倔强的人也得软了，顶软和的人也得硬了；我简直的可以这么说，一个学徒的脾性不是天生带来的，而是被板子打出来的；像打铁一样，要打什么东西便成什么东西。

在当时正挨打受气的那一会儿，我真想去寻死，那种气简直不是人所受得住的！但是，现在想起来，这种规矩与调教实在值金子。受过这种排练，天下便没有什么受不了的事啦。随便提一样吧，比方说教我去当兵，好哇，我可以作个满好的兵。军队的操演有时有会儿，而学徒们是除了睡觉没有任何休息时间的。我抓着工夫去出恭，一边蹲着一边就能打个盹儿，因为遇上赶夜活的时候，我一天一夜只能睡上三四点钟的觉。我能一口吞下去一顿饭，刚端起饭碗，不是师傅喊，就是师娘叫，要不然便是有照顾主儿来定活，我得恭而敬之的招待，并且细心听着师傅怎样论活讨价钱。不把饭整吞下去怎么办呢？这种排练教我遇到什么苦处都能硬挺，外带着还是挺和气。读书的人，据我这粗人看，永远不会懂得这个。现在的洋学堂里开运动会，学生跑上两个圈就仿佛有了汗马功劳一般，喝！又是搀着，又是抱着，往大腿上拍火酒，还闹脾气，还坐汽车！这样的公子哥儿哪懂得什么叫作规矩，哪叫排练呢？话往回来说，我所受的苦处给我打下了作事任劳任怨的底子，我永远不肯闲着，作起活来永不晓得闹脾气，要别扭，我能和大兵们一样受苦，而大兵们不能像我这么和气。

再拿件实事来证明这个吧：在我学成出师以后，我和别的耍手艺的一样，为表明自己是凭本事挣钱的人，第一我先买了根烟袋，只要一闲着便捻上一袋吧唧着，仿佛很有身份，慢慢的，我又学了喝酒，时常弄两盅猫尿咂着嘴儿抿几口。嗜好就怕开了头，会了一样就不难学第二样，反正都是个玩艺吧咧。这可也就出了毛病。我爱烟爱酒，原本不算什么稀奇的事，大家伙儿都差不多是这样。可是，我一来二去的学会了吃大烟。那个年月，鸦片烟不犯私，非常的便宜；我先是吸着玩，后来可就上了瘾。不久，我便觉出手紧来了，作事也不似先前那么上劲了。我并没等谁劝告我，不但戒了大烟，而且把旱烟袋也撅了，从此烟酒不动！我入了“理门”。入理门，烟酒都不准动；一旦破戒，必走背运。所以我不但戒了嗜好，而且入了理门；背运在那儿等着我，我怎肯再犯戒呢？这点心胸与硬气，如今想起来，还是由学徒得来的。多大的苦处我都能忍受。初一戒烟戒酒，看着别人吸，别人饮，多么难过呢！心里真像有一千条小虫爬挠那么痒痒触触的难过。但是我不能破戒，怕走背运。其实背运不背运的，都是日后的事，眼前的罪过可是不好受呀！硬挺，只有硬挺才能成功，怕走背运还在其次。我居然挺过来了，因为我学过徒，受过排练呀！

提到我的手艺来，我也觉得学徒三年的光阴并没白费了。凡是一门手艺，都得随时改良，方法是死的，运用可是活的。三十年前的瓦匠，讲究会磨砖对缝，作细工儿活；现在，他得会用洋灰和包镶人造石什么的。三十年前的木匠，讲究会雕花刻木，现在得会造洋式木器。我们这行也如此，不过比别的行业更活动。我们这行讲究看见什么就能糊什么。比方说，人家落了丧事，教我们糊一桌全席，我们就能糊出鸡鸭鱼肉来。赶上人家死了未出阁的姑娘，教我们糊一全份嫁妆，不管是四十八抬，还是二十二抬，我们便能由粉罐油瓶一直糊到衣橱穿衣镜。眼睛一看，手就能模仿下来，这是我们的本事。我们的本事不大，可是得有点聪明，一个心窟窿的人绝不会成个好裱糊匠。

这样，我们作活，一边工作也一边游戏，仿佛是。我们的成败全仗着怎么把各色的纸调动的合适，这是要心路的事儿。以我自己说，我有点小聪明。在学徒时候所挨的打，很少是为学不上活来，而多半是因为我有聪明而好调皮不听话。我的聪明也许一点也显露不出来，假若我是去学打铁，或是拉大锯——老那么打，老那么拉，一点变动没有。幸而我学了裱糊匠，把基本的技能学会了以后，我便开始自出花样，怎么灵巧逼真我怎么作。有时候我白费了许多工夫与材料，而作不出我所想到的东西，可是这更教我加紧的去揣摸，去调动，非把它作成不可。这个，真是个好习惯。有聪明，而且知道用聪明，我必须感谢这三年的学徒，在这三年养成了我会用自己的聪明的习惯。诚然，我一辈子没作过大事，但是无论什么事，只要是平常人能作的，我一瞧就能明白个五六成。我会砌墙，栽树，修理钟表，看皮货的真假，合婚择日，知道五行八作的行话上诀窍……这些，我都没学过，只凭我的眼去看，我的手去试验；我有勤苦耐劳与多看多学的习惯；这个习惯是在冥衣铺学徒三年养成的。到如今我才明白过来——我已是快饿死的人了！——假若我多读上几年书，只抱着书本死啃，像那些秀才与学堂毕业的人们那样，我也许一辈子就糊糊涂涂的下去，而什么也不晓得呢！裱糊的手艺没有给我带来官职和财产，可是它让我活的很有趣；穷，但是有趣，有点人味儿。

刚二十多岁，我就成为亲友中的重要人物了。不因为我有钱与身份，而是因为我办事细心，不辞劳苦。自从出了师，我每天在街口的

茶馆里等着同行的来约请帮忙。我成了街面上的人，年轻，利落，懂得场面。有人来约，我便去作活；没人来约，我也闲不住：亲友家许许多多的事都托咐我给办，我甚至于刚结过婚便给别人家作媒了。

给别人帮忙就等于消遣。我需要一些消遣。为什么呢？前面我已说过：我们这行有两种活，烧活和白活。作烧活是有趣而干净的，白活可就不然了。糊顶棚自然得先把旧纸撕下来，这可真够受的，没作过的人万也想不到顶棚上会能有那么多尘土，而且是日积月累攒下来的，比什么土都干，细，钻鼻子，撕完三间屋子的棚，我们就都成了土鬼。及至扎好了秫秸，糊新纸的时候，新银花纸的面子是又臭又挂鼻子。尘土与纸面子就能教人得痨病——现在叫作肺病。我不喜欢这种活儿。可是，在街上等工作，有人来约就不能拒绝，有什么活得干什么活。应下这种活儿，我差不多老在下边裁纸递纸抹浆糊，为的是可以不必上“交手”，而且可以低着头干活儿，少吃点土。就是这样，我也得弄一身灰，我的鼻子也得像烟筒。作完这么几天活，我愿意作点别的，变换变换。那么，有亲友托我办点什么，我是很乐意帮忙的。

再说呢，作烧活吧，作白活吧，这种工作老与人们的喜事或丧事有关系。熟人们找我定活，也往往就手儿托我去讲别项的事，如婚丧事的搭棚、讲执事、雇厨子、定车马，等等。我在这些事儿中渐渐找出乐趣，晓得如何能捏住巧处，给亲友们既办得漂亮，又省些钱，不能窝窝囊囊的被人捉了“大头”。我在办这些事儿的时候，得到许多经验，明白了许多人情，久而久之，我成了个很精明的人，虽然还不到三十岁。

三

由前面所说过的去推测，谁也能看出来，我不能老靠着裱糊的手艺挣饭吃。像逛庙会忽然遇上雨似的，年头一变，大家就得往四散里跑。在我这一辈子里，我仿佛是走着下坡路，收不住脚。心里越盼着天下太平，身子越往下出溜。这次的变动，不使人缓气，一变好像就要变到底。这简直不是变动，而是一阵狂风，把人糊糊涂涂的刮得不知上哪里去了。在我小时候发财的行当与事情，许多许多都忽然走到绝处，永远不再见面，仿佛掉在了大海里头似的。裱糊这一行虽然到如今还阴死巴活的始终没完全断了气，可是大概也不会再有抬头的一日了。我老早的就看出这个来。在那太平的年月，假若我愿意的话，我满可以开个小铺，收两个徒弟，安安顿顿的混两顿饭吃。幸而我没那么办。一年得不到一笔大活，只仗着糊一辆车或两间屋子的顶棚什么的，怎能吃饭呢？睁开眼看看，这十几年了，可有过一笔体面的活？我得改行，我算是猜对了。

不过，这还不是我忽然改了行的唯一的原因。年头儿的改变不是个人所能抵抗的，胳臂扭不过大腿去，跟年头儿叫死劲简直是自己找别扭。可是，个人独有的事往往来得更厉害，它能马上教人疯了。去投河觅井都不算新奇，不用说把自己的行业放下，而去干些别的了。个人的事虽然很小，可是一加在个人身上便受不住；一个米粒很小，教蚂蚁去搬运便很费力气。个人的事也是如此。人活着是仗了一口气，多嗜有点事儿，把这口气憋住，人就要抽风。人是多么小的玩艺儿呢！

我的精明与和气给我带来背运。乍一听这句话仿佛是不合情理，可是千真万确，一点儿不假，假若这要不落在我自己身上，我也许不大相信天下会有这宗事。它竟自找到了我；在当时，我差不多真成了个疯子。隔了这么二三十年，现在想起那回事儿来，我满可以微微一笑，仿佛想起一个故事来似的。现在我明白了个人的好处不必一定就有利于自己。一个人好，大家都好，这点好处才有用，正是如鱼得水。一个人好，而大家并不都好，个人的好处也许就是让他倒霉的祸根。精明和气有什么用呢！现在，我悟过这点理儿来，想起那件事不过点点头，笑一笑罢了。在当时，我可真有点咽不下去那口气。那时候我还很年轻啊。

哪个年轻的人不爱漂亮呢？在我年轻的时候，给人家行人情或办点事，我的打扮与气派谁也不敢说我是个手艺人。在早年间，皮货很贵，而且不准乱穿。如今晚的人，今天得了马票或奖券，明天就可以穿上狐皮大衣，不管是个十五岁的孩子还是二十岁还没刮过脸的小伙子。早年间可不行，年纪身份决定个人的服装打扮。那年月，在马褂或坎肩上安上一条灰鼠领子就仿佛是很漂亮阔气。我老安着这么条领子，马褂与坎肩都是青大缎的——那时候的缎子也不怎么那样结实，一件马褂至少也可以穿上十来年。在给人家糊棚顶的时候，我是个土鬼；回到家中一梳洗打扮，我立刻变成个漂亮小伙子。我不喜欢那个土鬼，所以更爱这个漂亮的青年。我的辫子又黑又长，脑门剃得锃光青亮，穿上带灰鼠领子的缎子坎肩，我的确像个“人儿”！

一个漂亮小伙子所最怕的恐怕就是娶个丑八怪似的老婆吧。我早已有意无意的向老人们透了个口话：不娶倒没什么，要娶就得来个够样儿的。那时候，自然还不时行自由婚，可是已有男女两造对相对看的办法。要结婚的话，我得自己去相看，不能马马虎虎就凭媒人的花言巧语。

二十岁那年，我结了婚，我的妻比我小一岁。把她放在哪里，她也得算个俏式利落的小媳妇；在定婚以前，我亲眼相看的呀。她美不美，我不敢说，我说她俏式利落，因为这四个字就是我择妻的标准；她要是不够这四个字的格儿，当初我决不会点头。在这四个字里很可以见出我自己是怎样的人来。那时候，我年轻，漂亮，作事麻利，所以我一定不能要个笨牛似的老婆。

这个婚姻不能说不是天配良缘。我俩都年轻，都利落，都个子不高；在亲友面前，我们像一对轻巧的陀螺似的，四面八方的转动，招得那年岁大些的人们眼中要笑出一朵花来。我俩竞争着去在大家面前显出个人的机警与口才，到处争强好胜，只为教人夸奖一声我们是一对最有出息的小夫妇。别人的夸奖增高了我俩彼此间的敬爱，颇有点英雄惜英雄，好汉爱好汉的劲儿。

我很快乐，说实话：我的老人没挣下什么财产，可是有一所儿房。我住着不用花租金的房子，院中有不少的树木，檐前挂着一对黄鸟。我呢，有手艺，有人缘，有个可心的年轻女人。不快乐不是自找别扭吗？

对于我的妻，我简直找不出什么毛病来。不错，有时候我觉得她有点太野；可是哪个利落的小媳妇不爽快呢？她爱说话，因为她会说；她不大躲避男人，因为这正是作媳妇所应享的利益，特别是刚出嫁而有些本事的小媳妇，她自然愿意把作姑娘时的腼腆收起一些，而大大方方的自居为“媳妇”。这点实在不能算作毛病。况且，她见了长辈又是那么亲热体贴，殷勤的伺候，那么她对年轻一点的人随便一些也正是理之当然；她是爽快大方，所以对于年老的正像对于年少的，都愿表示出亲热周到来。我没因为她爽快而责备她过。

她有了孕，作了母亲，她更好看了，也更大方了——我简直的不忍再用那个“野”字！世界上还有比怀孕的少妇更可怜，年轻的母亲更可爱的吗？看她坐在门坎上，露着点胸，给小娃娃奶吃，我只能更爱她，而想不起责备她太不规矩。

到了二十四岁，我已有一儿一女。对于生儿养女，作丈夫的有什么功劳呢！赶上高兴，男子把娃娃抱起来，耍巴一回；其余的苦处全是女人的。我不是个糊涂人，不必等谁告诉我才能明白这个。真的，生小孩，养育小孩，男人有时候想去帮忙也归无用；不过，一个懂得点人事的人，自然该使作妻的痛快一些，自由一些；欺侮孕妇或一个

年轻的母亲，据我看，才真是混蛋呢！对于我的妻，自从有了小孩之后，我更放任了些；我认为这是当然的合理的。

再一说呢，夫妇是树，儿女是花；有了花的树才能显出根儿深。一切猜忌，不放心，都应该减少，或者完全消灭；小孩子会把母亲拴得结结实实的。所以，即使我觉得她有点野——真不愿用这个臭字——我也不能不放心了，她是个母亲呀。

四

直到如今，我还是不能明白那到底是怎么一回事。

我所不能明白的事也就是当时叫我差点儿疯了的事，我的妻跟人家跑了。

我再说一遍，到如今我还不能明白那到底是怎么回事。我不是个固执的人，因为我久在街面上，懂得人情，知道怎样找出自己的长处与短处。但是，对于这件事，我把自己的短处都找遍了，也找不出应当受这种耻辱与惩罚的地方来。所以，我只能说我的聪明与和气给我带来祸患，因为我实在找不出别的道理来。

我有位师哥，这位师哥也就是我的仇人。街口上，人们都管他叫作黑子，我也就还这么叫他吧；不便道出他的真名实姓来，虽然他是我的仇人。“黑子”，由于他的脸不白；不但不白，而且黑得特别，所以才有这个外号。他的脸真像个早年间人们揉的铁球，黑，可是非常的亮；黑，可是光润；黑，可是油光水滑的可爱。当他喝下两盅酒，或发热的时候，脸上红起来，就好像落太阳时的一些黑云，黑里透出一些红光。至于他的五官，简直没有什么好看的地方，我比他漂亮多了。他的身量很高，可也不见得怎么魁梧，高大而懈懈松松的。他所以不至叫人讨厌他，总而言之，都仗着那一张发亮的黑脸。

我跟他是很好的朋友。他既是我的师哥，又那么傻大黑粗的，即使我不喜爱他，我也不能无缘无故的怀疑他。我的那点聪明不是给我预备着去猜疑人的；反之，我知道我的眼睛里不容砂子，所以我因信任自己而信任别人。我以为我的朋友都不至于偷偷的对我掏坏招数。一旦我认定谁是个可交的人，我便真拿他当个朋友看待。对于我这个师哥，即使他有可猜疑的地方，我也得敬重他，招待他，因为无论怎样，他到底是我的师哥呀。同是一门儿学出来的手艺，又同在一个街口上混饭吃，有活没活，一天至少也得见几面；对这么熟的人，我怎能不拿他当作个好朋友呢？有活，我们一同去作活；没活，他总是到我家来吃饭喝茶，有时候也摸几把索儿胡玩—— 那时候“麻将”还不十分时兴。我和蔼，他也不客气；遇到什么就吃什么，遇到什么就喝什么，我一向不特别为他预备什么，他也永远不挑剔。他吃的很多，可是不懂得挑食。看他端着大碗，跟着我们吃热汤儿面什么的，真是个痛快的事。他吃得四脖子汗流，嘴里西啦胡噜的响，脸上越来越红，慢慢的成了个半红的大煤球似的；谁能说这样的人能存着什么坏心眼儿呢！

一来二去，我由大家的眼神看出来天下并不很太平。可是，我并没有怎么往心里搁这回事。假若我是个糊涂人，只有一个心眼，大概对这种事不会不听见风就就是雨，马上

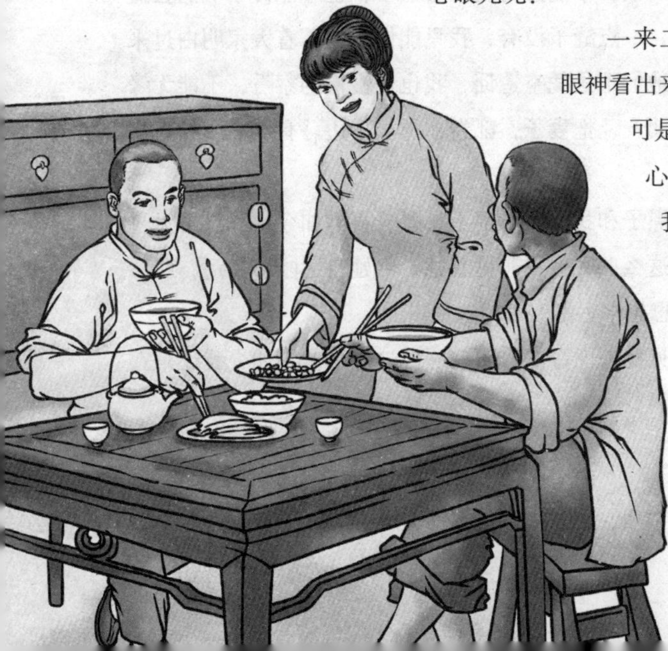

闹个天昏地暗，也许立刻把事情弄个水落石出，也许是望风捕影而弄一鼻子灰。我的心眼多，决不肯这么糊涂瞎闹，我得平心静气的想一想。

先想我自己，想不出我有什么不对的地方来，即使我有许多毛病，反正至少我比师哥漂亮，聪明，更像个人儿。

再看师哥吧，他的长相、行为、财力，都不能叫他为非作歹，他不是那种一见面就叫女人动心的人。

最后，我详详细细的为我的年轻的妻子想一想：她跟了我已经四五年，我俩在一处不算不快乐。即使她的快乐是假装的，而愿意去跟个她真喜爱的人——这在早年间几乎是不能有的——大概黑子也绝不会是这个人吧？他跟我都是手艺人，他的身份一点不比我高。同样，他不比我阔，不比我漂亮，不比我年轻；那么，她贪图的是什么呢？想不出。就满打说她是受了他的引诱而迷了心，可是他用什么引诱她呢，是那张黑脸，那点本事，那身衣裳，腰里那几吊钱？笑话！哼，我要是有意的话吗，我倒满可以去引诱引诱女人；虽然钱不多，至少我有个样子。黑子有什么呢？再说，就是说她一时迷了心窍，分别不出好歹来，难道她就肯舍得那两个小孩吗？

我不能信大家的话，不能立时疏远了黑子，也不能傻子似的去盘问她。我全想过了，一点缝子没有，我只能慢慢的等着大家明白过来他们是多虑。即使他们不是凭空造谣，我也得慢慢的察看，不能无缘无故的把自己，把朋友，把妻子，都卷在黑土里边。有点聪明的人作事不能鲁莽。

可是，不久，黑子和我的妻子都不见了。直到如今，我没再见过他俩。为什么她肯这么办呢？我非见着她，由她自己吐出实话，我不会明白。我自己的思想永远不够对付这件事的。

我真盼望能再见她一面，专为明白明白这件事。到如今我还是在个葫芦里。

当时我怎样难过，用不着我自己细说。谁也能想到，一个年轻漂亮的人，守着两个没了妈的小孩，在家里是怎样的难过；一个聪明规矩的人，最亲爱的妻子跟师哥跑了，在街面上是怎么难堪。同情我的人，有话说不出，不认识我的人，听到这件事，总不会责备我的师哥，而一直的管我叫“王八”。在咱们这讲孝悌忠信的社会里，人们很喜欢有个王八，好教大家有放手指头的准头。我的口闭上，我的牙咬住，我心中只有他们俩的影儿和一片血。不用叫我见着他们，见着就是一刀，别的无须乎再说了。

在当时，我只想拼上这条命，才觉得有点人味儿。现在，事情过去这么多年了。我可以细细的想这件事在我这一辈子里的作用了。

我的嘴并没闲着，到处我打听黑子的消息。没用，他俩真像石沉大海一般，打听不着确实的消息，慢慢的我的怒气消散了一些；说也奇怪，怒气一消，我反倒可怜我的妻子。黑子不过是个手艺人，而这种手艺只能在京津一带大城里找到饭吃，乡间是不需要讲究的烧活的。那么，假若他俩是逃到远处去，他拿什么养活她呢？哼，假若他肯偷好朋友的妻子，难道他就不会把她卖掉吗？这个恐惧时常在我心中绕来绕去。我真希望她忽然逃回来，告诉我她怎样上了当，受了苦处；假若她真跪在我的面前，我想我不会不收下她的，一个心爱的女人，永远是心爱的，不管她作了什么错事。她没有回来，没有消息，我恨她一会儿，又可怜她一会儿，胡思乱想，我有时候整夜的不能睡。

过了一年多，我的这种乱想又轻淡了许多。是的，我这一辈子也不能忘了她，可是我不再为她思索什么了。我承认了这是一段千真万确的事实，不必为它多费心思了。

我到底怎样了呢？这倒是我所要说的，因为这件我永远猜不透的事在我这一辈子里实在是件极大的事。这件事好像是在梦中丢失了我最亲爱的人，一睁眼，她真的跑得无影无踪了。这个梦没法儿明白，可是它的真确劲儿是谁也受不了的。作过这么个梦的人，就是没有成疯子，也得大大的改变；他是去失了半个命呀！

五

最初，我连屋门也不肯出，我怕见那个又明又暖的太阳。

顶难堪的是头一次上街：抬着头大大方方的走吧，准有人说我天生来的不知羞耻。低着头走，便是自己招认了脊背发软。怎么着也不对。我可是问心无愧，没作过一点对不起人的事。

我破了戒，又吸烟喝酒了。什么背运不背运的，有什么再比丢了老婆更倒霉的呢？我不求人家可怜我，也犯不上成心对谁耍刺儿，我独自吸烟喝酒，把委屈放在心里好了。再没有比不测的祸患更能扫除了迷信的；以前，我对什么神仙都不敢得罪；现在，我什么也不信，连活佛也不信了。迷信，我咂摸出来，是盼望得点意外的好处；赶到遇上意外的难处，你就什么也不盼望，自然也不迷信了。我把财神和灶王的龛——我亲手糊的——都烧了。亲友中很有些人说我成了二毛子的。什么二毛子三毛子的，我再不给谁磕头。人若是不可靠，神仙就更没准儿了。

我并没变成忧郁的人。这种事本来是可以把人愁死的，可是我没往死牛犄角里钻。我原是个活泼的人，好吧，我要打算活下去，就得别丢了我的活泼劲儿。不错，意外的大祸往往能忽然把一个人的习惯与脾气改变了；可是我决定要保持住我的活泼。我吸烟，喝酒，不再信神佛，不过都是些使我活泼的方法。不管我是真乐还是假乐，我乐！在我学艺的时候，我就会这一招，经过这次的变动，我更必须这样了。现在，我已快饿死了，我还是笑着，连我自己也说不清这是真的还是假的笑，反正我笑，多咱死了多咱我并上嘴。从那件事发生了以后，直到如今，我始终还是个有用的人，热心的人，可是我心中有了个空儿。这个空儿是那件不幸的事给我留下的，像墙上中了枪弹，老有个小窟窿似的。我有用，我热心，我爱给人家帮忙，但是不幸而事情没办到好处，或者想不到的扎手，我不着急，也不动气，因为我心中有个空儿。这个空儿会教我在极热心的时候冷静，极欢喜的时候有点悲哀，我的笑常常和泪碰在一处，而分不清哪个是哪个。

这些，都是我心里头的变动，我自己要是不说——自然连我自己也说不大完全——大概别人无从猜到。在我的生活上，也有了变动，这是人人能看到的。我改了行，不再当裱糊匠，我没脸再上街口去等生意，同行的人，认识我的，也必认识黑子；他们只须多看我几眼，我就没法再咽下饭去。在那报纸还不大时行的年月，人们的眼睛是比新闻还要厉害的。现在，离婚都可以上衙门去明说明讲，早年间男女的事儿可不能这么随便。我把同行中的朋友全放下了，连我的师傅师母都懒得去看，我仿佛是要由这个世界一脚跳到另一个世界去。这样，我觉得我才能独自把那桩事关在心里头。年头的改变教裱糊匠们的活路越来越狭，但是要不是那回事，我也不会改行改得这么快，这么干脆。放弃了手艺，没什么可惜；可是这么放弃了手艺，我也不会感谢“那”回事儿！不管怎说吧，我改了行，这是个显然的变动。

决定扔下手艺可不就是我准知道应该干什么去。我得去乱碰，像一支空船浮在水面上，浪头是它的指南针。在前面我已经说过，我认识字，还能抄抄写写，很够当个小差事的。再说呢，当差是个体面的事，我这丢了老婆的人若能当上差，不用说那必能把我的名誉恢复了一些。现在想起来，这个想法真有点可笑；在当时我可是诚心的相信这是最高明的办法。“八”字还没有一撇儿，我觉得很高兴，仿佛我已经很有把握，既得到差事，又能恢复了名誉。我的头又抬得很高了。

哼！手艺是三年可以学成的；差事，也许要三十年才能得上吧！一个钉子跟着一个钉子，都预备着给我碰呢！我说我识字，哼！敢情有好些个能整本背书的人还挨饿呢。我说我会写字，敢情会写字的绝不算出奇呢。我把自己看得太高了。可是，我又亲眼看见，那作着很大的官儿的，一天到晚山珍海味的吃着，连自己的姓都不大认得。那么，是不是我的学问又太大了，而超过了作官所需要的呢？我这个聪明人也没法儿不显着糊涂了。

慢慢的，我明白过来。原来差事不是给本事预备着的，想做官第一得有人。这简直没了我的事，不管我有多么大的本事。我自己是个手艺人，所认识的也是手艺人；我爸爸呢，又是个白丁，虽然是很有本事与品行的白丁。我上哪里去找差事当呢？

事情要是逼着一个人走上哪条道儿，他就非去不可，就像火车一样，轨道已摆好，照着走就是了，一出花样准得翻车！我也是如此。决定扔下了手艺，而得不到个差事，我又不能老这么闲着。好啦，我的面前已摆好了铁轨，只准上前，不许退后。

我当了巡警。

巡警和洋车是大城里头给苦人们安好的两条火车道。大字不识而什么手艺也没有的，只好去拉车。拉车不用什么本钱，肯出汗就能吃窝窝头。识几个字而好体面的，有手艺而挣不上饭的，只好去当巡警；别的先不提，挑巡警用不着多大的人情，而且一挑上先有身制服穿着，六块钱拿着；好歹是个差事。除了这条道，我简直无路可走。我既没混到必须拉车去的地步，又没有作高官的舅舅或姐丈，巡警正好不高不低，只要我肯，就能穿上一身铜钮子的制服。当兵比当巡警有起色，即使熬不上军官，至少能有抢劫些东西的机会。可是，我不

能去当兵，我家中还有俩没娘的小孩呀。当兵要野，当巡警要文明；换句话说，当兵有发邪财的机会，当巡警是穷而文明一辈子；穷得要命，文明得稀松！

以后这五六十年的经验，我敢说这么一句：真会办事的人，到时候才说话，爱张罗办事的人——像我自己——没话也找话说。我的嘴老不肯闲着，对什么事我都有一片说词，对什么人我都想很恰当的给起个外号。我受了报应：第一件事，我丢了老婆，把我的嘴封起来一二年！第二件是我当了巡警。在我还没当上这个差事的时候，我管巡警们叫作“马路行走”，“避风阁大学士”和“臭脚巡”。这些无非都是说巡警们的差事只是站马路，无事忙，跑臭脚。哼！我自己当上“臭脚巡”了！生命简直就是自己和自己开玩笑，一点不假！我自己打了自己的嘴巴，可并不因为我作了什么缺德的事；至多也不过爱多说几句玩笑话罢了。在这里，我认识了生命的严肃，连句玩笑话都说不得的！好在，我心中有个空儿；我怎么叫别人“臭脚巡”，也照样叫自己。这在早年间叫作“抹稀泥”，现在的新名词应叫着什么，我还没能打听出来。

我没法不去当巡警，可是真觉得有点委屈。是呀，我没有什么出众的本事，但是论街面上的事，我敢说我比谁知道的也不少。巡警不是管街面上的事情吗？那么，请看看那些警官儿吧：有的连本地的话都说不上来，二加二是四还是五都得想半天。哼！他是官，我可是“招募警”；他的一双皮鞋够开我半年的饷！他什么经验与本事也没有，可是他作官。这样的官儿多了去啦！上哪儿讲理去呢？记得有位教官，头一天教我们操法的时候，忘了叫“立正”，而叫了“闸住”。用不着打听，这位大爷一定是拉洋车出身。有人情就行，今天你拉车，明天你姑父作了什么官儿，你就可以弄个教官当当；叫“闸住”也没关系，谁敢笑教官一声呢！这样的自然是不多，可是有这么一位教官，也就可以教人想到巡警的操法是怎么稀松二五眼了。内堂的功课自然绝不是这样教官所能担任的，因为至少得认识些个字才能“虎”得下来。我们的内堂的教官大概可以分为两种：一种是老人儿们，多数都有口鸦片烟瘾；他们要是能讲明白一样东西，就凭他们那点人情，大概早就作上大官儿了；唯其什么也讲不明白，所以才来作教官。另一种是年轻的小伙子们，讲的都是洋事，什么东洋巡警怎么样，什么法国违警律如何，仿佛我们都是洋鬼子。这种讲法有个好处，就是他们信口开河瞎扯，我们一边打盹一边听着，谁也不准知道东洋和法国是什么样儿，可不就随他的便说吧。我满可以编一套美国的事讲给大家听，可惜我不是教官罢了。这群年轻的小人们真懂外国事儿不懂，无从知道；反正我准知道他们一点中国事儿也不晓得。这两种教官的年纪上学问上都不同，可是他们有个相同的地方，就是他们都高不成低不就，所以对对付付的只能作教官。他们的人情真不小，可是本事太差，所以来教一群为六块洋钱而一声不敢出的巡警就最合适。

教官如此，别的警官也差不多是这样。想想：谁要是能去作一任知县或税局局长，谁肯来作警官呢？前面我已交代过了，当巡警是高不成低不就，不得已而为之。警官也是这样。这群人由上至下全是“狗熊耍扁担，混碗儿饭吃”。不过呢，巡警一天到晚在街面上，不论怎样抹稀泥，多少得能说会道，见机而作，把大事化小，小事化无；既不多给官面上惹麻烦，又让大家都过得去；真的吧假的吧，这总得算点本事。而作警官的呢，就连这点本事似乎也不必有。阎王好作，小鬼难当，诚然！

六

我再多说几句，或者就没人再说我太狂傲无知了。我说我觉得委屈，真是实话；请看吧：一月挣六块钱，这跟当仆人的一样，而没有仆人们那些“外找儿”；死挣六块钱，就凭这么个大人——腰板挺直，样子漂亮，年轻力壮，能说会道，还得识文断字！这一大堆资格，一共值六块钱！

六块钱饷粮，扣去三块半钱的伙食，还得扣去什么人情公议儿，净剩也就是两块上下钱吧。衣服自然是可以穿官发的，可是到休息的时候，谁肯还穿着制服回家呢；那么，不作不作也得有件大褂什么的。要是把钱作了大褂，一个月就算白混。再说，谁没有家呢？父母——呕，先别提父母吧！就说一夫一妻吧：至少得赁一间房，得有老婆的吃，喝，穿。就凭那两块大洋！谁也不许生病，不许生小孩，不许吸烟，不许吃点零碎东西；连这么着，月月还不够嚼谷！

我就不明白为什么肯有人把姑娘嫁给当巡警的，虽然我常给同事的做媒。当我一到女家提说的时候，人家总对我一撇嘴，虽不明说，但是意思很明显，“哼！当巡警的！”可是我不怕这一撇嘴，因为十回倒有九回是撇完嘴而点了头。难道是世界上的姑娘太多了吗？我不知道。

由哪面儿看，巡警都活该是鼓着腮梆子充胖子而教人哭不得笑不得的。穿起制服来，干净利落，又体面又威风，车马行人，打架吵嘴，都由他管着。他这是差事；可是他一月除了吃饭，净剩两块来钱。他自己也知道中气不足，可是不能不硬挺着腰板，到时候他得娶妻生子，还是仗着那两块来钱。提婚的时候，头一句是说：“小人呀当差！”当差的底下还有什么呢？没人愿意细问，一问就糟到底。

是的，巡警们都知道自己怎样的委屈，可是风里雨里他得去巡街下夜，一点懒儿不敢偷；一偷懒就有被开除的危险；他委屈，可不敢抱怨，他劳苦，可不敢偷闲，他知道自己在这里混不出来什么，而不敢冒险搁下差事。这点差事扔了可惜，作着又没劲；这些人也就人儿似的先混过一天是一天，在没劲中要露出劲儿来，像打太极拳似的。

世上为什么应当有这种差事，和为什么有这样多肯作这种差事的人？我想不出来。假若下辈子我再托生为人，而且忘了喝迷魂汤，还

记得这一辈子的事，我必定要扯着脖子去喊：这玩艺儿整个的是丢人，是欺骗，是杀人不流血！现在，我老了，快饿死了，连喊这么几句也顾不及了，我还得先为下顿的窝窝头着忙呀！

自然在我初当差的时候，我并没有一下子就把这些都看清楚了，谁也没有那么聪明。反之，一上手当差我倒觉出点高兴来：穿上整齐的制服，靴帽，的确我是漂亮精神，而且心里说：好吧歹吧，这是个差事；凭我的聪明与本事，不久我必有个升腾。我很留神看巡长巡官们制服上的铜星与金道，而想象着我将来也能那样。我一点也没想到那铜星与金道并不按着聪明与本事颁给人们呀。

新鲜劲儿刚一过去，我已经讨厌那身制服了。它不教任何人尊敬，而只能告诉人："臭脚巡"来了！拿制服的本身说，它也很讨厌：夏天它就像牛皮似的，把人闷得满身臭汗；冬天呢，它一点也不像牛皮了，而倒像是纸糊的；它不许谁在里边多穿一点衣服，只好任着狂风由胸口钻进来，由脊背钻出去，整打个穿堂！再看那双皮鞋，冬冷夏热，永远不教脚舒服一会儿；穿单袜的时候，它好像是两大篓子似的，脚指脚踵都在里边乱抓弄，而始终找不到鞋在哪里；到穿棉袜的时候，它们忽然变得很紧，不许棉袜与脚一齐伸进去。有多少人因包办制服皮鞋而发了财，我不知道，我只知道我的脚永远烂着，夏天闹湿气，冬天闹冻疮。自然，烂脚也得照常的去巡街站岗，要不然就别挣那六块洋钱！多么热，或多么冷，别人都可以找地方去躲一躲，连洋车夫都可以自由的歇半天，巡警得去巡街，得去站岗，热死冻死都活该，那六块现大洋买着你的命呢！

记得在哪儿看见过这么一句：食不饱，力不足。不管这句在原地方讲的是什么吧，反正拿来形容巡警是没有多大错儿的。最可怜，又可笑的是我们既吃不饱，还得挺着劲儿，站在街上得像个样子！要饭的花子有时不饿也弯着腰，假充饿了三天三夜；反之，巡警却不饱也得鼓起肚皮，假装刚吃完三大碗鸡丝面似的。花子装饿倒有点道理，我可就是想不出巡警假装酒足饭饱有什么理由来，我只觉得这真可笑。

人们都不满意巡警的对付事，抹稀泥。哼！抹稀泥自有它的理由。不过，在细说这个道理之前，我愿先说件极可怕的事。有了这件可怕的事，我再反回头来细说那些理由，仿佛就更顺当，更生动。好！就这样办啦。

七

应当有月亮，可是教黑云给遮住了，处处都很黑。我正在个僻静的地方巡夜。我的鞋上钉着铁掌，那时候每个巡警又须带着一把东洋刀，四下里鸦雀无声，听着我自己的铁掌与佩刀的声响，我感到寂寞无聊，而且几乎有点害怕。眼前忽然跑过一只猫，或忽然听见一声鸟叫，都教我觉得不是味儿，勉强着挺起胸来，可是心中总空空虚虚的，仿佛将有些什么不幸的事情在前面等着我。不完全是害怕，又不完全气粗胆壮，就那么怪不得劲的，手心上出了点凉汗。平日，我很有点胆量，什么看守死尸，什么独自看管一所脏房，都算不了一回事。不知为什么这一晚上我这样胆虚，心里越要耻笑自己，便越觉得不定哪里藏着点危险。我不便放快了脚步，可是心中急切的希望快回去，回到那有灯光与朋友的地方去。

忽然，我听见一排枪！我立定了，胆子反倒壮起来一点；真正的危险似乎倒可以治好了胆虚，惊疑不定才是恐惧的根源，我听着，像夜行的马竖起耳朵那样。又一排枪，又一排枪！没声了，我等着，听着，静寂得难堪。像看见闪电而等着雷声那样，我的心跳得很快。拍，拍，拍，拍，四面八方都响起来了！

我的胆气又渐渐的往下低落了。一排枪，我壮起气来；枪声太多了，真遇到危险了；我是个人，人怕死；我忽然的跑起来，跑了几步，猛的又立住，听一听，枪声越来越密，看不见什么，四下漆黑，只有枪声，不知为什么，不知在哪里，黑暗里只有我一个人，听着远处的枪响。往哪里跑？到底是什么事？应当想一想，又顾不得想；胆大也没用，没有主意就不会有胆量。还是跑吧，糊涂的乱动，总比呆立哆嗦着强。我跑，狂跑，手紧紧的握住佩刀。像受了惊的猫狗，不必想也知道往家里跑。我已忘了我是巡警，我得先回家看看我那没娘的孩子去，要是死就死在一处！

要跑到家，我得穿过好几条大街。刚到了头一条大街，我就晓得不容易再跑了。街上黑黑忽忽的人影，跑得很快，随跑随着放枪。兵！我知道那是些辫子兵。而我才刚剪了发不多日子。我很后悔我没像别人那样把头发盘起来，而是连根儿烂真正剪去了辫子。假若我能马上放下辫子来，虽然这些兵们平素很讨厌巡警，可是因为我有辫子或者不至于把枪口冲着我来。在他们眼中，没有辫子便是二毛子，该杀。我没有了这么条宝贝！我不敢再动，只能蒙在黑影里，看事行事。兵们在路上跑，一队跟着一队，枪声不停。我不晓得他们是干什么呢？待了一会儿，兵们好像是都过去了，我往外探了探头，见外面

没有什么动静，我就像一只夜鸟儿似的飞过了马路，到了街的另一边。在这极快的穿过马路的一会儿里，我的眼梢撩着一点红光。十字街头起了火。我还藏在黑影里，不久，火光远远的照亮了一片；再探头往外看，我已可以影影抄抄的看到十字街口，所有四面把角的铺户已全烧起来，火影中那些兵们来回的奔跑，放着枪。我明白了，这是兵变。不久，火光更多了，一处接着一处，由光亮的距离我可以断定：凡是附近的十字口与丁字街全烧了起来。

说句该挨嘴巴的话，火是真好看！远处，漆黑的天上，忽然一白，紧跟着又黑了。忽然又一白，猛的冒起一个红团，有一块天像烧红的铁板，红得可怕。在红光里看见了多少股黑烟，和火舌们高低不齐的往上冒，一会儿烟遮住了火苗；一会儿火苗冲破了黑烟。黑烟滚着，转着，千变万化的往上升，凝成一片，罩住下面的火光，像浓雾掩住了夕阳。待一会儿，火光明亮了一些，烟也改成灰白色儿，纯净，旺炽，火苗不多，而光亮结成一片，照明了半个天。那近处的，烟与火中带着种种的响声，烟往高处起，火往四下里奔；烟像些丑恶的黑龙，火像些乱长乱钻的红铁笋。烟裹着火，火裹着烟，卷起多高，忽然离散，黑烟里落下无数的火花，或者三五个极大的火团。火花火团落下，烟像痛快轻松了一些，翻滚着向上冒。火团下降，在半空中遇到下面的火柱，又狂喜的往上跳跃，炸出无数火花。火团远落，遇到可以燃烧的东西，整个的再点起一把新火，新烟掩住旧火，一时变为黑暗；新火冲出了黑烟，与旧火联成一气，处处是火舌，火柱，飞舞，吐动，摇摆，颠狂。忽然哗啦一声，一架房倒下去，火星，焦炭，尘土，白烟，一齐飞扬，火苗压在下面，一齐在底下往横里吐射，像千百条探头吐舌的火蛇。静寂，静寂，火蛇慢慢的，忍耐的，往上翻。绕到上边来，与高处的火接到一处，通明，纯亮，忽忽的响着，要把人的心全照亮了似的。

我看着，不，不但看着，我还闻着呢！在种种不同的味道里，我哑摸着：这是那个金匾黑字的绸缎庄，那是那个山西人开的油酒店。由这些味道，我认识了那些不同的火团，轻而高飞的一定是茶叶铺的，迟笨黑暗的一定是布店的。这些买卖都不是我的，可是我都认得，闻着它们火葬的气味，看着它们火团的起落，我说不上来心中怎样难过。

我看着，闻着，难过，我忘了自己的危险，我仿佛是个不懂事的小孩，只顾了看热闹，而忘了别的一切。我的牙打得很响，不是为自己害怕，而是对这奇惨的美丽动了心。

回家是没希望了。我不知道街上一共有多少兵，可是由各处的火光猜度起来，大概是热闹的街口都有他们。他们的目的是抢劫，可是顺着手儿已经烧了这么多铺户，焉知不就棍打腿的杀些人玩玩呢？我这剪了发的巡警在他们眼中还不和个臭虫一样，只须一搂枪机就完了，并不费多少事。

想到这个，我打算回到“区”里去，“区”离我不算远，只须再过一条街就行了。可是，连这个也太晚了。当枪声初起的时候，连贫带富，家家关了门；街上除了那些横行的兵们，简直成了个死城。及至火一起来，铺户里的人们开始在火影里奔走，胆大一些的立在街旁，看着自己的或别人的店铺燃烧，没人敢去救火，可也舍不得走开，只那么一声不出的看着火苗乱窜。胆小一些的呢，争着往胡同里藏躲，三五成群的藏在巷内，不时向街上探探头，没人出声，大家都哆嗦着。火越烧越旺了，枪声慢慢的稀少下来，胡同里的住户仿佛已猜到是怎么一回事，最先是有人开门向外望望，然后有人试着步往街上走。街上，只有火光人影，没有巡警，被兵们抢过的当铺与首饰店全大敞着门！……这样的街市教人们害怕，同时也教人们胆大起来；一条没有巡警的街正像是没有老师的学房，多么老实的孩子也要闹哄闹哄。一家开门，家家开门，街上人多起来；铺户已有被抢过的了，跟着抢吧！平日，谁能想到那些良善守法的人民会去抢劫呢？哼！机会一到，人们立刻显露了原形。说声抢，壮实的小伙子们首先进了当铺，金店，钟表行。男人们回去一趟，第二趟出来已搀夹上女人和孩子们。被兵们抢过的铺子自然不必费事，进去随便拿就是了；可是紧跟着那些尚未被抢过的铺户的门也拦不住谁了。粮食店，茶叶铺，百货店，什么东西也是好的，门板一律砸开。

我一辈子只看见了这么一回大热闹：男女老幼喊着叫着，狂跑着，拥挤着，争吵着，砸门的砸门，喊叫的喊叫，嗑喳！门板倒下去，一窝蜂似的跑进去，乱挤乱抓，压倒在地的狂号，身体利落的往柜台上蹿，全红着眼，全拼着命，全奋勇前进，挤成一团，倒成一片，散走全街。背着，抱着，扛着，曳着，像一片战胜的蚂蚁，昂首疾走，去而复归，呼妻唤子，前呼后应。

苦人当然出来了，哼！那中等人家也不甘落后呀！

贵重的东西先搬完了，煤米柴炭是第二拨。有的整坛的搬着香油，有的独自扛着两口袋面，瓶子罐子碎了一街，米面洒满了便道，抢啊！抢啊！抢啊！谁都恨自己只长了一双手，谁都嫌自己的腿脚太慢！有的人会推着一坛子白糖，连人带坛在地上滚，像屎壳郎推着个大粪球。

强中自有强中手，人是到处会用脑子的！有人拿出切菜刀来了，立在巷口等着："放下！"刀晃了晃。口袋或衣服，放下了；安然的，不费力的，拿回家去。"放下！"不灵验，刀下去了，把面口袋砍破，下了一阵小雷，二人滚在一团。过路的急走，捎带着说了句："打什么，有的是东西！"两位明白过来，立起来向街头跑去。"抢啊，抢啊！有的是东西！"

我挤在了一群买卖人的中间，藏在黑影里。我并没说什么，他们似乎很明白我的困难，大家一声不出，而紧紧的把我包围住。不要说我还是个巡警，连他们买卖人也不敢抬起头来。他们无法去保护他们的财产与货物，谁敢出头抵抗谁就是不要命，兵们有枪，人民也有切菜刀呀！是的，他们低着头，好像倒怪羞惭似的。他们唯恐和抢劫的人们——也就是他们平日的照顾主儿——对了脸，羞恼成怒，在这没有王法的时候，杀几个买卖人总不算一回事呢！所以，他们也保护着我。想想看吧，这一带的居民大概不会不认识我吧！我三天两头的到这里来巡逻。平日，他们在墙根撒尿，我都要讨他们的厌，上前干涉；他们怎能不恨恶我呢！现在大家正在兴高采烈的白拿东西，要是遇见我，他们一人给我一砖头，我也就活不成了。即使他们不认识我，反正我是穿着制服，佩着东洋刀呀！在这个局面下，冒而咕咚的出来个巡警，够多么不合适呢！我满可以上前去道歉，说我不该这么冒失，他们能白白的饶了我吗？

街上忽然清静了一些，便道上的人纷纷往胡同里跑，马路当中走着七零八散的兵，都走得很慢；我摘下帽子，从一个学徒的肩上往外

看了一眼，看见一位兵士，手里提着一串东西，像一串儿螃蟹似的。我能想到那是一串金银的镯子。他身上还有多少东西，不晓得，不过一定有许多硬货，因为他走得很慢。多么自然，多么可羡慕呢！自自然然的，提着一串镯子，在马路中心缓缓的走，有烧亮的铺户作着巨大的火把，给他们照亮了全城！

兵过去了，人们又由胡同里钻出来。东西已抢得差不多了，大家开始搬铺户的门板，有的去摘门上的匾额。我在报纸上常看见“彻底”这两个字，咱们的良民们打抢的时候才真正彻底呢！

这时候，铺户的人们才有出头喊叫的：“救火呀！救火呀！别等着烧净了呀！”喊得教人一听见就要落泪！我身旁的人们开始活动。我怎么办呢？他们要是都去救火，剩下我这一个巡警，往哪儿跑呢？我拉住了一个屠户！他脱给了我那件满是猪油的大衫。把帽子夹在夹肢窝底下。一手握着佩刀，一手揪着大襟，我擦着墙根，逃回“区”里去。

八

我没去抢，人家所抢的又不是我的东西，这回事简直可以说和我不相干。可是，我看见了，也就明白了。明白了什么？我不会干脆的，恰当的，用一半句话说出来；我明白了点什么意思，这点意思教我几乎改变了点脾气。丢老婆是一件永远忘不了的事，现在它有了伴儿，我也永远忘不了这次的兵变。丢老婆是我自己的事，只须记在我的心里，用不着把家事国事天下事全拉扯上。这次的变乱是多少万人的事，只要我想一想，我便想到大家，想到全城，简直的我可以用这回事去断定许多的大事，就好像报纸上那样谈论这个问题那个问题似的。对了，我找到了一句漂亮的了。这件事教我看出一点意思，由这点意思我咂摸着许多问题。不管别人听得懂这句与否，我可真觉得它不坏。

我说过了：自从我的妻潜逃之后，我心中有了个空儿。经过这回兵变，那个空儿更大了一些，松松通通的能容下许多玩艺儿。还接着说兵变的事吧！把它说完全了，你也就可以明白我心中的空儿为什么大起来了。

当我回到宿舍的时候，大家还全没睡呢。不睡是当然的，可是，大家一点也不显着着急或恐慌，吸烟的吸烟，喝茶的喝茶，就好像有红白事熬夜那样。我的狼狈的样子，不但没引起大家的同情，倒招得他们直笑。我本排着一肚子话要向大家说，一看这个样子也就不必再言语了。我想去睡，可是被排长给拦住了："别睡！待一会儿，天一亮，咱们全得出去弹压地面！"这该轮到我发笑了；街上烧抢到那个样子，并不见一个巡警，等到天亮再去弹压地面，岂不是天大的笑话！命令是命令，我只好等到天亮吧！

还没到天亮，我已经打听出来：原来高级警官们都预先知道兵变的事儿，可是不便于告诉下级警官和巡警们。这就是说，兵变是警察们管不了的事，要变就变吧；下级警官和巡警们呢，夜间糊糊涂涂的照常去巡逻站岗，是生是死随他们去！这个主意够多么活动而毒辣呢！再看巡警们呢，全和我自己一样，听见枪声就往回跑，谁也不傻。这样巡警正好对得起这样警官，自上而下全是瞎打混的当"差事"，一点不假！

虽然很要困，我可是急于想到街上去看看，夜间那一些情景还都在我的心里，我愿白天再去看一眼，好比较比较，教我心中这张画儿有头有尾。天亮得似乎很慢，也许是我心中太急。天到底慢慢的亮起来，我们排上队。我又要笑，有的人居然把盘起来的辫子梳好了放下来，巡长们也作为没看见。有的人在快要排队的时候，还细细刷了刷制服，用布擦亮了皮鞋！街上有那么大的损失，还有人顾得擦亮了鞋呢。我怎能不笑呢！

到了街上，我无论如何也笑不出了！从前，我没真明白过什么叫作“惨”，这回才真晓得了。天上还有几颗懒得下去的大星，云色在灰白中稍微带出些蓝，清凉，暗淡。到处是焦糊的气味，空中游动着一些白烟。铺户全敞着门，没有一个整窗子，大人和小徒弟都在门口，或坐或立，谁也不出声，也不动手收拾什么，像一群没有主儿的傻羊。火已经停止住延烧，可是已被烧残的地方还静静的冒着白烟，吐着细小而明亮的火苗。微风一吹，那烧焦的房柱忽然又亮起来，顺着风摆开一些小火旗。最初起火的几家已成了几个巨大的焦土堆，山墙没有倒，空空的围抱着几座冒烟的坟头。最后燃烧的地方还都立着，

墙与前脸全没塌倒，可是门窗一律烧掉，成了些黑洞。有一只猫还在这样的一家门口坐着，被烟熏的连连打嚏，可是还不肯离开那里。

平日最热闹体面的街口变成了一片焦木头破瓦，成群的焦柱静静的立着，东西南北都是这样，懒懒的，无聊的，欲罢不能的冒着些烟。地狱什么样？我不知道。大概这就差不多吧！我一低头，便想起往日街头上的景象，那些体面的铺户是多么华丽可爱。一抬头，眼前只剩了焦糊的那么一片。心中记得的景象与眼前看见的忽然碰到一处，碰出一些泪来。这就叫作“惨”吧？火场外有许多买卖人与学徒们呆呆的立着，手揣在袖里，对着残火发愣。遇见我们，他们只淡淡的看那么一眼，没有任何别的表示，仿佛他们已绝了望，用不着再动什么感情。

过了这一带火场，铺户全敞着门窗，没有一点动静，便道上马路上全是破碎的东西，比那火场更加凄惨。火场的样子教人一看便知道那是遭了火灾，这一片破碎静寂的铺户与东西使人莫名其妙，不晓得为什么繁华的街市会忽然变成绝大的垃圾堆。我就被派在这里站岗。我的责任是什么呢？不知道。我规规矩矩的立在那里，连动也不敢动，这破烂的街市仿佛有一股凉气，把我吸住。一些妇女和小孩子还在铺子外边拾取一些破东西，铺子的人不作声，我也不便去管；我觉得站在那里简直是多此一举。

太阳出来，街上显着更破了，像阳光下的叫化子那么丑陋。地上的每一个小物件都露出颜色与形状来，花哨的奇怪，杂乱得使人憋气。没有一个卖菜的，赶早市的，卖早点心的，没有一辆洋车，一匹马，整个的街上就是那么破破烂烂，冷冷清清，连刚出来的太阳都仿佛垂头丧气不大起劲，空空洞洞的悬在天上。一个邮差从我身旁走过去，低着头，身后扯着一条长影。我哆嗦了一下。

待了一会儿，段上的巡官下来了。他身后跟着一名巡警，两人都非常的精神在马路当中当当的走，好像得了什么喜事似的。巡官告诉我，注意街上的秩序，大令已经下来了！我行了礼，莫名其妙他说的是什么？那名巡警似乎看出来我的傻气，低声找补了一句："赶开那些拾东西的，大令下来了！"我没心思去执行，可是不敢公然违抗命令，我走到铺户外边，向那些妇人孩子们摆了摆手，我说不出话来！

一边这样维持秩序，我一边往猪肉铺走，为的是说一声，那件大褂等我给洗好了再送来。屠户在小肉铺门口坐着呢，我没想到这样的小铺也会遭抢，可是竟自成个空铺子了。我说了句什么，屠户连头也没抬。我往铺子里望了望：大小肉墩子，肉钩子，钱筒子，油盘，凡是能拿走的吧，都被人家拿走了，只剩下了柜台和架肉案子的土台！

我又回到岗位，我的头痛得要裂。要是老教我看着这条街，我知道不久就会疯了。

大令真到了。十二名兵，一个长官，捧着就地正法的令牌，枪全上着刺刀。呕！原来还是辫子兵啊！他们抢完烧完，再出来就地正法别人；什么玩艺儿呢？我还得给令牌行礼呀！

行完礼，我急快往四下里看，看看还有没有捡拾零碎东西的人，好警告他们一声。连屠户的木墩都搬了走的人民，本来值不得同情；可是被辫子兵们杀掉，似乎又太冤枉。

说时迟，那时快，一个十四五岁的男孩子没有走脱。枪刺围住了他，他手中还攥住一块木板与一只旧鞋。拉倒了，大刀亮出来，孩子喊了声"妈！"血溅出去多远，身子还抽动，头已悬在电线杆子上！

我连吐口唾沫的力量都没有了，天地都在我眼前翻转。杀人，看见过，我不怕。我是不平！我是不平！请记住这句，这就是前面所说过的，"我看出一点意思"的那点意思。想想看，把整串的金银镯子提回营去，而后出来杀个拾了双破鞋的孩子，还说就地正"法"呢！天下要有这个"法"，我 × "法"的亲娘祖奶奶！请原谅我的嘴这么野，但是这种事恐怕也不大文明吧？

事后，我听人家说，这次的兵变是有什么政治作用，所以打抢的兵在事后还出来弹压地面。连头带尾，一切都是预先想好了的。什么政治作用？咱不懂！咱只想再骂街。可是，就凭咱这么个“臭脚巡”，骂街又有什么用呢！

九

简直我不愿再提这回事了，不过为圆上场面，我总得把问题提出来；提出来放在这里，比我聪明的人有的是，让他们自己去细咂摸吧！

怎么会“政治作用”里有兵变？

若是有意教兵来抢，当初干吗要巡警？

巡警到底是干吗的？是只管在街上小便的，而不管抢铺子的吗？

安善良民要是会打抢，巡警干吗去专拿小偷？

人们到底愿意要巡警不愿意？不愿意吧！为什么刚要打架就喊巡警，而且月月往外拿“警捐”？愿意吧！为什么又喜欢巡警不管事：要抢的好去抢，被抢的也一声不言语？

好吧，我只提出这么几个“样子”来吧！问题还多得很呢！我既不能去解决，也就不便再瞎叨叨了。这几个“样子”就真够教我糊涂的了，怎想怎不对，怎摸不清哪里是哪里，一会儿它有头有尾，一会儿又没头没尾，我这点聪明不够想这么大的事的。

我只能说这么一句老话，这个人民，连官儿，兵丁，巡警，带安善的良民，都“不够本”！所以，我心中的空儿就更大了呀！在这群“不够本”的人们里活着，就是个对付劲儿，别讲究什么“真”事儿，我算是看明白了。

还有个好字眼儿，别忘下：“汤儿事。”谁要是跟我一样，想不出什么好办法来，顶好用这个话，又现成，又恰当，而且可以不至把自己绕糊涂了。“汤儿事”，完了；如若还嫌稍微秃一点呢，再补上“真他妈的”，就挺合适。

十

不须再发什么议论，大概谁也能看清楚咱们国的人是怎么回事了。由这个再谈到警察，稀松二五眼正是理之当然，一点也不出奇。就拿抓赌来说吧：早年间的赌局都是由顶有字号的人物作后台老板；不但官面上不能够抄拿，就是出了人命也没有什么了不得的；赌局里打死人是常有的事。赶到有了巡警之后，赌局还照旧开着，敢去抄吗？这谁也能明白，不必我说。可是，不抄吧，又太不象话；怎么办呢？有主意，检着那老实的办几案，拿几个老头儿老太太，抄去几打儿纸牌，罚上十头八块的。巡警呢，算交上了差事；社会上呢，大小也有个风声，行了。拿这一件事比方十件事，警察自从一开头就是抹稀泥。它养着一群混饭吃的人，作些个混饭吃的事。社会上既不需要真正的巡警，巡警也犯不上为六块钱卖命。这很清楚。

这次兵变过后，我们的困难增多了老些。年轻的小伙子们，抢着了不少的东西，总算发了邪财。有的穿着两件马褂，有的十个手指头戴着十个戒指，都扬扬得意的在街上扭，斜眼看着巡警，鼻子里哽哽的哼白气。我只好低下头去，本来吗，那么大的阵式，我们巡警都一声没出，事后还能怨人家小看我们吗？赌局到处都是，白抢来的钱，输光了也不折本儿呀！我们不敢去抄，想抄也抄不过来，太多了。我们在墙儿外听见人家里面喊“人九”“对子”，只作为没听见，轻轻的走过去。反正人们在院儿里头耍，不到街上来就行。哼！人们连这点面子也不给咱们留呀！那穿两件马褂的小伙子们偏要显出一点也不怕巡警——他们的祖父，爸爸，就没怕过巡警，也没见过巡警，他们为什么这辈子应当受巡警的气呢？——单要来到街上赌一场。有骰子就能开宝，蹲在地上就玩起活来。有一对石球就能踢，两人也行，五个人也行，“一毛钱一脚，踢不踢？好啦！‘倒回来！’”拍，球碰了球，一毛。耍儿真不小呢，一点钟里也过手好几块。这都在我们鼻子底下，我们管不管呢？管吧！一个人，只佩着连豆腐也切不齐的刀，而赌家老是一帮年轻的小伙子。明人不吃眼前亏，巡警得绕着道儿走过去，不管的为是。可是，不幸，遇见了稽察，“你难道瞎了眼，看不见他们聚赌？”回去，至轻是记一过。这份儿委屈上哪儿诉去呢？

这样的事还多得很呢！以我自己说，我要不是佩着那么把破刀，而是拿着把手枪，跟谁我也敢碰碰，六块钱的饷银自然合不着卖命，可是泥人也有个土性，架不住碰在气头儿上。可是，我摸不着手枪，

枪在土匪和大兵手里呢。

明明看见了大兵坐了车不给钱，而且用皮带抽洋车夫，我不敢不笑着把他劝了走。他有枪，他敢放，打死个巡警算得了什么呢！有一年，在三等窑子里，大兵们打死了我们三位弟兄，我们连凶首也没要出来。三位弟兄白白的死了，没有一个抵偿的，连一个挨几十军棍的也没有！他们的枪随便放，我们赤手空拳，我们这是文明事儿呀！

总而言之吧，在这么个以蛮横不讲理为荣，以破坏秩序为增光耀祖的社会里，巡警简直是多余。明白了这个，再加上我们前面所说过的食不饱力不足那一套，大概谁也能明白个八九成了。我们不抹稀泥，怎么办呢？我——我是个巡警——并不求谁原谅，我只是愿意这么说出来，心明眼亮，好教大家心里有个谱儿。

爽性我把最泄气的也说了吧：

当过了一二年差事，我在弟兄们中间已经是个了不得的人物。遇见官事，长官们总教我去挡头一阵。弟兄们并不因此而忌妒我，因为

对大家的私事我也不走在后边。这样，每逢出个排长的缺，大家总对我咕唧：“这回一定是你补缺了！”仿佛他们非常希望要我这么个排长似的。虽然排长并没落在我身上，可是我的才干是大家知道的。

我的办事诀窍，就是从前面那一大堆话中抽出来的。比方说吧，有人来报被窃，巡长和我就去察看。糙糙的把门窗户院看一过儿，顺口搭音就把我们在哪儿有岗位，夜里有几趟巡逻，都说得详详细细，有滋有味，仿佛我们比谁都精细，都卖力气。然后，找门窗不甚严密的地方，话软而意思硬的开始反攻：“这扇门可不大保险，得安把洋锁吧？告诉你，安锁要往下安，门坎那溜儿就很好，不容易教贼摸到。屋里养着条小狗也是办法，狗圈在屋里，不管是多么小，有动静就会汪汪，比院里放着三条大狗还有用。先生你看，我们多留点神，你自己也得注点意，两下一凑合，准保丢不了东西了。好吧，我们回去，多派几名下夜的就是了；先生歇着吧！”这一套，把我们的责任卸了，他就赶紧得安锁养小狗；遇见和气的主儿呢，还许给我们泡壶茶喝。这就是我的本事。怎么不负责任，而且不教人看出抹稀泥来，我就怎办。话要说得好听，甜嘴蜜舌的把责任全推到一边去，准保不招灾不惹祸。弟兄们都会这一套，可是他们的嘴与神气差着点劲儿。一句话有多少种说法，把神气弄对了地方，话就能说出去又拉回来，像有弹簧似的。这点，我比他们强，而且他们还是学不了去，这是天生来的才分！

赶到我独自下夜，遇见贼，你猜我怎么办？我呀！把佩刀攥在手里，省得有响声；他爬他的墙，我走我的路，各不相扰。好吗，真要教他记恨上我，藏在黑影儿里给我一砖，我受得了吗？那谁，傻王九，不是瞎了一只眼吗？他还不是为拿贼呢！有一天，他和董志和在街口上强迫给人们剪发，一人手里一把剪刀，见着带小辫的，拉过来就是一剪子。哼！教人家记上了。等傻王九走单了的时候，人家照准了他的眼就是一把石灰："让你剪我的发，× 你妈妈的！"他的眼就那么瞎了一只。你说，这差事要不像我那么去当，还活着不活着呢？凡是巡警们以为该干涉的，人们都以为是"狗拿耗子多管闲事"，有什么法子呢？

我不能像傻王九似的，平白无故的丢去一只眼睛，我还留着眼睛看这个世界呢！轻手蹑脚的躲开贼，我的心里并没闲着，我想我那俩没娘的孩子，我算计这一个月的嚼谷。也许有人一五一十的算计，而用洋钱作单位吧？我呀，得一个铜子一个铜子的算。多几个铜子，我心里就宽绰；少几个，我就得发愁。还拿贼，谁不穷呢？穷到无路可走，谁也会去偷，肚子才不管什么叫作体面呢！

十一

这次兵变过后，又有一次大的变动：大清国改为中华民国了。改朝换代是不容易遇上的，我可是并没觉得这有什么意思。说真的，这百年不遇的事情，还不如兵变热闹呢。据说，一改民国，凡事就由人民主管了；可是我没看见。我还是巡警，饷银没有增加，天天出来进去还是那一套。原先我受别人的气，现在我还是受气；原先大官儿们的车夫仆人欺负我们，现在新官儿手底下的人也并不和气。"汤儿事"还是"汤儿事"，倒不因为改朝换代有什么改变。可也别说，街上剪发的人比从前多了一些，总得算作一点进步吧。牌九押宝慢慢的也少起来，贫富人家都玩"麻将"了，我们还是照样的不敢去抄赌，可是赌具不能不算改了良，文明了一些。

民国的民倒不怎样，民国的官和兵可了不得！像雨后的蘑菇似的，不知道哪儿来的这么些官和兵。官和兵本不当放在一块儿说，可是他们的确有些相像的地方。昨天还一脚黄土泥，今天作了官或当了兵，立刻就瞪眼；越糊涂，眼越瞪得大，好像是糊涂灯，糊涂得透亮儿。这群糊涂玩艺儿听不懂哪叫好话、哪叫歹话，无论你说什么；他们总是横着来。他们糊涂得教人替他们难过，可是他们很得意。有时候他们教我都这么想了：我这辈大概作不了文官或是武官啦！因为我糊涂的不够程度！

几乎是个官儿就可以要几名巡警来给看门护院，我们成了一种保镖的，挣着公家的钱，可为私人作事。我便被派到宅门里去。从道理上说，为官员看守私宅简直不能算作差事；从实利上讲，巡警们可都愿意这么被派出来。我一被派出来，就拔升为“三等警”；“招募警”还没有被派出来的资格呢！我到这时候才算入了“等”。再说呢，宅门的事情清闲，除了站门，守夜，没有别的事可作；至少一年可以省

出一双皮鞋来。事情少，而且外带着没有危险；宅里的老爷与太太若打起架来，用不着我们去劝，自然也就不会把我们打在底下而受点误伤。巡夜呢，不过是绕着宅子走两圈，准保遇不上贼；墙高狗厉害，小贼不能来，大贼不便于来——大贼找退职的官儿去偷，既有油水，又不至于引起官面严拿；他们不惹有势力的现任官。在这里，不但用不着去抄赌，我们反倒保护着老爷太太们打麻将。遇到宅里请客玩牌，我们就更清闲自在：宅门外放着一片车马，宅里到处亮如白昼，仆人来往如梭，两三桌麻将，四五盏烟灯，彻夜的闹哄，绝不会闹贼，我们就睡大觉，等天亮散局的时候，我们再出来站门行礼，给老爷们助威。要赶上宅里有红白事，我们就更合适：喜事唱戏，我们跟着白听戏，准保都是有名的角色，在戏园子里绝听不到这么齐全。丧事呢，虽然没戏可听，可是死人不能一半天就抬出去，至少也得停三四十天，念好几棚经；好了，我们就跟着吃吧；他们死人，咱们就吃犒劳。怕就怕死小孩，既不能开吊，又得听着大家呕呕的真哭。其次是怕小姐偷偷跑了，或姨太太有了什么大错而被休出去，我们捞不着吃喝看戏，还得替老爷太太们怪不得劲儿的！

教我特别高兴的，是当这路差事，出入也随便了许多，我可以常常回家看看孩子们。在“区”里或“段”上，请会儿浮假都好不容易，因为无论是在“内勤”或“外勤”，工作是刻板儿排好了的，不易调换更动。在宅门里，我站完门便没了我的事，只须对弟兄们说一声就可以走半天。这点好处常常教我害怕，怕再调回“区”里去；我的孩子们没有娘，还不多教他们看看父亲吗？

就是我不出去，也还有好处。我的身上既永远不疲乏，心里又没多少事儿，闲着干什么呢？我呀，宅上有的是报纸，闲着就打头到底的念。大报小报，新闻社论，明白吧不明白吧，我全念，老念。这个，帮助我不少，我多知道了许多的事，多识了许多的字。有许多字到如今我还念不出来，可是看惯了，我会猜出它们的意思来，就好像街面上常见着的人，虽然叫不上姓名来，可是彼此怪面善。除了报纸，我还满世界去借闲书看。不过，比较起来，还是念报纸的益处大，事情多，字眼儿杂，看着开心。唯其事多字多，所以才费劲；念到我不能明白的地方，我只好再拿起闲书来了。闲书老是那一套，看了上回，猜也会猜到下回是什么事；正因为它这样，所以才不必费力，看着玩玩就算了。报纸开心，闲书散心，这是我的一点经验。

在门儿里可也有坏处：吃饭就第一成了问题。在“区”里或“段”上，我们的伙食钱是由饷银里坐地儿扣，好歹不拘，天天到时候就有饭吃。派到宅门里来呢，一共三五个人，绝不能找厨子包办伙食，没有厨子肯包这么小的买卖的。宅里的厨房呢，又不许我们用；人家老爷们要巡警，因为知道可以白使唤几个穿制服的人，并不大管这群人有肚子没有。我们怎办呢？自已起灶，作不到，买一堆盆碗锅勺，知道哪时就又被调了走呢？再说，人家门头上要巡警原为体面好看，好，我们若是给人家弄得盆朝天碗朝地，刀勺乱响，成何体统呢？没法子，只好买着吃。

这可够别扭的。手里若是有钱，不用说，买着吃是顶自由了，爱吃什么就叫什么，弄两盅酒儿伍的，叫俩可口的菜，岂不是个乐子？请别忘了，我可是一月才共总进六块钱！吃的苦还不算什么，一顿一顿想主意可真教人难过，想着想着我就要落泪。我要省钱，还得变个样儿，不能老啃干馍馍辣饼子，像填鸭子似的。省钱与可口简直永远不能碰到一块，想想钱，我认命吧，还是弄几个干烧饼，和一块老腌萝卜，对付一下吧；想到身子，似乎又不该如此。想，越想越难过，越不能决定；一直饿到太阳平西还没吃上午饭呢！我家里还有孩子呢！我少吃一口，他们就可以多吃一口，谁不心疼孩子呢？吃着包饭，我无法少交钱；现在我可以自由的吃饭了，为什么不多给孩子们省出一点来呢？好吧，我有八个烧饼才够，就硬吃六个，多喝两碗开水，来个“水饱”！我怎能不落泪呢！

看看人家宅门里吧，老爷挣钱没数儿！是呀，只要一打听就能打听出来他拿多少薪俸，可是人家绝不指着那点固定的进项，就这么说吧，一月挣八百块的，若是干挣八百块，他怎能那么阔气呢？这里必定有文章。这个文章是这样的，你要是一月挣六块钱，你就死挣那个数儿，你兜儿里忽然多出一块钱来，都会有人斜眼看你，给你造些谣言。你要是能挣五百块，就绝不会死挣这个数儿，而且你的钱越多，人们越佩服你。这个文章似乎一点也不合理，可是它就是这么作出来的，你爱信不信！

报纸与宣讲所里常常提倡自由；事情要是等着提倡，当然是原来没有。我原没有自由；人家提倡了会子，自由还没来到我身上，可是我在宅门里看见它了。民国到底是有好处的，自己有自由没有吧，反正看见了也就得算开了眼。

你瞧，在大清国的时候，凡事都有个准谱儿；该穿蓝布大褂的就得穿蓝布大褂，有钱也不行。这个，大概就应叫作专制吧！一到民国来，宅门里可有了自由，只要有钱，你爱穿什么，吃什么，戴什么，都可以，没人敢管你。所以，为争自由，得拼命的去搂钱；搂钱也自由，因为民国没有御史。你要是没在大宅门待过，大概你还不信我的话呢，你去看看好了。现在的一个小官都比老年间的头品大员多享着点福：讲吃的，现在交通方便，山珍海味随便的吃，只要有钱。吃腻了这些还可以拿西餐洋酒换换口味；哪一朝的皇上大概也没吃过洋饭吧？讲穿的，讲戴的；讲看的听的，使的用的，都是如此；坐在屋里你可以享受全世界最好的东西。如今享福的人才真叫作享福，自然如今搂钱也比从前自由的多。别的我不敢说，我准知道宅门里的姨太太擦五十块钱一小盒的香粉，是由什么巴黎来的；巴黎在哪儿？我不知道，反正那里来的粉是很贵。我的邻居李四，把个胖小子卖了，才得到四十块钱，足见这香粉贵到什么地步了，一定是又细又香呀，一定！

好了，我不再说这个了；紧自贫嘴恶舌，倒好像我不赞成自由似的，那我哪敢呢！

我再从另一方面说几句，虽然还是话里套话，可是多少有点变化，好教人听着不俗气厌烦。刚才我说人家宅门里怎样自由，怎样阔气，谁可也别误会了人家作老爷的就整天的大把往外扔洋钱，老爷们才不这么傻呢！是呀，姨太太擦比一个小孩还贵的香粉，但是姨太太是姨太太，姨太太有姨太太的造化与本事。人家作老爷的给姨太太买那么贵的粉，正因为人家有地方可以抠出来。你就这么说吧，好比你作了老爷，我就能按着宅门的规矩告诉你许多诀窍：你的电灯、自来水、煤、电话、手纸、车马、天棚、家具、信封信纸、花草，都不用花钱；最后，你还可以白使唤几名巡警。这是规矩，你要不明白这个，你简直不配作老爷。告诉你一句到底的话吧，作老爷的要空着手儿来，满膛满馅的去，就好像刚惊蛰后的臭虫，来的时候是两张皮，一会儿就变成肚大腰圆，满兜儿血。这个比喻稍粗一点，意思可是不错。自由的搂钱，专制的省钱，两下里一合，你的姨太太就可以擦巴黎的香粉了。这句话也许说得太深奥了一些，随便吧！你爱懂不懂。

这可就该说到我自己了。按说，宅门里白使唤了咱们一年半载，到节了年了的，总该有个人心，给咱们哪怕是顿犒劳饭呢，也大小是个意思。哼！休想！人家作老爷的钱都留着给姨太太花呢，巡警算哪道货？等咱被调走的时候，求老爷给“区”里替我说句好话，咱都得感激不尽。

你看，命令下来，我被调到别处。我把铺盖卷打好，然后恭而敬之的去见宅上的老爷。看吧，人家那股子劲儿大了去啦！带理不理的，倒仿佛我偷了他点东西似的。我托咐了几句：求老爷顺便和“区”里说一声，我的差事当得不错。人家微微的一抬眼皮，连个屁都懒得放。我只好退出来了，人家连个拉铺盖的车钱也不给；我得自己把它扛了走。这就是他妈的差事，这就是他妈的人情！

十二

机关和宅门里的要人越来越多了。我们另成立了警卫队，一共有五百人，专作那义务保镖的事。为的是显出我们真能保卫老爷们，我们每人有一杆洋枪，和几排子弹。对于洋枪——这些洋枪——我一点也不感觉兴趣：它又沉，又老，又破，我摸不清这是由哪里找来的一些专为压人肩膀，而一点别的用处没有的玩艺儿。我的子弹老在腰间围着，永远不准往枪里搁；到了什么大难临头，老爷们都逃走了的时候，我们才安上刺刀。

这可并非是说，我可以完全不管那枝破家伙；它虽然是那么破，我可得给它支使着。枪身里外，连刺刀，都得天天擦；即使永远擦不亮，我的手可不能闲着。心到神知！再说，有了枪，身上也就多了些玩艺儿，皮带，刺刀鞘，子弹袋子，全得弄得利落抹腻，不能像猪八戒挎腰刀那么懈懈松松的，还得打裹腿呢！

多出这么些事来，肩膀上添了七八斤的分量，我多挣了一块钱；现在我是一个月挣七块大洋了，感谢天地！

七块钱，扛枪，打裹腿，站门，我干了三年多。由这个宅门串到那个宅门，由这个衙门调到那个衙门；老爷们出来，我行礼；老爷们进去，我行礼。这就是我的差事。这种差事才毁人呢：你说没事作吧，又有事；说有事作吧，又没事。还不如上街站岗去呢。在街上，至少得管点事，用用心思。在宅门或衙门，简直永远不用费什么一点脑子。赶到在闲散的衙门或汤儿事的宅子里，连站门的时候都满可以

随便，拄着枪立着也行，抱着枪打盹也行。这样的差事教人不起一点儿劲，它生生的把人耗疲了。一个当仆人的可以有个盼望，哪儿的事情甜就想往哪儿去，我们当这份儿差事，明知一点好来头没有，可是就那么一天天的穷耗，耗得连自己都看不起了自己。按说，这么空闲无事，就应当吃得白白胖胖，也总算个体面呀。哼！我们并蹲不出膘儿来。我们一天老绕着那七块钱打算盘，穷得揪心。心要是揪上，还怎么会发胖呢？以我自己说吧，我的孩子已到上学的年岁了，我能不教他去吗？上学就得花钱，古今一理，不算出奇，可是我上哪里找这份钱去呢？作官的可以白占许多许多便宜，当巡警的连孩子白念书的地方也没有。上私塾吧，学费节礼，书籍笔墨，都是钱。上学校吧，制服，手工材料，种种本子，比上私塾还费的多。再说，孩子们在家里，饿了可以掰一块窝窝头吃；一上学，就得给点心钱，即使咱们肯教他揣着块窝窝头去，他自己肯吗？小孩的脸是更容易红起来的。

我简直没办法。这么大个活人，就会干瞪着眼睛看自己的儿女在家里荒荒着！我这辈无望了，难道我的儿女应当更不济吗？看着人家宅门的小姐少爷去上学，喝！车接车送，到门口还有老妈子丫环来接书包，抱进去，手里拿着橘子苹果，和新鲜的玩具。人家的孩子这样，咱的孩了那样；孩子不都是将来的国民吗？我真想辞差不干了。我楞当仆人去，弄俩零钱，好教我的孩子上学。

可是人就是别入了辙，入到哪条辙上便一辈子拔不出腿来。当了几年的差事——虽然是这样的差事——我事事入了辙，这里有朋友，有说有笑，有经验，它不教我起劲，可是我也仿佛不大能狠心的离开它。再说，一个人的虚荣心每每比金钱还有力量，当惯了差，总以为去当仆人是往下走一步，虽然可以多挣些钱。这可笑，很可笑，可是人就是这么个玩艺儿。我一跟朋友们说这个，大家都摇头。有的说，大家混的都很好的，干吗去改行？有的说，这山望着那山高，咱们这些苦人干什么也发不了财，先忍着吧！有的说，人家中学毕业生还有当“招募警”的呢，咱们有这个差事当，就算不错；何必呢？连巡官都对我说了：好歹混着吧，这是差事；凭你的本事，日后总有升腾！大家这么一说，我的心更活了，仿佛我要是固执起来，倒不大对得住朋友似的。好吧，还往下混吧。小孩念书的事呢？没有下文！

不久，我可有了个好机会。有位冯大人哪，官职大得很，一要就要十二名警卫；四名看门，四名送信跑道，四名作跟随。这四名跟随得会骑马。那时候，汽车还没出世，大官们都讲究坐大马车。在前清的时候，大官坐轿或坐车，不是前有顶马，后有跟班吗？这位冯大人愿意恢复这点官威，马车后得有四名带枪的警卫。敢情会骑马的人不好找，找遍了全警卫队，才找到了三个；三条腿不大像话，连巡官都急得直抓脑袋。我看出便宜来了：骑马，自然得有粮钱哪！为我的小孩念书起见，我得冒下子险，假如从马粮钱里能弄出块儿八毛的来，孩子至少也可以去私塾了。按说，这个心眼不甚好，可是我这是卖着命，我并不会骑马呀！我告诉了巡官，我愿意去。他问我会骑马不会？我没说我会，也没说我不会；他呢，反正找不到别人，也就没究根儿。

有胆子，天下便没难事。当我头一次和马见面的时候，我就合计好了：摔死呢，孩子们入孤儿院，不见得比在家里坏；摔不死呢，好，孩子们可以念书去了。这么一来，我就先不怕马了。我不怕它，它就得怕我，天下的事不都是如此吗？再说呢，我的腿脚利落，心里又灵，跟那三位会骑马的瞎扯巴了一会儿，我已经把骑马的招数知道了不少。找了匹老实的，我试了试，我手心里攥着把汗，可是硬说我有了把握。头几天，我的罪过真不小，浑身像散了一般，屁股上见了血。我咬了牙。等到伤好了，我的胆子更大起来，而且觉出来骑马的快乐。跑，跑，车多快，我多快，我算是治服了一种动物！我把马治服了，可是没把粮草钱拿过来，我白冒了险。冯大人家中有十几匹马呢，另有看马的专人，没有我什么事。我几乎气病了。可是，不久我又高兴了：冯大人的官职是这么大，这么多，他简直没有回家吃饭的工夫。我们跟着他出去，一跑就是一天。他当然喽，到处都有饭吃，我们呢？我们四个人商议了一下，决定跟他交涉，他在哪里吃饭，也得有我们的。冯大人这个人心眼还不错，他很爱马，爱面子，爱手下的人。我们一对他说，他马上答应了。这个，可是个便宜。不用往多里说。我们要是一个月准能在外边白吃半个月的饭，我们不就省下半个月的饭钱吗？我高了兴！

冯大人，我说，很爱面子。当我们去见他交涉饭食的时候，他细细看了看我们。看了半天，他摇了摇头，自言自语的说：“这可不行！”我以为他是说我们四个人不行呢，敢情不是。他登时要笔墨，写了个条子：“拿这个见总队长去，教他三天内都办好！”把条子拿下来，我们看了看，原来是教队长给我们换制服：我们平常的制服是斜纹布的，冯大人现在教换呢子的；袖口，裤缝和帽箍，一律要安金绦子。靴子也换，要过膝的马靴。枪要换上马枪，还另外给一人一把手枪。看完这个条子，连我们自己都觉得不合适：长官们才能穿呢衣，镶金绦，我们四个是巡警，怎能平白无故的穿上这一套呢？自然，我们不能去教冯大人收回条子去，可是我们也怪不好意思去见总队长。总队长要是不敢违抗冯大人，他满可以对我们四个人发发脾气呀！

你猜怎么着？总队长看了条子，连大气没出，照话而行，都给办了。你就说冯大人有多么大的势力吧！喝！我们四个人可抖起来了，真正细黑呢制服，镶着黄登登的金绦，过膝的黑皮长靴，靴后带着白亮亮的马刺，马枪背在背后，手枪挎在身旁，枪匣外搭拉着长杏黄穗子。简直可以这么说吧，全城的巡警的威风都教我们四个人给夺过来了。我们在街上走，站岗的巡警全都给我们行礼，以为我们是大官儿呢！

当我作裱糊匠的时候，稍微讲究一点的烧活，总得糊上匹菊花青的大马。现在我穿上这么抖的制服，我到马棚去挑了匹菊花青的马，这匹马非常的闹手，见了人是连啃带踢；我挑了它，因为我原先糊过这样的马，现在我得骑上匹活的；菊花青，多么好看呢！这匹马闹手，可是跑起来真作脸，头一低，嘴角吐着点白沫，长鬃像风吹着一垄春麦，小耳朵立着像俩小瓢儿；我只须一认镫，它就要飞起来。这一辈子，我没有过什么真正得意的事；骑上这匹菊花青大马，我必得说，我觉到了骄傲与得意！

按说，这回的差事总算过得去了，凭那一身衣裳与那匹马还不值得高高兴兴的混吗？哼！新制服还没穿过三个月，冯大人吹了台，警卫队也被解散；我又回去当三等警了。

十三

警卫队解散了。为什么？我不知道。我被调到总局里去当差，并且得了一面铜片的奖章，仿佛是说我在宅门里立下了什么功劳似的。在总局里，我有时候管户口册子，有时候管铺捐的账簿，有时候值班守大门，有时候看管军装库。这么二三年的工夫，我又把局子里的事情全明白了个大概。加上我以前在街面上，衙门口和宅门里的那些经验，我可以算作个百事通了，里里外外的事，没有我不晓得的。要提起警务，我是地道内行。可是一直到这个时候，当了十年的差，我才升到头等警，每月挣大洋九元。

大家伙或者以为巡警都是站街的，年轻轻的好管闲事。其实，我们还有一大群人在区里局里藏着呢。假若有一天举行总检阅，你就可以看见些稀奇古怪的巡警：罗锅腰的，近视眼的，掉了牙的，瘸着腿的，无奇不有。这些怪物才真是巡警中的盐，他们都有资格有经验，识文断字，一切公文案件，一切办事的诀窍，都在他们手里呢。要是没有他们，街上的巡警就非乱了营不可。这些人，可是永远不会升腾起来；老给大家办事，一点起色也没有，平生连出头露面的体面一次都没有过。他们任劳任怨的办事，一直到他们老得动不了窝，老是头等警，挣九块大洋。多咱你在街上看见：穿着洗得很干净的灰色大褂，脚底下可还穿着巡警的皮鞋，用脚后跟慢慢的走，仿佛支使不动

那双鞋似的，那就准是这路巡警。他们有时候也到大“酒缸”上，喝一个“碗酒”，就着十几个花生豆儿，挺有规矩，一边往下咽那点辣水，一边叹着气。头发已经有些白的了，嘴巴儿可还刮得很光，猛看很像个太监。他们很规则，和蔼，会作事，他们连休息的时候还得穿着那双不得人心的鞋！

跟这群人在一处办事，我长了不少的知识。可是，我也有点害怕：莫非我也就这样下去了吗？他们够多么可爱，又多么可怜呢！看着他们，我心中时常忽然凉那么一下，教我半天说不上话来。不错，我比他们都年岁小，也不见得比他们不精明，可是我有希望没有呢？年岁小？我也三十六了！

这几年在局子里可也有一样好处，我没受什么惊险。这几年，正是年年春秋准打仗的时期，旁人受的罪我先不说，单说巡警们就真够瞧的。一打仗，兵们就成了阎王爷，而巡警头朝了下！要粮，要车，要马，要人，要钱，全交派给巡警，慢一点送上去都不行。一说要烙饼一万斤，得，巡警就得挨着家去到切面铺和烙烧饼的地方给要大饼；饼烙得，还得押着清道夫给送到营里去；说不定还挨几个嘴巴回来！

要单是这么伺候着兵老爷们，也还好；不，兵老爷们还横反呢。凡是有巡警的地方，他们非捣乱不可，巡警们管吧不好，不管吧也不好，活受气。世上有糊涂人，我晓得；但是兵们的糊涂令我不解。他们只为逞一时的字号，完全不讲情理；不讲情理也罢，反正得自己别吃亏呀；不，他们连自己吃亏不吃亏都看不出来，你说天下哪里再找这么糊涂的人呢。就说我的表弟吧，他已当过十多年的兵，后来几年还老是排长，按说总该明白点事儿了。哼！那年打仗，他押着十几名俘虏往营里送。喝！他得意非常的在前面领着，仿佛是个皇上似的。他手下的弟兄都看出来，为什么不先解除了俘虏的武装呢？他可就是不这么办，拍着胸膛说一点错儿没有。走到半路上，后面响了枪，他登时就死在了街上。他是我的表弟，我还能盼着他死吗？可是这股子糊涂劲儿，教我也没法抱怨开枪打他的人。有这样一个例子，你也就能明白一点兵们是怎样的难对付了。你要是告诉他，汽车别往墙上开，好啦，他就非去碰碰不可，把他自己碰死倒可以，他就是不能听你的话。

在总局里几年，没别的好处，我算是躲开了战时的危险与受气。自然啰！一打仗，煤米柴炭都涨价儿，巡警们也随着大家一同受罪，不过我可以安坐在公事房里，不必出去对付大兵们，我就得知足。

可是，在局里我又怕一辈子就窝在那里，永没有出头之日，有人情，可以升腾起来；没人情而能在外边拿贼办案，也是个路子，我既没人情，又不到街面上去，打哪儿升高一步呢？我越想越发愁。

十四

到我四十岁那年，大运亨通，我补了巡长！我顾不得想已经当了多少年的差，卖了多少力气，和巡长才挣多少钱；都顾不得想了。我只觉得我的运气来了！

小孩子拾个破东西，就能高兴的玩耍半天，所以小孩子能够快乐。大人们也得这样，或者才能对付着活下去。细细一想，事情就全糟。我升了巡长，说真的，巡长比巡警才多挣几块钱呢？挣钱不多，责任可有多么大呢！往上说，对上司们事事得说出个谱儿来；往下说，对弟兄们得及精明又热诚；对内说，差事得交得过去；对外说，得能不软不硬的办了事。这，比作知县难多了。县长就是一个地方的皇上，巡长没那个身份，他得认真办事，又得敷衍事，真真假假，虚虚实实，哪一点没想到就出蘑菇。出了蘑菇还是真糟，往上升腾不易呀，往下降可不难呢。当过了巡长再降下来，派到哪里去也不吃香：

弟兄们咬吃，喝！你这作过巡长的，……这个那个的扯一堆。长官呢，看你是刺儿头，故意的给你小鞋穿，你怎么忍也忍不下去。怎办呢？哼！由巡长而降为巡警，顶好干脆卷铺盖家去，这碗饭不必再吃了。可是，以我说吧，四十岁才升上巡长，真要是卷了铺盖，我干吗去呢？

真要是这么一想，我登时就得白了头发。幸而我当时没这么想，只顾了高兴，把坏事儿全放在了一旁。我当时倒这么想：四十作上巡长，五十——哪怕是五十呢！——再作上巡官，也就算不白当了差。咱们非学校出身，又没有大人情，能作到巡官还算小吗？这么一想，我简直的拼了命，精神百倍的看着我的事，好像看着颗夜明珠似的！

作了二年的巡长，我的头上真见了白头发。我并没细想过一切，可是天天揪着心，唯恐哪件事办错了，担了处分。白天，我老喜笑颜开的打着精神办公；夜间，我睡不实在，忽然想起一件事，我就受了一惊似的，翻来覆去的思索；未必能想出办法来，我的困意可也就不再回来了。

公事而外，我为我的儿女发愁：儿子已经二十了，姑娘十八。福海——我的儿子——上过几天私塾，几天贫儿学校，几天公立小学。字吗，凑在一块儿他大概能念下来第二册国文；坏招儿，他可学会了不少，私塾的，贫儿学校的，公立小学的，他都学来了，到处准能考一百分，假若学校里考坏招数的话。本来吗，自幼失了娘，我又终年在外边瞎混，他可不是爱怎么反就怎么反啵。我不恨铁不成钢去责备他，也不抱怨任何人，我只恨我的时运低，发不了财，不能好好的教育他。我不算对不起他们，我一辈子没给他们弄个后娘，给他们气受。至于我的时运不济，只能当巡警，那并非是我的错儿，人还能大过天去吗？

福海的个子可不小，所以很能吃呀！一顿胡搂三大碗芝麻酱拌面，有时候还说不很饱呢！就凭他这个吃法，他再有我这么两份儿爸爸也不中用！我供给不起他上中学，他那点“秀气”也没法考上。我得给他找事作。哼！他会作什么呢？从老早，我心里就这么嘀咕：我

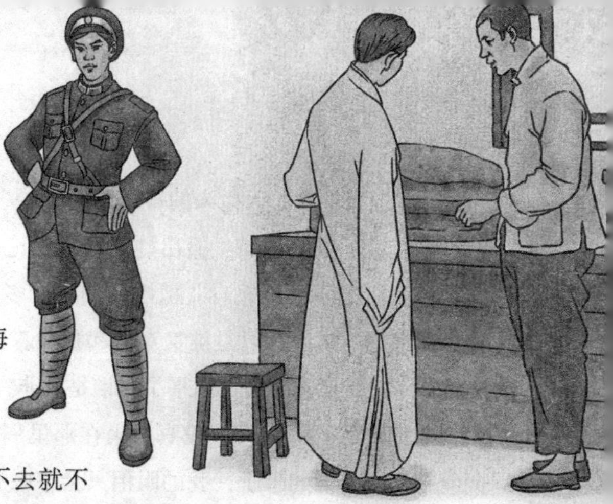

的儿子楞可去拉洋车，也不去当巡警；我这辈子当够了巡警，不必世袭这份差事了！在福海十二三岁的时候，我教他去学手艺，他哭着喊着的一百个不去。不去就不去吧，等他长两岁再说；对个没娘的孩子不就得格外心疼吗？到了十五岁，我给他找好了地方去学徒，他不说不去，可是我一转脸，他就会跑回家来。几次我送他走，几次他偷跑回来。于是只好等他再大一点吧，等他心眼转变过来也许就行了。哼！从十五到二十，他就愣荒荒过来，能吃能喝，就是不爱干活儿。赶到教我给逼急了：“你到底愿意干什么呢？你说！”他低着脑袋，说他愿意挑巡警！他觉得穿上制服，在街上走，既能挣钱，又能就手儿散心，不像学徒那样永远圈在屋里。我没说什么，心里可刺着痛。我给打了个招呼，他挑上了巡警。我心里痛不痛的，反正他有事作，总比死吃我一口强啊。父是英雄儿好汉，爸爸巡警儿子还是巡警，而且他这个巡警还必定跟不上我。我到四十岁才熬上巡长，他到四十岁，哼！不教人家开革出来就是好事！没盼望！我没续娶过，因为我咬得住牙。他呢，赶明儿个难道不给他成家吗？拿什么养着呢？

是的，儿子当了差，我心中反倒堵上个大疙疸！再看女儿呀，也十八九了，紧自搁在家里算怎回事呢？当然，早早撮出去的为是，越早越好。给谁呢？巡警，巡警，还得是巡警？一个人当巡警，子孙万代全得当巡警，仿佛掉在了巡警阵里似的。可是，不给巡警还真不行呢：论模样，她没什么模样；论教育，她自幼没娘，只认识几个大字；论赔送，我至多能给她作两件洋布大衫；论本事，她只能受苦，没别的好处。巡警的女儿天生来的得嫁给巡警，八字造定，谁也改不了！

唉！给了就给了啵！撮出她去，我无论怎说也可以心净一会儿。并非是我心狠哪，想想看，把她搁到二十多岁，还许就剩在家里呢。我对谁都想对得起，可是谁又对得起我来着！我并不想唠里唠叨的发牢骚，不过我愿把事情都搁平了，谁是谁非，让大家看。

当她出嫁的那一天，我真想坐在那里痛哭一场。我可是没有哭；这也不是一半天的事了，我的眼泪只会在眼里转两转，简直的不会往下流！

十五

儿子有了事作，姑娘出了阁，我心里说：这我可能远走高飞了！假若外边有个机会，我楞把巡长搁下，也出去见识见识。什么发财不发财的，我不能就窝囊这么一辈子。

机会还真来了。记得那位冯大人呀，他放了外任官。我不是爱看报吗？得到这个消息，就找他去了，求他带我出去。他还记得我，而且愿意这么办。他教我去再约上三个好手，一共四个人随他上任。我留了个心眼，请他自己向局里要四名，作为是拨遣。我是这么想：假若日后事情不见佳呢，既省得朋友们抱怨我，而且还可以回来交差，有个退身步。他看我的办法不错，就指名向局里调了四个人。

这一喜可非同小喜。就凭我这点经验知识，管保说，到哪儿我也可以作个很好的警察局局长，一点不是瞎吹！一条狗还有得意的那一天呢，何况是个人？我也该抖两天了，四十多岁还没露过一回脸呢！

果然，命令下来，我是卫队长；我乐得要跳起来。

哼！也不是咱的命不好，还是冯大人的运不济；还没到任呢，又撤了差。猫咬尿泡，瞎欢喜一场！幸而我们四个人是调用，不是辞差；冯大人又把我们送回局里去了。我的心里既为这件事难过，又为回局里能否还当巡长发愁，我脸上瘦了一圈。

幸而还好，我被派到防疫处作守卫，一共有六位弟兄，由我带领。这是个不错的差事，事情不多，而由防疫处开我们的饭钱。我不确实的知道，大概这是冯大人给我说了句好话。

在这里，饭钱既不必由自己出，我开始攒钱，为是给福海娶亲——只剩了这么一档子该办的事了，爽性早些办了吧！

在我四十五岁上，我娶了儿媳妇——她的娘家父亲与哥哥都是巡警。可倒好，我这一家子，老少里外，全是巡警，凑吧凑吧，就可以成立个警察分所！

人的行动有时候莫名其妙。娶了儿媳妇以后，也不知怎么我以为应当留下胡子，才够作公公的样子。我没细想自己是干什么的，直入公堂的就留下胡子了。小黑胡子在我嘴上，我捻上一袋关东烟，觉得挺够味儿。本来吗，姑娘聘出去了，儿子成了家，我自己的事又挺顺当，怎能觉得不是味儿呢？

哼！我的胡子惹下了祸。总局局长忽然换了人，新局长到任就检阅全城的巡警。这位老爷是军人出身，只懂得立正看齐，不懂得别的。在前面我已经说过，局里区里都有许多老人们，长相不体面，可是办事多年，最有经验。我就是和局里这群老手儿排在一处的，因为防疫处的守卫不属于任何警区，所以检阅的时候便随着局里的人立在一块儿。

当我们站好了队，等着检阅的时候，我和那群老人们还有说有笑，自自然然的。我们心里都觉得，重要的事情都归我们办，提哪一项事情我们都知道，我们没升腾起来已经算很委屈了，谁还能把我们踢出去吗？上了几岁年纪，诚然，可是我们并没少作事儿呀！即使说老朽不中用了，反正我们都至少当过十五六年的差，我们年轻力壮的时候是把精神血汗耗费在公家的差事上，冲着这点，难道还不留个情面吗？谁能够看狗老了

就一脚踢出去呢？我们心中都这么想，所以满没把这回事放在心里，以为新局长从远处瞭我们一眼也就算了。

局长到了，大个子胸前挂满了徽章，又是喊，又是蹦，活像个机器人。我心里打开了鼓。他不按着次序看，一眼看到我们这一排，他猛虎扑食似的就跑过来了。岔开脚，手握在背后，他向我们点了点头。然后忽然他一个箭步跳到我们跟前，抓起一个老书记生的腰带，像摔跤似的往前一拉，几乎把老书记生拉倒；抓着腰带，他前后摇晃了老书记生几把，然后猛一撒手，老书记生摔了个屁股墩。局长对准了他就是两口唾沫，“你也当巡警！连腰带都系不紧？来！拉出去毙了！”

我们都知道，凭他是谁，也不能枪毙人。可是我们的脸都白了，不是怕，是气的。那个老书记生坐在地上，哆嗦成了一团。

局长又看了看我们，然后用手指划了条长线，“你们全滚出去，别再教我看见你们！你们这群东西也配当巡警！”说完这个，仿佛还不解气，又跑到前面，扯着脖子喊：“是有胡子的全脱了制服，马上走！”

有胡子的不止我一个，还都是巡长巡官，要不然我也不敢留下这几根惹祸的毛。

二十年来的服务，我就是这么被刷下来了。其实呢，我虽四十多岁，我可是一点也不显着老苍，谁教我留下了胡子呢！这就是说，当你年轻力壮的时候，你把命卖上，一月就是那六七块钱。你的儿子，因为你当巡警，不能读书受教育；你的女儿，因为你当巡警，也嫁个穷汉去吃窝窝头。你自己呢，一长胡子，就算完事，一个铜子的恤金养老金也没有，服务二十年后，你教人家一脚踢出来，像踢开一块碍事的砖头似的。五十以前，你没挣下什么，有三顿饭吃就算不错；五十以后，你该想主意了，是投河呢，还是上吊呢？这就是当巡警的下场头。

二十年来的差事，没作过什么错事，但我就这样卷了铺盖。

弟兄们有含着泪把我送出来的，我还是笑着；世界上不平的事可多了，我还留着我的泪呢！

十六

穷人的命——并不像那些施舍稀粥的慈善家所想的——不是几碗粥所能救活了的；有粥吃，不过多受几天罪罢了，早晚还是死。我的履历就跟这样的粥差不多，它只能帮助我找上个小事，教我多受几天罪；我还得去当巡警。除了说我当巡警，我还真没法介绍自己呢！它就像颗不体面的痣或瘤子，永远跟着我。我懒得说当过巡警，懒得再去当巡警，可是不说不当，还真连碗饭也吃不上，多么可恶呢！

歇了没有好久，我由冯大人的介绍，到一座煤矿上去作卫生处主任，后来又升为矿村的警察分所所长；这总算运气不坏。在这里我很施展了些我的才干与学问：对村里的工人，我以二十年服务的经验，管理得真叫不错。他们聚赌，斗殴，罢工，闹事，醉酒，就凭我的一张嘴，就事论事，干脆了当，我能把他们说得心服口服。对弟兄们呢，我得亲自去训练。他们之中有的是由别处调来的，有的是由我约来帮忙的，都当过巡警；这可就不容易训练，因为他们懂得一些警察的事儿，而想看我一手儿。我不怕，我当过各样的巡警，里里外外我全晓得；凭着这点经验，我算是没被他们给撅了。对内对外，我全有办法，这一点也不瞎吹。

假若我能在这里混上几年，我敢保说至少我可以积攒下个棺材本儿，因为我的饷银差不多等于一个巡官的，而到年底还可以拿一笔奖金。可是，我刚作到半年，把一切都布置得有个大概了，哼！我被人家顶下来了。我的罪过是年老与过于认真办事。弟兄们满可以拿些私钱，假若我肯睁着一只闭着一只眼的话。我的两眼都睁着，种下了毒。对外也是如此，我明白警察的一切，所以我要本着良心把此地的警务办得完完全全，真像个样儿。还是那句话，人民要不是真正的人民，办警察是多此一举，越办得好越招人怨恨。自然，容我办上几年，大家也许能看出它的好处来。可是，人家不等办好，已经把我踢开了。

在这个社会中办事，现在才明白过来，就得像发给巡警们皮鞋似的。大点，活该！小点，挤脚？活该！什么事都能办通了，你打算合大家的适，他们要不把鞋打在你脸上才怪。这次的失败，因为我忘了那三个宝贝字——“汤儿事”，因此我又卷了铺盖。

这回，一闲就是半年多。从我学徒时候起，我无事也忙，永不懂得偷闲。现在，虽然是奔五十的人了，我的精神气力并不比那个年轻小伙子差多少。生让我闲着，我怎么受呢？由早晨起来到日落，我没有正经事作，没有希望，跟太阳一样，就那么由东而西的转过去；不过，太阳能照亮了世界，我呢，心中老是黑糊糊的。闲得起急，闲得要躁，闲得讨厌自己，可就是摸不着点儿事作。想起过去的劳力与经验，并不能自慰，因为劳力与经验没给我积攒下养老的钱，而我眼看着就是挨饿。我不愿人家养着我，我有自己的精神与本事，愿意自食其力的去挣饭吃。我的耳目好像作贼的那么尖，只要有个消息，便赶上前去，可是老空着手回来，把头低得无可再低，真想一跤摔死，倒也爽快！还没到死的时候，社会像要把我活埋了！晴天大日头的，我觉得身子慢慢往土里陷；什么缺德的事也没作过，可是受这么大的罪。一天到晚我叼着那根烟袋，里边并没有烟，只是那么叼着，算个“意思”而已。我活着也不过是那么个“意思”，好像专为给大家当笑话看呢！好容易，我弄到个事：到河南去当盐务缉私队的队兵。队兵就队兵吧，有饭吃就行呀！借了钱，打点行李，我把胡子剃得光光的上了“任”。

半年的工夫，我把债还清，而且升为排长。别人花俩，我花一个，好还债。别人走一步，我走两步，所以升了排长。委屈并挡不住我的努力，我怕失业。一次失业，就多老上三年，不饿死，也憋闷死了。至于努力挡得住失业挡不住，那就难说了。

我想——哼！我又想了！——我既能当上排长，就能当上队长，不又是个希望吗？这回我留了神，看人家怎作，我也怎作。人家要私钱，我也要，我别再为良心而坏了事；良心在这年月并不值钱。假若我在队上混个队长，连公带私，有几年的工夫，我不是又可以剩下个棺材本儿吗？我简直的没了大志向，只求腿脚能动便去劳动；多咱动不了窝，好，能有个棺材把我装上，不至于教野狗们把我嚼了。我一眼看着天，一眼看着地。我对得起天，再求我能静静的躺在地下。并非我倚老卖老，我才五十来岁；不过，过去的努力既是那么白干一场，我怎能不把眼睛放低一些，只看着我将来的坟头呢！我心里是这么想，我的志愿既这么小，难道老天爷还不睁开点眼吗？

来家信，说我得了孙子。我要说我不喜欢，那简直不近人情。可是，我也必得说出来：喜欢完了，我心里凉了那么一下，不由的自言自语的嘀咕：“哼！又来个小巡警吧！”一个作祖父的，按说，哪有给孙子说丧气话的，可是谁要是看过我前边所说的一大片，大概谁也会原谅我吧？有钱人家的儿女是希望，没钱人家的儿女是累赘；自己的肚中空虚，还能顾得子孙万代，和什么“忠厚传家久，诗书继世长”吗？

我的小烟袋锅儿里又有了烟叶，叼着烟袋，我咂摸着将来的事儿。有了孙子，我的责任还不止于剩个棺材本儿了；儿子还是三等警，怎能养家呢？我不管他们夫妇，还不管孙子吗？这教我心中忽然非常的乱，自己一年比一年的老，而家中的嘴越来越多，哪个嘴不得用窝窝头填上呢！我深深的打了几个嗝儿，胸中仿佛横着一口气。算了吧，我还是少思索吧，没头儿，说不尽！个人的寿数是有限的，困难可是世袭的呢！子子孙孙，万年永实用，窝窝头！

风雨要是都按着天气预测那么来，就无所谓狂风暴雨了。困难若是都按着咱们心中所思虑的一步一步慢慢的来，也就没有把人急疯了这一说了。我正盘算着孙子的事儿，我的儿子死了！

他还并没死在家里呀！我还得去运灵。

福海，自从成家以后，很知道要强。虽然他的本事有限，可是他

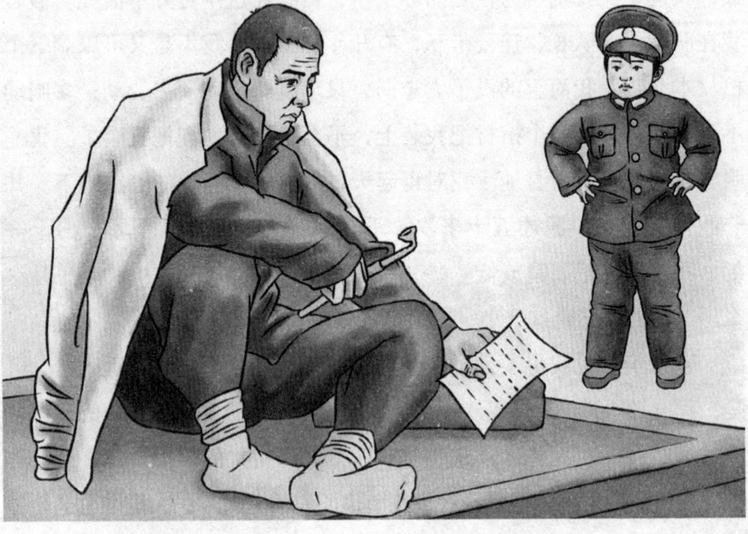

懂得了怎样尽自己的力量去作事。我到盐务缉私队上来的时候，他很愿意和我一同来，相信在外边可以多一些发展的机会。我拦住了他，因为怕事情不稳，一下子再教父子同时失业，如何得了。可是，我前脚离开了家，他紧随着也上了威海卫。他在那里多挣两块钱。独自在外，多挣两块就和不多挣一样，可是穷人想要强，就往往只看见了钱，而不多合计合计。到那里，他就病了；舍不得吃药。及至他躺下了，药可也就没了用。

把灵运回来，我手中连一个钱也没有了。儿媳妇成了年轻的寡妇，带着个吃奶的小孩，我怎么办呢？我没法再出外去作事，在家乡我又连个三等巡警也当不上，我才五十岁，已走到了绝路。我羡慕福海，早早的死了，一闭眼三不知；假若他活到我这个岁数，至好也不过和我一样，多一半还许不如我呢！儿媳妇哭，哭得死去活来，我没有泪，哭不出来，我只能满屋里打转，偶尔的冷笑一声。

以前的力气都白卖了。现在我还得拿出全套的本事，去给小孩子找点粥吃。我去看守空房；我去帮着人家卖菜；我去作泥水匠的小工子活；我去给人家搬家……除了拉洋车，我什么都作过了。无论作什么，我还都卖着最大的力气，留着十分的小心。五十多了，我出的是二十岁的小伙子的力气，肚子里可是只有点稀粥与窝窝头，身上到冬天没有一件厚实的棉袄，我不求人白给点什么，还讲仗着力气与本事挣饭吃，豪横了一辈子，到死我还不能输这口气。时常我挨一天的饿，时常我没有煤上火，时常我找不到一撮儿烟叶，可是我决不说什么；我给公家卖过力气了，我对得住一切的人，我心里没毛病，还说什么呢？我等着饿死，死后必定没有棺材，儿媳妇和孙子也得跟着饿死，那只好就这样吧！谁教我是巡警呢！我的眼前时常发黑，我仿佛已摸到了死，哼！我还笑，笑我这一辈的聪明本事，笑这出奇不公平的世界，希望等我笑到末一声，这世界就换个样儿吧！

月牙儿

一

是的，我又看见月牙儿了，带着点寒气的一钩儿浅金。多少次了，我看见跟现在这个月牙儿一样的月牙儿；多少次了。它带着种种不同的感情，种种不同的景物，当我坐定了看它，它一次一次的在我记忆中的碧云上斜挂着。它唤醒了我的记忆，像一阵晚风吹破一朵欲睡的花。

二

那第一次，带着寒气的月牙儿确是带着寒气。它第一次在我的云中是酸苦，它那一点点微弱的浅金光儿照着我的泪。那时候我也不过是七岁吧，一个穿着短红棉袄的小姑娘。戴着妈妈给我缝的一顶小帽儿，蓝布的，上面印着小小的花，我记得。我倚着那间小屋的门垛，看着月牙儿。屋里是药味，烟味，妈妈的眼泪，爸爸的病；我独自在台阶上看着月牙儿，没人招呼我，没人顾得给我作晚饭。我晓得屋里的惨凄，因为大家说爸爸的病……可是我更感觉自己的悲惨，我冷、饿，没人理我。一直的我立到月牙儿落下去。什么也没有了，我不能不哭。可是我的哭声被妈妈的压下去；爸，不出声了，面上蒙了块白布。我要掀开白布，再看看爸，可是我不敢。屋里只是那么点点地方，都被爸占了去。妈妈穿上白衣，我的红袄上也罩了个没缝襟边的白袍，我记得，因为不断地撕扯襟边上的白丝儿。大家都很忙，嚷嚷的声儿很高，哭得很恸，可是事情并不多，也似乎值不得嚷：爸爸就装入那么一个四块薄板的棺材里，到处都是缝子。然后，五六个人把他抬了走。妈和我在后边哭。我记得爸，记得爸的木匣。那个木匣结束了爸的一切：每逢我想起爸来，我就想到非打开那个木匣不能见着他。但是，那木匣是深深地埋在地里，我明知在城外哪个地方埋着它，可又像落在地上的一个雨点，似乎永难找到。

三

妈和我还穿着白袍，我又看见了月牙儿。那是个冷天，妈妈带我出城去看爸的坟。妈拿着很薄很薄的一罗儿纸。妈那天对我特别的好，我走不动便背我一程，到城门上还给我买了一些炒栗子。什么都是凉的，只有这些栗子是热的；我舍不得吃，用它们热我的手。走了多远，我记不清了，总该是很远很远吧。在爸出殡的那天，我似乎没觉得这么远，或者是因为那天人多；这次只是我们娘儿俩，妈不说话，我也懒得出声，什么都是静寂的；那些黄土路静寂得没有头儿。天是短的，我记得那个坟：小小的一堆儿土，远处有一些高土岗儿，太阳在黄土岗儿上头斜着。妈妈似乎顾不得我了，把我放在一旁，抱着坟头儿去哭。我坐在坟头的旁边，弄着手里那几个栗子。妈哭了一阵，把那点纸焚化了，一些纸灰在我眼前卷成一两个旋儿，而后懒懒地落在地上；风很小，可是很够冷的。妈妈又哭起来。我也想爸，可是我不想哭他；我倒是为妈妈哭得可怜而也落了泪。过去拉住妈妈的手："妈不哭！不哭！"妈妈哭得更恸了。她把我搂在怀里。眼看太阳就落下去，四外没有一个人，只有我们娘儿俩。妈似乎也有点怕了，含着泪，扯起我就走，走出老远，她回头看了看，我也转过身去：爸的坟已经辨不清了；土岗的这边都是坟头，一小堆一小堆，一直摆到土岗底下。妈妈叹了口气。我们紧走慢走，还没有走到城门，我看见了月牙儿。四外漆黑，没有声音，只有月牙儿放出一道儿冷光。我乏了，妈妈抱起我来。怎样进的城，我就不知道了，只记得迷迷糊糊的天上有个月牙儿。

四

刚八岁，我已经学会了去当东西。我知道，若是当不来钱，我们娘儿俩就不要吃晚饭；因为妈妈但凡有点主意，也不肯叫我去。我准知道她每逢交给我个小包，锅里必是连一点粥底儿也看不见了。我们的锅有时干净得像个体面的寡妇。这一天，我拿的是一面镜子。只有这件东西似乎是不必要的，虽然妈妈天天得用它。这是个春天，我们的棉衣都刚脱下来就入了当铺。我拿着这面镜子，我知道怎样小心，小心而且要走得快，当铺是老早就上门的。我怕当铺的那个大红门，那个大高长柜台。一看见那个门，我就心跳。可是我必须进去，似乎是爬进去，那个高门坎儿是那么高。我得用尽了力量，递上我的东西，还得喊："当当！"得了钱和当票，我知道怎样小心的拿着，快快回家，晓得妈妈不

放心。可是这一次，当铺不要这面镜子，告诉我再添一号来。我懂得什么叫“一号”。把镜子搂在胸前，我拼命的往家跑。妈妈哭了；她找不到第二件东西。我在那间小屋住惯了，总以为东西不少；及至帮着妈妈一找可当的衣物，我的小心里才明白过来，我们的东西很少，很少。妈妈不叫我去了。可是“妈妈咱们吃什么呢？”妈妈哭着递给我她头上的银簪——只有这一件东西是银的。我知道，她拔下过来几回，都没肯交给我去当。这是妈妈出门子时，姥姥家给的一件首饰。现在，她把这末一件银器给了我，叫我把镜子放下。我尽了我的力量赶回当铺，那可怕的大门已经严严地关好了。我坐在那门墩上，握着那根银簪。不敢高声地哭，我看着天，啊，又是月牙儿照着我的眼泪！哭了好久，妈妈在黑影中来了，她拉住了我的手，呕，多么热的手，我忘了一切的苦处，连饿也忘了，只要有妈妈这只热手拉着我就好。我抽抽搭搭地说：“妈！咱们回家睡觉吧。明儿早上再来！”妈一声没出。又走了一会儿：“妈！你看这个月牙儿；爸死的那天，它就是这么歪歪着。为什么它老这么斜着呢？”妈还是一声没出，她的手有点颤。

五

妈妈整天地给人家洗衣裳。我老想帮助妈妈，可是插不上手。我只好等着妈妈，非到她完了事，我不去睡。有时月牙儿已经上来，她还哼哧哼哧地洗。那些臭袜子，硬牛皮似的，都是铺子里的伙计们送来的。妈妈洗完这些“牛皮”就吃不下饭去。我坐在她旁边，看着月牙，蝙蝠专会在那条光儿底下穿过来穿过去，像银线上穿着个大菱角，极快的又掉到暗处去。我越可怜妈妈，便越爱这个月牙儿，因为看着它，使我心中痛快一点。它在夏天更可爱，它老有那么点凉气，像一条冰似的。我爱它给地上的那点小影子，一会儿就没了；迷迷糊糊的不甚清楚，及至影子没了，地上就特别的黑，星也特别的亮，花也特别的香——我们的邻居有许多花木，那棵高高的洋槐总把花儿落到我们这边来，像一层雪似的。

六

妈妈的手起了层鳞，叫她给搓搓背顶解痒痒了。可是我不敢常劳动她，她的手是洗粗了的。她瘦，被臭袜子熏的常不吃饭。我知道妈妈要想主意了，我知道。她常把衣裳推到一边，愣着。她和自己说话。她想什么主意呢？我可是猜不着。

七

妈妈嘱咐我不叫我别扭，要乖乖地叫“爸”：她又给我找到一个爸。这是另一个爸，我知道，因为坟里已经埋好一个爸了。妈嘱咐我的时候，眼睛看着别处。她含着泪说：“不能叫你饿死！”呕，是因为不饿死我，妈才另给我找了个爸！我不明白多少事，我有点怕，又有点希望——果然不再挨饿的话。多么凑巧呢，离开我们那间小屋的时候，天上又挂着月牙儿。这次的月牙儿比哪一回都清楚，都可怕；我是要离开这住惯了的小屋了。妈坐了一乘红轿，前面还有几个鼓手，吹打得一点也不好听。轿在前边走，我和一个男人在后边跟着，他拉着我的手。那可怕的月牙儿放着一点光，仿佛在凉风里颤动。街上没有什么人，只有些野狗追着鼓手们咬；轿子走得很快。上哪儿去呢？是不是把妈抬到城外去，抬到坟地去？那个男人扯着我走，我喘不过气来，要哭都哭不出来。那男人的手心出了汗，凉得像个鱼似的，我要喊“妈”，可是不敢。一会儿，月牙儿像个要闭上的一道大眼缝，轿子进了个小巷。

八

我在三四年里似乎没再看见月牙。新爸对我们很好，他有两间屋子，他和妈住在里间，我在外间睡铺板。我起初还想跟妈妈睡，可是几天之后，我反倒爱“我的”小屋了。屋里有白白的墙，还有条长桌，一把椅子。这似乎都是我的。我的被子也比从前的厚实暖和了。妈妈也渐渐胖了点，脸上有了红色，手上的那层鳞也慢慢掉净。我好久没去当当了。新爸叫我去上学。有时候他还跟我玩一会儿。我不知

道为什么不爱叫他“爸”，虽然我知道他很可爱。他似乎也知道这个，他常常对我那么一笑；笑的时候他有很好看的眼睛。可是妈妈偷告诉我叫爸，我也不愿十分的别扭。我心中明白，妈和我现在是有吃有喝的，都因为有这个爸，我明白。是的，在这三四年里我想不起曾经看见过月牙儿；也许是看见过而不大记得了。爸死时那个月牙儿，妈轿子前面那个月牙儿，我永远忘不了。那一点点光，那一点寒气，老在我心中，比什么都亮，都清凉，像块玉似的，有时候想起来仿佛能用手摸到似的。

九

我很爱上学。我老觉得学校里有不少的花，其实并没有；只是一想起学校就想到花罢了，正像一想起爸的坟就想起城外的月牙儿——在野外的小风里歪歪着。妈妈是很爱花的，虽然买不起，可是有人送给她一朵，她就顶喜欢地戴在头上。我有机会便给她折一两朵来；戴上朵鲜花，妈的后影还很年轻似的。妈喜欢，我也喜欢。在学校里我也很喜欢。也许因为这个，我想起学校便想起花来？

十

当我要在小学毕业那年，妈又叫我去当当了。我不知道为什么新爸忽然走了。他上了哪儿，妈似乎也不晓得。妈妈还叫我上学，她想爸不久就会回来的。他许多日子没回来，连封信也没有。我想妈又该洗臭袜子了，这使我极难受。可是妈妈并没这么打算。她还打扮着，还爱戴花；奇怪！她不落泪，反倒好笑；为什么呢？我不明白！好几次，我下学来，看她在门口儿立着。又隔了不久，我在路上走，有人“嗨”我了：“嗨！给你妈捎个信儿去！”“嗨！你卖不卖呀？小嫩的！”我的脸红得冒出火来，把头低得无可再低。我明白，只是没办法。我不能问妈妈，不能。她对我很好，而且有时候极郑重地说我：“念书！念书！”妈是不识字的，为什么这样催我念书呢？我疑心；又常由疑心而想到妈是为我才作那样的事。妈是没有更好的办法。疑心的时候，我恨不能骂妈妈一顿。再一想，我要抱住她，央告她不要再作那个事。我恨自己不能帮助妈妈。所以我也想到：我在小学毕业后又有什么用呢？我和同学们打听过了，有的告诉我，去年毕业的有好几个作姨太太的。有的告诉我，谁当了暗门子。我不大懂这些事，可是由她们的说法，我猜到这不是好事。她们似乎什么都知道，也爱偷偷地谈论她们明知是不正当的事——这些事叫她们的脸红红的而显出得意。我更疑心妈妈了，是不是等我毕业好去作……这么一想，有时候我不敢回家，我怕见妈妈。妈妈有时候给我点心钱，我不肯花，饿着肚子去上体操，常常要晕过去。看着别人吃点心，多么香甜呢！可是我得省着钱，万一妈妈叫我去……我可以跑，假如我手中有钱。我最阔的时候，手中有一毛多钱！在这些时候，即使在白天，我也有时望一望天上，找我的月牙儿呢。我心中的苦处假若可以用个形状比喻起来，必是个月牙儿形的。它无倚无靠的在灰蓝的天上挂着，光儿微弱，不大会儿便被黑暗包住。

十一

叫我最难过的是我慢慢地学会了恨妈妈。可是每当我恨她的时候，我不知不觉地便想起她背着我上坟的光景。想到了这个，我不能恨她了。我又非恨她不可。我的心像——还是像那个月牙儿，只能亮那么一会儿，而黑暗是无限的。妈妈的屋里常有男人来了，她不再躲避着我。他们的眼像狗似地看着我，舌头吐着，垂着涎。我在他们的眼中是更解馋的，我看出来。在很短的期间，我忽然明白了许多的事。我知道我得保护自己，我觉出我身上好像有什么可贵的地方，我闻得出我已有一种什么味道，使我自己害羞，多感。我身上有了些力量，可以保护自己，也可以毁了自己。我有时很硬气，有时候很软。我不知怎样好。我愿爱妈妈，这时候我有好些必要问妈妈的事，需要妈妈的安慰；可是正在这个时候，我得躲着她，我得恨她；要不然我自己便不存在了。当我睡不着的时节，我很冷静地思索，妈妈是可原谅的。她得顾我们俩的嘴。可是这个又使我要拒绝再吃她给我的饭菜。我的心就这么忽冷忽热，像冬天的风，休息一会儿，刮得更要猛；我静候着我的怒气冲来，没法儿止住。

十二

事情不容我想好方法就变得更坏了。妈妈问我，“怎样？”假若我真爱她呢，妈妈说，我应该帮助她。不然呢，她不能再管我了。这不像妈妈能说得出的话，但是她确是这么说了。她说得很清楚：“我已经快老了，再过二年，想白叫人要也没人要了！”这是对的，妈妈近来擦许多的粉，脸上还露出摺子来。她要再走一步，去专伺候一个男人。她的精神来不及伺候许多男人了。为她自己想，这时候能有人要她——是个馒头铺掌柜的愿要她——她该马上就走。可是我已经是个大姑娘了，不像小时候那样容易跟在妈妈轿后走过去了。我得打主意安置自己。假若我愿意“帮助”妈妈呢，她可以不再走这一步，而由我代替她挣钱。代她挣钱，我真愿意；可是那个挣钱方法叫我哆嗦。我知道什么呢，叫我像个半老的妇人那样去挣钱？！妈妈的心是狠的，可是钱更狠。妈妈不逼着我走哪条路，她叫我自己挑选——帮助她，或是我们娘儿俩各走各的。妈妈的眼没有泪，早就干了。我怎么办呢？

十三

我对校长说了。校长是个四十多岁的妇人，胖胖的，不很精明，可是心热。我是真没了主意，要不然我怎会开口述说妈妈的……我并没和校长亲近过。当我对她说的时候，每个字都像烧红了的煤球烫着我的喉，我哑了，半天才能吐出一个字。校长愿意帮助我。她不能给我钱，只能供给我两顿饭和住处——就住在学校和个老女仆作伴儿。她叫我帮助文书写写字，可是不必马上就这么办，因为我的字还需要练习。两顿饭，一个住处，解决了天大的问题。我可以不连累妈妈了。妈妈这回连轿也没坐，只坐了辆洋车，摸着黑走了。我的铺盖，她给了我。临走的时候，妈妈挣扎着不哭，可是心底下的泪到底翻上来了。她知道我不能再找她去，她的亲女儿。我呢，我连哭都忘了怎么哭了，我只咧着嘴抽达，泪蒙住了我的脸。我是她的女儿、朋友、安慰。但是我帮助不了她，除非我得作那种我决不肯作的事。在事后一想，我们娘儿俩就像两个没人管的狗，为我们的嘴，我们得受着一切的苦楚，好像我们身上没有别的，只有一张嘴。为这张嘴，我们得把其余一切的东西都卖了。我不恨妈妈了，我明白了。不是妈妈的毛病，也不是不该长那张嘴，是粮食的毛病，凭什么没有我们的吃食呢？这个别离，把过去一切的苦楚都压过去了。那最明白我的眼泪怎流的月牙这回没出来，这回只有黑暗，连点萤火的光也没有。妈妈就在暗中像个活鬼似的走了，连个影子也没有。即使她马上死了，恐怕也不会和爸埋在一处了，我连她将来的坟在哪里都不会知道。我只有这么个妈妈，朋友。我的世界里只剩下我自己。

十四

妈妈永不能相见了，爱死在我心里，像被霜打了的春花。我用心地练字，为是能帮助校长抄抄写写些不要紧的东西。我必须有用，我是吃着别人的饭。我不像那些女同学，她们一天到晚注意别人，别人吃了什么，穿了什么，说了什么；我老注意我自己，我的影子是我的朋友。“我”老在我的心上，因为没人爱我。我爱我自己，可怜我自己，鼓励我自己，责备我自己；我知道我自己，仿佛我是另一个人似的。我身上有一点变化都使我害怕，使我欢喜，使我莫名其妙。我在我自己手中拿着，像捧着一朵娇嫩的花。我只能顾目前，没有将来，也不敢深想。嚼着人家的饭，我知道那是晌午或晚上了，要不然我简直想不起时间来；没有希望，就没有时间。我好像钉在个没有日月的地方。想起妈妈，我晓得我曾经活了十几年。对将来，我不像同学们那样盼望放假，过节，过年；假期，节，年，跟我有什么关系呢？可是我的身体是往大了长呢，我觉得出。觉出我又长大了一些，我更渺茫，我不放心我自己。我越往大了长，我越觉得自己好看，这是一点安慰；美使我抬高了自己的身份。可是我根本没身份，安慰是先甜后苦的，苦到末了又使我自傲。穷，可是好看呢！这又使我怕：妈妈也是不难看的。

十五

我又老没看月牙儿了，不敢去看，虽然想看。我已毕了业，还在学校里住着。晚上，学校里只有两个老仆人，一男一女。他们不知怎样对待我好，我既不是学生，也不是先生，又不是仆人，可有点像仆人。晚上，我一个人在院中走，常被月牙儿给赶进屋来，我没有胆子去看它。可是在屋里，我会想象它是什么样，特别是在有点小风的时候。微风仿佛会给那点微光吹到我的心上来，使我想起过去，更加重了眼前的悲哀。我的心就好像在月光下的蝙蝠，虽然是在光的下面，可是自己是黑的；黑的东西，即使会飞，也还是黑的，我没有希望。我可是不哭，我只常皱着眉。

十六

我有了点进款：给学生织些东西，她们给我点工钱。校长允许我这么办。可是进不了许多，因为她们也会织。不过她们自己急于要用，而赶不来，或是给家中人打双手套或袜子，才来照顾我。虽然是这样，我的心似乎活了一点，我甚至想到：假若妈妈不走那一步，我是可以养活她的。一数我那点钱，我就知道这是梦想，可是这么想使我舒服一点。我很想看看妈妈。假若她看见我，她必能跟我来，我们能有方法活着，我想——可是不十分相信。我想妈妈，她常到我的梦中来。有一天，我跟着学生们去到城外旅行，回来的时候已经是下午四点多了。为是快点回来，我们抄了个小道。我看见了妈妈！在个小胡同里有一家卖馒头的，门口放着个元宝筐，筐上插着个顶大的白木头馒头。顺着墙坐着妈妈，身儿一仰一弯地拉风箱呢。从老远我就看见了那个大木馒头与妈妈，我认识她的后影。我要过去抱住她。可是我不敢，我怕学生们笑话我，她们不许我有这样的妈妈。越走越近了，我的头低下去，从泪中看了她一眼，她没看见我。我们一群人擦着她的身子走过去，她好像是什么也没看见，专心地拉她的风箱。走出老远，我回头看了看，她还在那儿拉呢。我看不清她的脸，只看到她的头发在额上披散着点。我记住这个小胡同的名儿。

十七

像有个小虫在心中咬我似的，我想去看妈妈，非看见她我心中不能安静。正在这个时候，学校换了校长。胖校长告诉我得打主意，她在这儿一天便有我一天的饭食与住处，可是她不能保险新校长也这么办。我数了数我的钱，一共是两块七毛零几个铜子。这几个钱不会叫我在最近的几天中挨饿，可是我上哪儿呢？我不敢坐在那儿呆呆地发愁，我得想主意。找妈妈去是第一个念头。可是她能收留我吗？假若她不能收留我，而我找了她去，即使不能引起她与那个卖馒头的吵闹，她也必定很难过。我得为她想，她是我的妈妈，又不是我的妈妈，我们母女之间隔着一层用穷作成的障碍。想来想去，我不肯找她去了。我应当自己担着自己的苦处。可是怎么担着自己的苦处呢？我想不起。我觉得世界很小，没有安置我与我的小铺盖卷的地方。我还不如一条狗，狗有个地方便可以躺下睡；街上不准我躺着。是的，我是人，人可以不如狗。假若我扯着脸不走，焉知新校长不往外撵我呢？我不能等着人家往外推。这是个春天。我只看见花儿开了，叶儿绿了，而觉不到一点暖气。红的花只是红的花，绿的叶只是绿的叶，我看见些不同的颜色，只是一点颜色；这些颜色没有任何意义，春在我的心中是个凉的死的东西。我不肯哭，可是泪自己往下流。

十八

我出去找事了。不找妈妈，不依赖任何人，我要自己挣饭吃。走了整整两天，抱着希望出去，带着尘土与眼泪回来。没有事情给我作。我这才真明白了妈妈，真原谅了妈妈。妈妈还洗过臭袜子，我连这个都作不上。妈妈所走的路是唯一的。学校里教给我的本事与道德都是笑话，都是吃饱了没事时的玩艺儿。同学们不准我有那样的妈妈，她们笑话暗门子；是的，她们得这样看，她们有饭吃。我差不多要决定了：只要有人给我饭吃，什么我也肯干；妈妈是可佩服的。我才不去死，虽然想到过；不，我要活着。我年轻，我好看，我要活着。羞耻不是我造出来的。

十九

这么一想，我好像已经找到了事似的。我敢在院中走了，一个春天的月牙儿在天上挂着。我看出它的美来。天是暗蓝的，没有一点云。那个月牙儿清亮而温柔，把一些软光儿轻轻送到柳枝上。院中有点小风，带着南边的花香，把柳条的影子吹到墙角有光的地方来，又吹到无光的地方去；光不强，影儿不重，风微微地吹，都是温柔，什么都有点睡意，可又要轻软地活动着。月牙儿下边，柳梢上面，有一对星儿好像微笑的仙女的眼，逗着那歪歪的月牙儿和那轻摆的柳枝。墙那边有棵什么树，开满了白花，月的微光把这团雪照成一半儿白亮，一半儿略带点灰影，显出难以想到的纯净。这个月牙儿是希望的开始，我心里说。

二十

我又找了胖校长去，她没在家。一个青年把我让进去。他很体面，也很和气。我平素很怕男人，但是这个青年不叫我怕他。他叫我说什么，我便不好意思不说；他那么一笑，我心里就软了。我把找校长的意思对他说了，他很热心，答应帮助我。当天晚上，他给我送了两块钱来，我不肯收，他说这是他婶母——胖校长——给我的。他并且说他的婶母已经给我找好了地方住，第二天就可以搬过去。我要怀疑，可是不敢。他的笑脸好像笑到我的心里去。我觉得我要疑心便对不起人，他是那么温和可爱。

二十一

他的笑唇在我的脸上，从他的头发上我看着那也在微笑的月牙儿。春风像醉了，吹破了春云，露出月牙儿与一两对儿春星。河岸上的柳枝轻摆，春蛙唱着恋歌，嫩蒲的香味散在春晚的暖气里。我听着水流，像给嫩蒲一些生力，我想象着蒲梗轻快地往高里长。小蒲公英在潮暖的地上生长。什么都在溶化着春的力量，然后放出一些香味来。我忘了自己，我没了自己，像化在了那点春风与月的微光中。月牙儿忽然被云掩住，我想起来自己。我失去那个月牙儿，也失去了自己，我和妈妈一样了！

二十二

我后悔，我自慰，我要哭，我喜欢，我不知道怎样好。我要跑开，永不再见他；我又想他，我寂寞。两间小屋，只有我一个人，他每天晚上来。他永远俊美，老那么温和。他供给我吃喝，还给我作了几件新衣。穿上新衣，我自己看出我的美。可是我也恨这些衣服，又舍不得脱去。我不敢思想，也懒得思想，我迷迷糊糊的，腮上老有那么两块红。我懒得打扮，又不能不打扮，太闲在了，总得找点事作。打扮的时候，我怜爱自己；打扮完了，我恨自己。我的泪很容易下来，可是我设法不哭，眼终日老那么湿润润的，可爱。我有时候疯了似的吻他，然后把他推开，甚至于破口骂他；他老笑。

二十三

我早知道，我没希望；一点云便能把月牙儿遮住，我的将来是黑暗。果然，没有多久，春便变成了夏，我的春梦作到了头儿。有一天，也就是刚晌午吧，来了一个少妇。她很美，可是美得不玲珑，像个磁人儿似的。她进到屋中就哭了。不用问，我已明白了。看她那个样儿，她不想跟我吵闹，我更没预备着跟她冲突。她是个老实人。她哭，可是拉住我的手："他骗了咱们俩！"她说。我以为她也只是个"爱人"。不，她是他的妻。她不跟我闹，只口口声声的说："你放了他吧！"我不知怎么才好，我可怜这个少妇。我答应了她。她笑了。看她这个样儿，我以为她是缺个心眼，她似乎什么也不懂，只知道要她的丈夫。

二十四

我在街上走了半天。很容易答应那个少妇呀，可是我怎么办呢？他给我的那些东西，我不愿意要；既然要离开他，便一刀两断。可是，放下那点东西，我还有什么呢？我上哪儿呢？我怎么能当天就有饭吃呢？好吧，我得要那些东西，无法。我偷偷的搬了走。我不后悔，只觉得空虚，像一片云那样的无倚无靠。搬到一间小屋里，我睡了一天。

二十五

我知道怎样俭省，自幼就晓得钱是好的。凑合着手里还有那点钱，我想马上去找个事。这样，我虽然不希望什么，或者也不会有危险了。事情可是并不因我长了一两岁而容易找到。我很坚决，这并无济于事，只觉得应当如此罢了。妇女挣钱怎这么不容易呢！妈妈是对的，妇人只有一条路走，就是妈妈所走的路。我不肯马上就往那么走，可是知道它在不很远的地方等着我呢。我越挣扎，心中越害怕。我的希望是初月的光，一会儿就要消失。一两个星期过去了，希望越来越小。最后，我去和一排年轻的姑娘们在小饭馆受选阅。很小的一个饭馆，很大的一个老板；我们这群都不难看，都是高小毕业的少女们，等皇赏似的，等着那个破塔似的老板挑选。他选了我。我不感谢他，可是当时确有点痛快。那群女孩子们似乎很羡慕我，有的竟自含着泪走去，有的骂声“妈的！”女人够多么不值钱呢！

二十六

我成了小饭馆的第二号女招待。摆菜、端菜、算账、报菜名，我都不在行。我有点害怕。可是“第一号”告诉我不用着急，她也都不会。她说，小顺管一切的事；我们当招待的只要给客人倒茶，递手巾把，和拿账条；别的不用管。奇怪！“第一号”的袖口卷起来很高，袖口的白里子上连一个污点也没有。腕上放着一块白丝手绢，绣着“妹妹我爱你”。她一天到晚往脸上拍粉，嘴唇抹得血瓢似的。给客人点烟的时候，她的膝往人家腿上倚；还给客人斟酒，有时候她自己也喝了一口。对于客人，有的她伺候得非常的周到；有的她连理也不理，她会把眼皮一搭拉，假装没看见。她不招待的，我只好去。我怕男人。我那点经验叫我明白了些，什么爱不爱的，反正男人可怕。特别是在饭馆吃饭的男人们，他们假装义气，打架似的让座让账；他们拼命的猜拳，喝酒；他们野兽似的吞吃，他们不必要而故意的挑剔毛病，骂人。我低头递茶递手巾，我的脸发烧。客人们故意的和我说东说西，招我笑；我没心思说笑。晚上九点多钟完了事，我非常的疲乏了。到了我的小屋，连衣裳没脱，我一直地睡到天亮。醒来，我心中高兴了一些，我现在是自食其力，用我的劳力自己挣饭吃。我很早的就去上工。

二十七

“第一号”九点多才来，我已经去了两点多钟。她看不起我，可也并非完全恶意地教训我：“不用那么早来，谁八点来吃饭？告诉你，丧气鬼，把脸别搭拉得那么长；你是女跑堂的，没让你在这儿送殡玩。低着头，没人多给酒钱；你干什么来了？不为挣子儿吗？你的领子太矮，咱这行全得弄高领子，绸子手绢，人家认这个！”我知道她是好意，我也知道设若我不肯笑，她也得吃亏，少分酒钱；小账是大家平分的。我也并非看不起她，从一方面看，我实在佩服她，她是为挣钱。妇女挣钱就得这么着，没第二条路。但是，我不肯学她。我仿佛看得很清楚：有朝一日，我得比她还开通，才能挣上饭吃。可是那得到了山穷水尽的时候；“万不得已”老在那儿等我们女人，我只能叫它多等几天。这叫我咬牙切齿，叫我心中冒火，可是妇女的命运不在自己手里。又干了三天，那个大掌柜的下了警告：再试我两天，我要是愿意往长了干呢，得照“第一号”那么办。“第一号”一半嘲弄，一半劝告的说：“已经有人打听你，干吗藏着乖的卖傻的呢？咱们谁不知道谁是怎么着？女招待嫁银行经理的，有的是；你当是咱们低贱呢？闯开脸儿干呀，咱们也他妈的坐几天汽车！”这个，逼上我的气来，我问她：“你什么时候坐汽车？”她把红嘴唇撇得要掉下去：“不用你耍嘴皮子，干什么说什么；天生下来的香屁股，还不会干这个呢！”我干不了，拿了一块零五分钱，我回了家。

二十八

最后的黑影又向我迈了一步。为躲它，就更走近了它。我不后悔丢了那个事，可我也真怕那个黑影。把自己卖给一个人，我会。自从那回事儿，我很明白了些男女之间的关系。女人把自己放松一些，男人闻着味儿就来了。他所要的是肉，他发散了兽力，你便暂时有吃有穿；然后他也许打你骂你，或者停止了你的供给。女人就这么卖了自己，有时候还很得意，我曾经觉到得意。在得意的时候说的净是一些天上的话；过了会儿，你觉得身上的疼痛与丧气。不过，卖给一个男人，还可以说些天上的话；卖给大家，连这些也没法说了，妈妈就没说过这样的话。怕的程度不同，我没法接受“第一号”的劝告；“一个”男人到底使我少怕一点。可是，我并不想卖我自己。我并不需要男人，我还不到二十岁。我当初以为跟男人在一块儿必定有趣，谁知道到了一块儿他就要求那个我所害怕的事。是的，那时候我像把自己交给了春风，任凭人家摆布；过后一想，他是利用我的无知，畅快他自己。他的甜言蜜语使我走入梦里；醒过来，不过是一个梦，一些空虚；我得到的是两顿饭，几件衣服。我不想再这样挣饭吃，饭是实在的，实在地去挣好了。可是，若真挣不上饭吃，女人得承认自己是女人，得卖肉！一个多月，我找不到事作。

二十九

我遇见几个同学，有的升入了中学，有的在家里作姑娘。我不愿理她们，可是一说起话儿来，我觉得我比她们精明。原先，在学校的时候，我比她们傻；现在，“她们”显着呆傻了。她们似乎还都作梦呢。她们都打扮得很好，像铺子里的货物。她们的眼溜着年轻的男人，心里好像作着爱情的诗。我笑她们。是的，我必定得原谅她们，她们有饭吃，吃饱了当然只好想爱情，男女彼此织成了网，互相

捕捉；有钱的，网大一些，捉住几个，然后从容地选择一个。我没有钱，我连个结网的屋角都找不到。我得直接地捉人，或是被捉，我比她们明白一些，实际一些。

三十

有一天，我碰见那个小媳妇，像磁人似的那个。她拉住了我，倒好像我是她的亲人似的。她有点颠三倒四的样儿。“你是好人！你是好人！我后悔了，”她很诚恳地说，“我后悔了！我叫你放了他，哼，还不如在你手里呢！他又弄了别人，更好了，一去不回头了！”由探问中，我知道她和他也是由恋爱而结的婚，她似乎还很爱他。他又跑了。我可怜这个小妇人，她也是还作着梦，还相信恋爱神圣。我问她现在的情形，她说她得找到他，她得从一而终。要是找不到他呢？我问。她咬上了嘴唇，她有公婆，娘家还有父母，她没有自由，她甚至于羡慕我，我没有人管着。还有人羡慕我，我真要笑了！我有自由，笑话！她有饭吃，我有自由；她没自由，我没饭吃，我俩都是女人。

三十一

自从遇上那个小磁人，我不想把自己专卖给一个男人了，我决定玩玩了；换句话说，我要“浪漫”地挣饭吃了。我不再为谁负着什么道德责任，我饿。浪漫足以治饿，正如同吃饱了才浪漫，这是个圆圈，从哪儿走都可以。那些女同学与小磁人都跟我差不多，她们比我多着一点梦想，我比她们更直爽，肚子饿是最大的真理。是的，我开始卖了。把我所有的一点东西都折卖了，作了一身新行头，我的确不难看。我上了市。

三十二

我想我要玩玩，浪漫。啊，我错了。我还是不大明白世故。男人并不像我想的那么容易勾引。我要勾引文明一些的人，要至多只赔上一两个吻。哈哈，人家不上那个当，人家要初次见面便得到便宜。还有呢，人家只请我看电影，或逛逛大街，吃杯冰激凌；我还是饿着肚子回家。所谓文明人，懂得问我在哪儿毕业，家里作什么事。那个态度使我看明白，他若是要你，你得给他相当的好处；你若是没有好处可贡献呢，人家只用一角钱的冰激凌换你一个吻。要卖，得痛痛快快地。我明白了这个。小磁人们不明白这个。我和妈妈明白，我很想妈了。

三十三

据说有些女人是可以浪漫地挣饭吃，我缺乏资本；也就不必再这样想了。我有了买卖。可是我的房东不许我再住下去，他是讲体面的人。我连瞧他也没瞧，就搬了家，又搬回我妈妈和新爸爸曾经住过的那两间房。这里的人不讲体面，可也更真诚可爱。搬了家以后，我的买卖很不错。连文明人也来了。文明人知道了我是卖，他们是买，就肯来了；这样，他们不吃亏，也不丢身份。初干的时候，我很害怕，因为我还不到二十岁。及至作过了几天，我也就不怕了。多咱他们像了一摊泥，他们才觉得上了算，他们满意，还替我作义务的宣传。干过了几个月，我明白的事情更多了，差不多每一见面，我就能断定他是怎样的人。有的很有钱，这样的人一开口总是问我的身价，表示他买得起我。他也很嫉妒，总想包了我；逛暗娼他也想独占，因为他有钱。对这样的人，我不大招待。他闹脾气，我不怕，我告诉他，我可以找上他的门去，报告给他的太太。在小学里念了几年书，到底是没白念，他唬不住我。“教育”是有用的，我相信了。有的人呢，来的时候，手里就攥着一块钱，唯恐上了当。对这种人，我跟他细讲条件，他就乖乖地回家去拿钱，很有意思。最可恨的是那些油子，不但不肯花钱，反倒要占点便宜走，什么半盒烟卷呀，什么一小瓶雪花膏呀，他们随手拿去。这种人还是得罪不的，他们在地面上很熟，得罪了他们，他们会叫巡警跟我捣乱。我不得罪他们，我喂着他们；乃至我认识了警官，才一个个的收拾他们。世界就是狼吞虎咽的世界，谁坏谁就占便宜。顶可怜的是那像学生样儿的，袋里装着一块钱，和几十铜子，叮当地直响，鼻子上出着汗。我可怜他们，可是也照常卖给他们。我有什么办法呢！还有老头子呢，都是些规矩人，或者家中已然儿孙成群。对他们，我不知道怎样好；但是我知道他们有钱，想在死前买些快乐，我只好供给他们所需要的。这些经验叫我认识了“钱”与“人”。钱比人更厉害一些，人若是兽，钱就是兽的胆子。

三十四

我发现了我身上有了病。这叫我非常的苦痛，我觉得已经不必活下去了。我休息了，我到街上去走；无目的，乱走。我想去看看妈，她必能给我一些安慰，我想象着自己已是快死的人了。我绕到那个小巷，希望见着妈妈；我想起她在门外拉风箱的样子。馒头铺已经关了门。打听，没人知道搬到哪里去。这使我更坚决了，我非找到妈妈不可。在街上丧胆游魂地走了几天，没有一点用。我疑心她是死了，或是和馒头铺的掌柜的搬到别处去，也许在千里以外。这么一想，我哭起来。我穿好了衣裳，擦上了脂粉，在床上躺着，等死。我相信我会不久就死去的。可是我没死。门外又敲门了，找我的。好吧，我伺候他，我把病尽力地传给他。我不觉得这对不起人，这根本不是我的过错。我又痛快了些，我吸烟，我喝酒，我好像已是三四十岁的人了。我的眼圈发青，手心发热，我不再管；有钱才能活着，先吃饱再说别的吧。我吃得并不错，谁肯吃坏的呢！我必须给自己一点好吃食，一些好衣裳，这样才稍微对得起自己一点。

三十五

一天早晨，大概有十点来钟吧，我正披着件长袍在屋中坐着，我听见院中有点脚步声。我十点来钟起来，有时候到十二点才想穿好衣裳，我近来非常的懒，能披着件衣服呆坐一两个钟头。我想不起什么，也不愿想什么，就那么独自呆坐。那点脚步声，向我的门外来了，很轻很慢。不久，我看见一对眼睛，从门上那块小玻璃向里面看呢。看了一会儿，躲开了；我懒得动，还在那儿坐着。待了一会儿，那对眼睛又来了。我再也坐不住，我轻轻的开了门。“妈！”

三十六

我们母女怎么进了屋，我说不上来。哭了多久，也不大记得。妈妈已老得不像样儿了。她的掌柜的回了老家，没告诉她，偷偷地走了，没给她留下一个钱。她把那点东西变卖了，辞退了房，搬到一个大杂院里去。她已找了我半个多月。最后，她想到上这儿来，并没希望找到我，只是碰碰看，可是竟自找到了我。她不敢认我了，要不是我叫她，她也许就又走了。哭完了，我发狂似的笑起来：她找到了女儿，女儿已是个暗娼！她养着我的时候，她得那样；现在轮到我养着她了，我得那样！女人的职业是世袭的，是专门的！

三十七

我希望妈妈给我点安慰。我知道安慰不过是点空话，可是我还希望来自妈妈的口中。妈妈都往往会骗人，我们把妈妈的诓骗叫作安慰。我的妈妈连这个都忘了。她是饿怕了，我不怪她。她开始检点我的东西，问我的进项与花费，似乎一点也不以这种生意为奇怪。我告诉她，我有了病，希望她劝我休息几天。没有；她只说出去给我买药。“我们老干这个吗？”我问她。她没言语。可是从另一方面看，她确是想保护我，心疼我。她给我作饭，问我身上怎样，还常常偷看我，像妈妈看睡着了的小孩那样。只是有一层她不肯说，就是叫我不用再干这行了。我心中很明白——虽然有一点不满意她——除了干这个，还想不到第二个事情作。我们母女得吃得穿——这个决定了一切。什么母女不母女，什么体面不体面，钱是无情的。

三十八

妈妈想照应我，可是她得听着看着人家蹂躏我。我想好好对待她，可是我觉得她有时候讨厌。她什么都要管管，特别是对于钱。她的眼已失去年轻时的光泽，不过看见了钱还能发点光。对于客人，她就自居为仆人，可是当客人给少了钱的时候，她张嘴就骂。这有时候使我很为难。不错，既干这个还不是为钱吗？可是干这个的也似乎不必骂人。我有时候也会慢待人，可是我有我的办法，使客人急不得恼不得。妈妈的方法太笨了，很容易得罪人。看在钱的面上，我们不应当得罪人。我的方法或者出于我还年轻，还幼稚；妈妈便不顾一切的单单站在钱上了，她应当如此，她比我大着

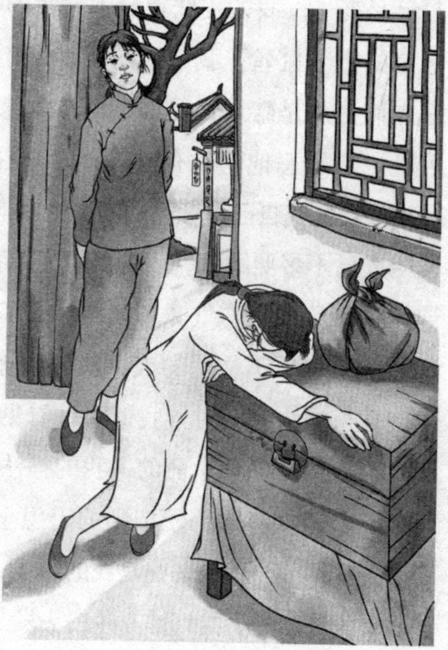

好些岁。恐怕再过几年我也就这样了，人老心也跟着老，渐渐老得和钱一样的硬。是的，妈妈不客气。她有时候劈手就抢客人的皮来，有时候留下人家的帽子或值钱一点的手套与手杖。我很怕闹出事来，可是妈妈说的好："能多弄一个是一个，咱们是拿十年当作一年活着的，等七老八十还有人要咱们吗？"有时候，客人喝醉了，她便把他架出去，找个僻静地方叫他坐下，连他的鞋都拿回来。说也奇怪，这种人倒没有来找账的，想是已人事不知，说不定也许病一大场。或者事过之后，想过滋味，也就不便再来闹了，我们不怕丢人，他们怕。

三十九

妈妈是说对了：我们是拿十年当一年活着。干了二三年，我觉出自己是变了。我的皮肤粗糙了，我的嘴唇老是焦的，我的眼睛里老灰渌渌的带着血丝。我起来的很晚，还觉得精神不够。我觉出这个来，客人们更不是瞎子，熟客渐渐少起来。对于生客，我更努力的伺候，可是也更厌恶他们，有时候我管不住自己的脾气。我暴躁，我胡说，我已经不是我自己了。我的嘴不由的老胡说，似乎是惯了。这样，那些文明人已不多照顾我，因为我丢了那点"小鸟依人"——他们唯一的诗句——的身段与气味。我得和野鸡学了。我打扮得简直不像个人，这才招得动那不文明的人。我的嘴擦得像个红血瓢，我用力咬他们，他们觉得痛快。有时候我似乎已看见我的死，接进一块钱，我仿佛死了一点。钱是延长生命的，我的挣法适得其反。我看着自己死，等着自己死。这么一想，便把别的思想全止住了。不必想了，一天一天地活下去就是了，我的妈妈是我的影子，我至好不过将来变成她那样，卖了一辈子肉，剩下的只是一些白头发与抽皱的黑皮。这就是生命。

四十

我勉强地笑，勉强地疯狂，我的痛苦不是落几个泪所能减除的。我这样的生命是没什么可惜的，可是它到底是个生命，我不愿撒手。况且我所作的并不是我自己的过错。死假如可怕，那只因为活着是可爱的。我决不是怕死的痛苦，我的痛苦久已胜过了死。我爱活着，而不应当这样活着。我想象着一种理想的生活，像作着梦似的；这个梦一会儿就过去了，实际的生活使我更觉得难过。这个世界不是个梦，是真的地狱。妈妈看出我的难过来，她劝我嫁人。嫁人，我有了饭吃，她可以弄一笔养老金。我是她的希望。我嫁谁呢？

四十一

因为接触的男子很多了，我根本已忘了什么是爱。我爱的是我自己，及至我已爱不了自己，我爱别人干什么呢？但是打算出嫁，我得假装说我爱，说我愿意跟他一辈子。我对好几个人都这样说了，还起了誓；没人接受。在钱的管领下，人都很精明。嫖不如偷，对，偷省钱。我要是不要钱，管保人人说爱我。

四十二

正在这个期间，巡警把我抓了去。我们城里的新官儿非常地讲道德，要扫清了暗门子。正式的妓女倒还照旧作生意，因为她们纳捐；纳捐的便是名正言顺的，道德的。抓了去，他们把我放在了感化院，有人教给我作工。洗、做、烹调、编织，我都会；要是这些本事能挣饭吃，我早就不干那个苦事了。我跟他们这样讲，他们不信，他们说我没出息，没道德。他们教给我工作，还告诉我必须爱我的工作。假如我爱工作，将来必定能自食其力，或是嫁个人。他们很乐观。我可没这个信心。他们最好的成绩，是已经有十几多个女的，经过他们感化而嫁了人。到这儿来领女人的，只须花两块钱的手续费和找一个妥实的铺保就够了。这是个便宜。从男人方面看；据我想，这是个笑话。我干脆就不受这个感化。当一个大官儿来检阅我们的时候，我唾了他一脸唾沫。他们还不肯放了我，我是带危险性的东西。可是他们也不肯再感化我。我换了地方，到了狱中。

四十三

狱里是个好地方，它使人坚信人类的没有起色；在我作梦的时候都见不到这样丑恶的玩艺儿。自从我一进来，我就不再想出去，在我的经验中，世界比这儿并强不了许多。我不愿死，假若从这儿出去而能有个较好的地方；事实上既不这样，死在哪儿不一样呢。在这里，在这里，我又看见了我的好朋友，月牙儿！多久没见着它了！妈妈干什么呢？我想起来一切。

杀　狗

灯灭了。宿舍里乱哄了一阵儿，慢慢的静寂起来。没光亮，没响声，夜光表的针儿轻轻的凑到一处，十二点。

杜亦甫本没脱去短衣，轻轻的起来，披上长袍。夜里的春寒教他不得已的吸了一下鼻子。摸着洋蜡，点上，发出点很懒惰无聊的光儿。他呆呆的看着微弯的烛捻儿：慢慢的，羞涩的，黑线碰到了蜡槽，蜡化开一点，像个水仙花心；轻轻炸了两声，水仙花心散化在一汪儿油里；暗了一会儿，忽然想起它的责任来似的，放出一支蜡所应供给的全份儿光亮。杜亦甫痛快了一些。

转身，他推醒周石松。周石松慢慢的坐起来，蜷着腿，头支在膝上，看着那支蜡烛。

“我叫他们去！”杜亦甫在周石松耳边轻轻的说。

不大的工夫，像领着两个囚徒似的，杜亦甫带进一高一矮两位同学来，高的——徐明侠——坐在杜的床上，矮的——初济辰——坐在周的枕旁。周石松似乎还没十分醒好。大家都看着那微动的烛光，一声不响，像都揣着个炸弹似的，勇敢，又害怕，不敢出声。杜亦甫坐在屋中唯一的破藤椅上，压出一点声音来。

周石松要打哈欠，嘴张开，不敢出声，脸上的肉七扭八折的乱用力量，几乎怪可怕。杜亦甫在藤椅上轻轻扭动了两下，看着周石松的红嘴慢慢的并拢起来，才放了心。

徐明侠探着头，眼睛睁得极大，显出纯洁而狡猾，急切的问："什么事？"

初济辰抬着头看天花板，态度不但自然，而且带出点傲慢狂放来，他自居为才子。

"有紧要的事！"杜亦甫低声的回答。

周石松赶紧点头，表示他并不傻。更进一步的为表示自己精细，他问了句："好不好把毯子挂上，遮住灯光；省得又教走狗们去报告？"

谁也没答碴儿，初才子嗤的笑了一声，像一个水点落在红铁上。

杜亦甫又在椅子上扭动了一下。他长得粗眉大眼，心里可很精细；他的精细管拘住他的热烈，正像个炸弹，必须放在极合适的地方才好爆发。大学二年级的学生，功课，能力，口才，身体，都不坏。父亲是国术馆的教师，有人说杜亦甫也有些家传的武艺，他自己可不这么承认；为使别人相信，他永远管国术叫作："拿好架子，等着挨揍。"他不大看得起他的父亲，每逢父子吵了嘴，他很想把老人叫作"挨揍的代表"，可是决不对别人公然这么说。

夜间十二点，他们常开这样的小组会议。夜半，一豆灯光，语声低重，无论有无实际的问题来讨论，总使他们感到兴奋，满意。多少多少不平与不满意的事，他们都可以在这里偷偷的用些激烈的言语来讨论，想办法。他们以为这是把光藏在洞里，不久，他们会炸破这个洞，给东亚放起一把野火来，使这衰老的民族变成口吐火焰的怪兽。他们兴奋，恐惧，骄傲，自负，话多，心跳得快。

杜亦甫是这小团体的首领。"有紧要的事！"他又说了一句。看大家都等待着他解释，他向前探了探身，两脚妥实的踩在地上，好使他的全身稳当有力："和平就是屈服，我们不能再受任何人的骗！刀放在脖子上——是的，刀已经放在我们的脖子上了——闭眼的就死，还手的生死不定。丧去生命才有生命，除了流血没有第二条路，没有！我们不能坐以待毙，去预备流血，给自己造流血的机会！我们是为流血而来的！”

“假如我们能造成局部的惨变，”周石松把被子往上拉了拉，“而结果只是局部的解决了，岂不是白流自家的血，白死一些好人——”

“糊涂人！”初才子矫正着。

“啊，糊涂人，”周石松心中乱了一些。“我说，岂不是，没用，没多大的用？”

徐明侠的眼中带着点泪光，看着杜亦甫，仿佛已知道杜亦甫要说什么，而欢迎他说。

杜亦甫要笑一下，可是极快的想起自己是首领，于是拿出更郑重的样子，显出只懂得辩驳，而一点也不小看人：“多一个疮口就多使人注意点他的生命。一个疮，因为能引起对全身的注意，也许就能救——能救！不是能害——一条命！一个民族也如是！我们为救民族，得给它去造疮口！”

“由死亡里学会了聪明！”初济辰把手揣到袖子里去。

徐明侠向杜亦甫点头，向初才子点头，眼睛由这个看到那个，轻送着泪光，仿佛他们的话都正好打在他的心坎上，只有佩服，同情，说不出来话。

周石松对着烛光愣起来。

“老周你先不必怕！”徐明侠也同情于老周，但是须给他一点激动。

“谁怕？谁怕？”周石松的脸立刻红了一块，语声超出这种会议所允许的高度。“哪回事我落在后边过？难道不许我发言吗？”

“何必呢，老周？”杜亦甫的神气非常的老到，安详，恳切：“你顾虑得对！不过——”

“有点妇人之仁！”初才子极快的接过去。

“不准捣蛋！”杜亦甫镇吓着初济辰。

周石松不再说什么。

“谁也知道，”杜亦甫接入了正文，“战争需要若干若干准备，不是专凭人多就能致胜的。不过，说句不科学的话，勇气到底还是最要紧的。勇气得刺激起来，正如军事需要准备。军事准备了没有？准备了什么？我们不知道。也许是真正在准备，也许是骗人。我们可是一定能作刺激起勇气的工作。造出流血的机会，使人们手足无措，战也死，不战也死，于是就有了战的决心。我们能作这个，应作这个，马上就得去作这个！局部的解决，也好，因为它到底是一个疮。人们不愿全身因此溃烂，就得去想主意！”

说罢，杜亦甫挺起身来，两脚似有千斤沉重，平放在地上。皱着粗眉，大眼呆呆的看着烛光，似乎心中思念已空，只有热血在身上奔流。

“是不是又教我拟稿，发传单？”初才子问。

“正是又得劳驾！”杜亦甫听出来才子话中的邪味，可是用首领所应有的幽默，把才子扣住：“后天大市有香会，我们应去发些传单。危险的事，也就是去造流血的机会。教巡警抓去呢，没关系；若是和敌人们碰了头，就必出乱子——出乱子是我们的目的。大家都愿意？”

周石松首先举起手来。

徐明侠随着举起手，可是不十分快当；及至把手举好，就在空中放了好大半天。

“我去拟稿，不必多此一‘举’了吧？”初才子轻轻的一笑。

“通过！”杜亦甫的脸上也微带出一点笑意。“初，你去拟稿子，明天正午交卷。老周你管印刷，后天清早都得印好。后天九点，一齐出发。是这样不是？”

徐明侠连连点头。

“记得好像咱们发过好几次传单了，并没流过血？”初济辰用眼角撩了杜一下。

“那——”杜亦甫极快的想起一句话，到嘴边上又忘了。

“大而引起流血，小而散散我们的闷气，都好！事情没有白作了的！”徐明侠对杜亦甫说。

杜亦甫没找回来刚才忘掉的那一句，只好勉强的接过来徐明侠的:“事情没有白作了的，反正有传单就有人看。什么——”

“啊——哈——”周石松的哈欠吞并了杜亦甫的语声。

“嗤！”徐明侠把食指放在唇上，“小点声！走狗们，”没说下半句，他猫似的跑到屋门那里，爬下去，耳朵贴着地，听了听。没听到什么，轻快的跑回来:“好象听见有脚步声！”

“福尔摩斯！”初才子立起来:“提议散会。”

杜亦甫拉了初济辰一把，两步跑到屋门那里，轻轻推开门，向外探着头，仔细的看了看:“没人，散会；别忘了咱们的事！”

徐，初，轻轻的走出去。

周石松一下子钻进被窝去，蒙上了头。

杜亦甫独自呆看着蜡烛，好大半天；吹灭了蜡，随着将灭未灭的那一线余光，叹了口气。

躺下之后，他睡不着。屋里污浊的空气，夹杂着蜡油味，像可以摸到的一层什么油腻，要蒙在他的脸上，压住他的胸口，使他出不来气。想去开开窗子，懒得起来。周石松的呼声，变化多端，使人讨厌而又惊异。

起初他讨厌这个呼声，慢慢的转而羡慕周石松了——吃得饱，睡得熟，傻傻糊糊的只有一个心眼。他几乎有点恨自己不那么简单；是的，简单就必能直爽，而直爽一定就会快乐。

由周石松想到了初济辰——狂傲，一天到晚老把头扬到云里去。也可羡慕！狂傲由于无知，也许由于豪爽；无论怎说吧，初才子也快

乐，至少比自己快乐。

想不出徐明侠那高个子有什么特点，也看不出他快乐不快乐。为什么？是不是因为徐明侠不那么简单，豪爽呢？自己是不是和徐害着一路病呢？

不，杜亦甫绝不能就是徐明侠。徐明侠有狡猾的地方，而自己，凭良心说，对谁向来不肯掏坏。那么，为什么自己不快乐呢？不错，家事国事天下事，没有一样足以使一个有志的青年打起精神，去笑一笑的。可是，一天到晚蹩着一口丧气，又有什么用处呢？一个有作为的人，恐怕不专凭着一张苦脸而能成功吧？战士不是笑着去成仁取义么？

是不是自己根本缺乏着一点什么，一点像生命素的东西？想到这里，他把头藏在被子里去。极快的他看见了以前所作过的事，那些虚飘，薄小像一些懒懒的雪花儿似的事，他的头更深藏了些，他惭愧，不肯再教鼻子吸到一些凉气，得闻着自己身上的臭味。那些事，缺乏着点什么，不能说，不能说，对不起那些事，对不起人，也对不起自己！他的头上见了汗！

睡吧，不要再想！再说，为什么这样小看自己呢？他的头伸出来，吸了一口凉气。睁着眼看屋中的黑暗，停止住思索。不久，心中松通了一些，东一个西一个的念头又慢慢的零散的浮上来，像一些春水中的小虫，都带着一点生气。为什么小看自己呢？那些事不是大学生所应作的么？缺乏着点什么，大家所作的不都缺乏着什么吗？那些事不见得不漂亮，自己作的不见得不出色，还要怎样呢？干吗不快乐呢？

心里安静了许多，再把头藏进去，暖气围着耳鼻，像钻入一间温室里去似的。他睡着了。

胡梦颠倒：一会儿，他梦见自己在荒林恶石之间，指挥着几百几千几万热血的男儿作战，枪声响成一片，如同夜雨击打着秋叶。敌人退了，退了；追！喊声震天，血似的，箭似的，血箭似的，一边飞走一边向四外溅射着血花。忽然，四面八方全是敌人，被包围起来，每个枪口都红红的向着他，每个毒狠凶恶的眼睛都看着他；枪口，眼睛，红的，白的，一点一点，渐渐的联成几个大圈，绕着他乱转。他的血凉起来，生命似藏在一把汗里，心里堵得难过，张开嘴要喊，喊不出来。醒了，迷迷糊糊的，似醒非醒，胸口还觉得发堵，身上真出了汗。要定神想一想，心中一软似的又睡去了。似乎是个石洞里，没有一点光，他和周石松都倒捆双臂，口中堵着使人恶心的一块什么东西。洞里似乎有蝙蝠来回搧着腥而凉的风，洞外微微的有些脚步响。他和周，都颤抖着，他一心的只盼望着父亲来救他们，急得心中发辣。他很惭愧，这样不豪横，没骨气，想求救于父亲的那点本事！但是，只有这个思念的里边含着一点希望……不是石洞了，他面对面的与父亲坐在一处，十分讨厌那老人，头脑简单，不识字，在国术馆里学来一些新名词，都用在错的地方！对着父亲，他心里觉得异常的充实，什么也不缺欠，缺欠都在父亲身上呢。

隐隐的听到起床钟，像在浓雾里听到散落的一两声响动似的。好似抱住了一些什么贵重的东西，弯着腰，蜷着腿，他就又睡着了。隐隐的又听到许多声音，使他厌恶，他放肆的骂出一些什么，把手伸出来，垫在脑袋底下；醒了。太阳上来老高，屋中的光亮使他不愿睁眼，迷迷糊糊的，懒懒的，乱七八糟的，记得一角儿梦景，不愿去细细追想，心中怪堵得慌，不是蹩着一点什么，就是缺乏着一点什么，说不清。打了极长的两个哈欠，大泪珠像虫儿似的向左右轻爬，倒还痛快。

起来，无聊；偶尔的误一两堂功课，不算什么；倒是这么无事可作，晃晃悠悠的，有些蹩扭。到外边散散步去。春风很小很尖，飕人们的脑子；可是墙角与石缝里都悄悄的长出细草芽，还不十分绿，显着勇敢而又乖巧似的。他很想往远处蹓蹓，腿可是不愿意动，那股子蹩扭劲儿又回来了，又觉到心中缺乏着一点什么东西，一点不好意思承认而又不能不承认的什么东西。他把手揣在袖子里，低着头，懒散的在院中走，小风很硬的撩着他的脑门儿。

刚走出不远，周石松迎面跑了来，跑得不快，可是样子非常的急迫。到了杜亦甫面前，他张开嘴，要说什么，没有说出来，脸上硬红硬白的像是受了极大的惊恐。

“怎了？”杜亦甫把手伸下去，挺起腰来。

“上岸了，来了，我看见了！”周石松的嘴还张着，但是找不到别的话说。

“谁？”

“屋里去说！”周石松没顾得杜亦甫怎样，拿起腿就跑，还是小跑着，急切而不十分的快。快到宿舍了，他真跑起来。

杜亦甫莫名其妙的在后面跟着，跑也不好，不跑也不好，十分的不好过；他忽然觉得周石松很讨厌，不定是什么屁大的事呢，就这样见神见鬼的瞎闹。到了屋里，他几乎是含着怒问：

“到底怎回事？”

“老杜，你不是都已经知道？”周石松坐在床沿上，样子还很惊慌。

“我知道什么？”杜亦甫瞪着眼问。

“昨天夜里，”周石松把声音放低，赶紧立起来，偏着头向杜亦甫低切的嘀咕：“昨天夜里你不是说刀已经放在脖子上了？你怎会不知道？！”

“我什么也不知道，真不知道！你要不说，我可就还出去绕我的弯儿，我觉得身上不大合适，不精神！”杜亦甫坐在了破藤椅上，心中非常的不耐烦。

“好吧，你自己看吧！”周石松从袋中掏出不大的一张“号外”来，手哆嗦着，递给了杜亦甫。把这张纸递出去，他好像觉得除去了块心病似的，躺在床上，眨巴着眼睛看杜亦甫。

几个丑大的黑字像往杜亦甫的眼里飞似的，刚一接过报来，他的脸就变了颜色。这几个大字就够了，他安不下心去再细看那些小的。“老周，咱们的报纸怎么说，看见了吗？”

“看见了，一字没提！”

“一字没提？一字没提。”杜亦甫眼看着号外，可并没看清任何一字。“那么这个消息也许不确，造空气吓人？”

“我看见了！亲眼看见了！”周石松坐起来，嘴唇有些发干似的，直用舌尖来回舐。“铁甲车，汽车，车上的兵都抱着枪，枪口朝外比画着！我去送徐明侠。”

“他上哪儿？”

“回家，上汽车站！”周石松的脸红得很可怕。“这小子！他知道了，可一声儿也不出，像个会掏坏的狗熊似的，轻轻的，人不知鬼不觉的逃走了。他没说什么，只求我陪他上趟街；他独自不敢出去！及至到了汽车站，他告诉我给他请两天假，还没说别的。我独自往回走，看见了，看见了，原来是这么回事！我急忙回来找你，你必有办法；刀真搁在脖子上了，我们该怎办呢？”

杜亦甫不想说话，心中很乱，可是不便于楞起来，随便的说了声：“为什么呢？”

“难道你没看见那些字？我当是你预先知道这回事，想拼上命呢！拿来，我念！”他从杜亦甫的手里抢过号外来，急忙的舐了下嘴唇：“特务机关报告：‘祸事之起，起于芝麻洲大马路二十一弄五十二号。此处住有我侨商武二郎，年五十六岁，独身，此人养德国种狼狗一条：性别，雌；毛色灰黄；名，银鱼。银鱼于二月前下小狗一窝：三雄一雌，三黄一黑，均肥健可喜。不幸，一周前，黑小狗在门外游戏，被人窃去。急报芝地警所，允代寻觅，实则敷衍无诚意。武二郎乃急来特务机关报告，即遣全部侦探出发寻查。第一日无所获，足证案情之诡密严重。翌日清晨，寻得黑小狗于海滨，已死。黑小狗直卧海滨，与早潮成‘丁’字形，尾直伸，时被浪花所掩，为状至惨！面东向，尚睁二目，似切盼得见朝阳者。腹胀如鼓，项上有噬痕，显系先被伤害，而后掷入水中者，岸沙上有足迹。查芝地养犬者共有一万三千五百六十二家，其中有四千以上为不满半岁之小狗，二千以上为哈吧狗，均无咬毙黑小狗之能力。此外，则均为壮实大犬，而黑小狗之伤痕实为此种大犬所作。乃就日常调查报告，检出反抗我国之激烈分子，蓄有巨犬，且与武二郎为邻者，先加以侦察。侦察结果，得重要嫌疑犯十人，即行逮捕拷问，所蓄之犬亦一并捉到。此十人者，既系激烈分子，当然狡猾异常，坚不吐实。为促其醒悟，乃当面将十巨犬枪决。芝地有俗语：鸡犬不留；故不惜杀狗以警也。狗血四溅，此十人者仍顽抗推赖。同时，芝地官吏当有所闻，而寂寂无一言，足证内疚于心，十人身后必有广大之背景。设任其发展，则黑小狗之血将为在芝我国国民之前导，由犬及人，国人危矣！’”周石松念的很快，念完，头上见了汗：“为了一只小狗！”

“往下念！”杜亦甫低着头，咬着牙。

“没什么可念的了，左不是兵上岸，来屠杀，来恐吓，来肃清激烈人物与思想，来白找便宜！”周石松几乎是喊着。“我们怎办呢？流血的机会不用我们去造，因为条狗——哼！狗——就来到了！”他的声音仿佛噎住了他的喉，还有许多话，但只能打了两个极不痛快的嗝儿。

“老初呢？”杜亦甫无聊的，想躲避着正题而又不好意思楞起来，这么问了一声。看周石松没回答，他搭讪着说：“我找他去。”

不大的工夫，杜和初一同进来。初济辰的头还扬着，可是脸色不大正，一进门，他向周石松笑了笑，笑得很不自然。

“你都知道了，老初？”周石松想笑，没能成功，他的脸上抽动了两下，像刚落上个苍蝇那样。

没等初济辰开口，杜亦甫急忙的说：“老初，别再瞎扯，咱们得想主意！徐明侠已经溜了，咱们——”

“我听天由命！”初济辰眼看天花板，手揣在袖子里。“据我看呢，战事决不会有，因为此地的买卖都是他们的，他们开炮就轰了他们自己的财产建设，绑去像你我这样的一些人，羞辱一场，甚至杀害几个，倒许免不了的。他们始终以为我们仇视他们，只是几个读过书的人所要弄的把戏，把这几个激烈分子杀掉或镇吓住，就可以骑着我们脖子拉屎，而没人敢出一声了。我等着就是了，我自己也许有点危险，战争是不会有的，不会！”

“你呢？老杜？”周石松看初才子软下去，气儿微索了些。“我听你的，你说去硬碰，我随着。老初说不会有战事，我看要是有人硬碰，大概就不会和平了结。你昨天说的对，和平就是屈服，只为了一条狗，一条狗；这么下去还有完吗？”

杜亦甫低下头去，好大半天没说出话来。一点也不用再疑惑了，他心中承认了自己的的确确缺乏着一点什么，这点缺欠使他撑不起来昨天所说的话。他抬不起头来，不能再辩论，在两个同志面前，除了承认自己的缺欠，别无办法。这极难堪，可是究竟比再胡扯与掩饰要强的多！他的嘴唇动了半天，直到眼中湿了，才得到张开的勇气："老初！老周！咱们也躲一躲吧！这，这，"他的泪落下来。

周石松的心软，眼圈也红了。他有许多话要质问杜亦甫，每句话都得使杜亦甫无地自容，所以他一句也不说了。他觉得随着杜亦甫一同去死或一同去逃，是最对得住人的事，不愿再问应死还是应逃的道理。不好意思对杜亦甫说什么，他转过来问初济辰："你呢？"

"你俩要是非拉着我不可呢，就一同走；反之，我就在这儿死等，等死！"初济辰又笑了笑。

"还有人上课吗？"杜亦甫问，眼撩了外边一下。

"有！"初济辰回答："大家很镇定！"

"街上的人也并不慌，"周石松找补上。

"麻木不仁！"杜亦甫刚说出这个，马上后悔了，几乎连头皮全红了起来。

初济辰把要说的话咽了下去。

仿佛为遮羞，杜亦甫提议："上我家去，好不好？一时哪能找到合适的地方？家里窄鳖一点，可是。"

"先不用忙吧，我看，"初济辰很重的说。"搜查是可能的，可是必在夜里，他们精细得要命：昨天夜里，也就是三点来钟吧，我醒了，看走廊的灯也全灭了，心中很纳闷。起来，我扒着窗子往外看，连街上也没了灯亮。往上运军火呢，必是。他们白天用枪口对着你，运军火可得灭了灯。精细而矛盾。可是，无论怎说吧，他们总想精细就是了。我们若是有走的必要，吃完晚饭再去，决不迟。在这后半天，我们也好采采消息，看看风头，也许事情还不至于那么严重，谁知道。"

“对！”杜亦甫点了点头，可是问了周石松一句：“你呢？”

“怎办都好，我听你们的！假若你们说去硬碰，”看了杜亦甫一眼，他把话打住了。

后半天的消息越来越坏了，什么样的谣言也有，以那专为造谣惑乱人心的“号外”为主，而随地的补充变化。学校的大钟还按时候敲打，可是课堂上没有多少人了。街上的铺户也还照旧的开着，连买的带卖的可都有点不安的神气。大家都不慌，不急，不乱，只是无可奈何的等着一些什么危险。不幸，这点危险要是来到头上呢，谁也没办法，没主意。在这种不安，无可奈何，没办法的心境中，大家似乎都希望着侥幸把事情对付过去，在半点钟内若是没有看见铁甲车的影子，大家的心就多放下一点去。

可是，消息越来越坏。连见事比较明彻的初济辰也被谣言给弄得撑不住劲儿了。他几乎要放弃他所观察到的，而任凭着感情去分担大家的惊恐与乱想。

周石松还有胆子到外面买“号外”，他把最坏的消息给杜亦甫带了来：“矫正以往的因循！断然的肃清破坏两国亲善的分子！”这类的标题都用丑肿的大字排印出来，这些字的本身仿佛就能使人颤抖。捕了谁去，没有登载，但无疑的已经有大批的人被捕。这，教杜亦甫担心他的父亲。要捕人，国术馆是必得照顾到的，它一向是眼中的钉，不因为它实际上有什么用处，而是因为它提倡武艺，“提倡”就是最大的罪名。杜亦甫飞也似的去打电话，国术馆的电话已经不通。无疑的，一定出了事，极快的，由父亲想到了自己；父亲若是已经被捕，自己便也很难逃出去；人家连狗的数目调查得都那么清楚，何况是人呢，何况是大学学生呢，又何况是学生中的领袖呢！他愤恨，切齿，迷乱，没办法。他只想跺着脚痛骂一场，哪怕是骂完了便千刀万剐呢，也痛快。这是还有太阳的世界么！这是个国家么！问谁呢？没人能回答他，只有热血足以洗去这种污辱！怎么去流血呢？

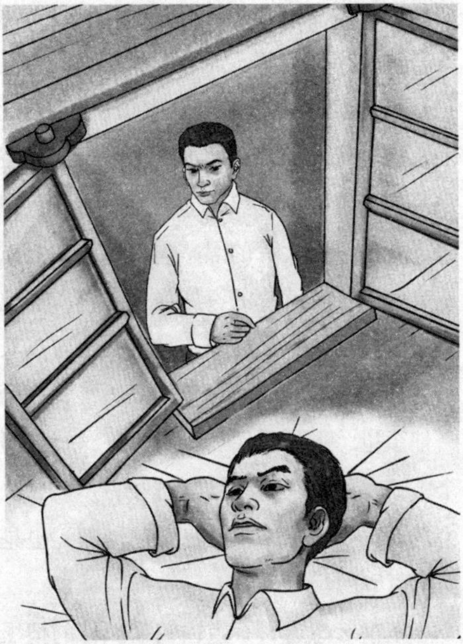

“老周！”他喊了声：“我——我——”嗓子像朵受了热气的花似的，没有一点声响便软下去。

“怎样？”周石松问。

待了好大半天，杜亦甫自言自语的：“没办法！”

一直到晚餐的时候，杜亦甫没有出屋门。他背着手在屋里来回走，有时候也躺在床上一会儿，心中不断的思索：一会儿他想去拼命，这不是人所能忍受的，拼了命，也许一点好处没有，但究竟是自己流了血，有一个敢流血的就不能算国里没有人。一会儿他又往回想，白死有什么用处，快意一时，拿自己这一点点血洒在沙漠上，连点血痕也留不下吧？他思索，一刻不停的思索，越想越乱，越不得主意。他仍然不肯承认他害怕，可是无论怎样也找不到去干点什么的勇气。

草草的扒搂进去两口饭，他急忙的又跑回宿舍来，好像背后追随着个鬼似的。天黑了，到了该走的时候。可是父亲设若已被拿去，家里怎能是安全的地方呢？在学校里？初济辰说的对，晚上必定来捉人！天黑一点，他的心便紧一点，他没想到过自己会能这样的慌张，外边的黑影好像直往前企扈，要把他逼到墙根去，慢慢的把他挤死。

好容易初济辰和周石松都来了，他的胸中松了一口气。怎办呢？

初和周都没主意，而且很有留在校里的勇气。他不能逼着他们走，他既是说不出地方来。往外边看了一眼，院中已黑得可怕。初济辰躺在了周石松的床上，半闭着眼仿佛想着点什么事。周石松坐在破藤椅上，脸上还有点红，可是不像白天那么慌张了。杜亦甫靠窗子立着，呆呆的看着外面的黑暗。待了一会儿，把黑暗看惯了，他心中稍微舒服了一些。那大片的黑暗包着稀疏的几点灯光，非常的安静。黑得仿佛有些近于紫茸茸的，好像包藏着一点捉摸不定而可爱的什么意思或消息，像古诗那么纯朴、静恬，含着点只能领略而道不出的意思。心中安静了一些，他的想象中的勇气又开始活动。他想象着：自己握着一把手枪，哪怕是块石头呢也好，轻手蹑脚的过去，过去，一下子把个戴铁盆的敌人打得脑浆迸裂！然后，枪响了，火起来，杀，杀，无论老幼男女全出来厮杀，即使惨败，也是光荣的，伟大的人民是可杀而不可辱的！

正这么想着，一道白闪猛孤仃的把黑暗切成两块，像从天上落下一把极大的白刃。探海灯！白光不动，黑影在白光边上颤动，好似刚杀死的牲口的肉那样微动。忽然，极快的，白光硬挺挺的左右摆动了两下，黑影几乎来不及躲避，乱颤了几下，无声的，无可如何的，把地位让给了白光。忽然，白光改为上下的动，黑影默默的，无可如何的任着戏弄；白光昂起，黑影低落；白光追下来，黑影躲到地面上，爬伏着不动。一道白光，又一道白光，又一道白光，十几条白光一齐射出，旋转，交叉，并行，冷森森，白亮亮，上面遮住了星光，下面闪扫着楼房山树，狂傲的，横行的，忽上忽下，忽左忽右，忽然联成一排，协力同心的扫射一圈，把小小的芝麻洲穿透，照通，围起来，一块黑，一块白，一块黑，一块白，一切都随现随灭，眩晕，迷乱，在白光与黑影中乱颤乱晃。

一道光闪到了杜亦甫的窗上，稍微一停，闪过去了；接着又是一道，一停，又过去了。他扶住了窗台，闭上了眼。

周与初全立起来，呆呆的看着，等着，极难堪的，不近情理等着，期待着。可怕，可爱，这帝国主义舞场的灯光拿山与海作了舞台，白亮亮的四下里寻找红热的血。黑的海，黑的山，黑的楼房，黑的松林，黑的人物，全潜伏着，任凭这几条白光来回的详细的找合适的地方，好轰炸与屠杀。

等着，等着，可是光不再来了，黑暗，无聊，只有他们三人的眼里还留着一点残光，不很长，不很亮，像月色似的照在窗上。初济辰先坐下了。杜亦甫极慢的转过身来，看了周石松一眼，周石松像极疲乏了似的又坐在藤椅上。杜亦甫用手摸到了床，坐下，舐了舐嘴唇。

老久，谁也没话可讲，心中都想着刚才那些光的游戏与示威。忽然，初济辰大声的笑起来，不知道为什么，他只觉得一阵颤动，全身都感到痛快。笑够了，他并上嘴；忘了，那阵笑好像已经是许久以前的事了。

“我一点也不恼你，我真可笑！”杜亦甫低着头说。

“他没笑你，老杜！”周石松很欢迎有人说句话。

初济辰没言语，像是没听见什么似的。

“不管他笑我没有，我必须对你们俩说出来，要不然我就憋闷死了！”杜亦甫把头抬起来，看着他们。“我无须多说什么，只有俩字就够了：我怯！”

“以卵击石，勇敢也是愚昧！”初济辰笑了笑。

“即使你说的一点不错，到底我还是怯！”杜亦甫的态度很自然了，像吃下一料泻药，把心中的虚伪全打净了似的。

“我也说不上我是怯，还是勇，反正我就是没主意！”周石松也微笑了一下。

全不再言语了，可是不再显着寂寞与难堪，好像彼此已能不用言

语传达什么，而能默默的互相谅解。

他们就那么坐了一夜。

第二天，消息缓和了许多。杜亦甫回了家。他急于要看看父亲，不管父亲是受了惊没有，也并不是要尽什么孝道，而几乎是出于天真一点什么，和小孩受了欺侮而想去找父亲差不多。平日他很看不起父亲，到现在他还并没把父亲的身份提高多少，不过他隐隐的似有一点希冀，想在父亲身上找出一些平日被他忽略了的东西。这点东西，假若能找到，仿佛就能教他有一种新的希望，不只关乎他们父子，而几乎可以把整个民族的问题都拉扯在内。这样的拉扯是可笑的，可是他一时像迷了心窍似的，不但不觉得可笑，反而以为这是个最简单切近方便的解决问题的方法。只须一见到父亲，他就马上可以得到个"是"或"不"；不管是怎样，得到这个回答，他便不必再悬着心了。

他不愿绕着弯儿去原谅自己，可也不愿过火的轻看自己，把事情拉平了看，他觉得他的那点教育使他会思索，会顾虑，会作伪，所以胆小。他得去拿父亲证实了这个。父亲不识字，不会思索顾虑与作伪，那么就天然的应当胆粗气壮。可是，父亲到底是不是这样呢？假若父亲是这样，那么，他便可以原谅自己，而且得到些希望。这就是说，真正有骨气的倒是那不识字的人们，并不必等着几个读书人去摇旗呐喊才挺起胸来——恰恰和敌人们所想的相反。果然要是这样，这是个绝大的力量。反之，那便什么也不用再说，全民族统统是挨揍的货了！他得去看父亲，似乎民族兴亡都在这一看中。可笑，谁管，他飞也似的回了家。

只住着楼上两间小屋，屋外有个一张桌子大小的凉台，杜老拳师在凉台上坐着呢。一眼看到儿子，他赶紧立起来，喊了声："你来了？正要找你去呢！"

杜亦甫一步跳三层楼梯，一眨眼，微喘着立在父亲跟前。他找不到话讲，可是心中极痛快，自自然然的看着父亲：五十七八岁，矮个子；圆脸，黑中透亮，两眼一大一小，眼珠都极黑极亮，微笑着，两只皮糙骨硬的手在一块搓着："想你也该来了！想你也该来了！坐下！"把椅子让给了杜亦甫，老人自己愿意立着。杜亦甫进去，又搬出一把椅子来。父子都坐下，老人还搓着手："差点没见着你，春子！"他叫着儿子的乳名："我让他们拿去了！"老人又笑了，一大一小的俩眼眨巴的很快。

"没受委屈？"杜亦甫低声的问。

"那还有不受委屈的？"老人似乎觉得受委屈是可笑的事，又笑了。"你看，正赶上我值班，在馆里过夜。白天本听到一些谣言，这个的，那个的，咱也没往心里去。不到十点钟我就睡了，你知道我那间小屋？墙上挂着单刀，墙角立着花枪？一躺下我就着了。大概有十二点吧，我听见些动静，可没大研究，心里说，国术馆还能闹贼？我刚要再睡，我的门开了，灯也捻着了，一看，是伙计王顺。王顺干什么？我就问。王顺没言语，往后一闪身，喝，先进来一对刺刀。我哈哈的笑起来了，就凭一对刺刀，要我的命还不大老容易；别看我是在屋子里！紧跟着刺刀，是枪，紧跟着枪，是一对小鬼子，都戴着小铁盆，托着枪冲我来了。我往后望望，后边还有呢，都托着枪，戴着小铁盆。我心里就一研究，我要是早知道了信，我满可以埋伏在门后边，就凭我那口刀，进来一个宰一个，至少也宰他们几个。我太晚了，十几支快枪把我挤在床上，我连伸手摸刀的工夫也没有哇。我看了看窗户，也不行，洋窗户，上下都扣着呢，我跑不了。好了，研究不出道儿来，我就来文明的吧，等着好了，看他们把我怎样了！幸而我老穿着裤褂睡觉，摸着大棉袍就披上了，一语不发。进来一个咱们的人，狗娘养的，汉奸！他教我下来，跟着走。我没言语，只用手背一撩，哼，那小子的右脸上立刻红了一块。他一哎哟，刺刀可就把我围上了，都白亮亮的，硬梆梆的，我看着他们，不动，也不出声。那些王八日的唧里骨碌不知说了些什么，那个狗娘养的捂着脸又过来了，教我下来，他说到院里就枪毙了我。我下来了，狗娘养的赶紧退出老远，怕我的手背再撩他。一个王八日的指了指我的刀，狗娘养的教我抱着刀，他说：抱着你的刀，看你的刀能救了你的命不能。这是成心要弄我，我知道；好，我就抱着我的刀。往外走吧，脊背上，肋条上，全是刺刀，我只要一歪身，大概就得有一两把插到肉里去。我挺着胸，直溜溜的走。走到院里，我心里说，这可到了回老家的时候了。我那会儿，谁也没想，倒是直想你，春子。我心里就这么研究，王八日的杀了我，我有儿子会报仇呀。”老人笑了笑，缓了口气，亲热的看了儿子一眼。“反正咱们和王八日的们是你死我活，没个散儿。我不识文断字，可是我准知道这个。果不其然，到院里那个狗娘养的奉了圣旨似的教我跪下。我不言语，也不跪下，心里说，开枪吧，小子们，把你太爷打成漏杓，不用打算弯一弯腿！两个王八日的看我不跪，由后面给了我两枪靶子，哼，心里说，你俩小子还差点目的，太爷不是这么容易打倒的。见我不倒，一个王八日的，也就是像你离我这么远儿，托起枪来，瞄我的胸口，我把胸挺出去。拍！响了。连我都纳闷了，怎么还不倒下呢？那些王八羔子们笑起来，原来是空枪，专为吓吓我。王八羔子们杀人，我告诉你，春子，决不痛痛快快的，他们拿你当个小虫子，翻来覆去的揉搓你，玩够了再杀；所以我看见他们就生气，他们狠毒，又坏！”老人不笑了，连那只小一点的眼也瞪起来，似乎是从心里憎恶那些王八羔子们。

“那个狗娘养的又传了圣旨，”老人接着说，“带回去收拾，反正早晚你得吃上一颗黑枣。我还是不言语，我研究好了，就是不出一声，咱们谁得手谁杀，用不着费话；是不是，春子？”

杜亦甫点了点头，没有话可说。

“出了大门,”老人又说下去,“他们还好,给我预备的大汽车,就上了车。还抱着刀,我挺着腰板,教他们看看,太爷是没得手,没能把刀切在你们脖子上,好吧,你们的枪子儿我也不怕!你们要得了我的命,可要不了我的心气;这是一口气,这口气由我传给我的儿子孙子,永远不能磕膝盖儿着土!我这么研究好了,就看他们的瞄准吧!到了个什么地方,黑灯瞎火的我也没看清是哪里。这里听不见别的,齐噔咯噔的净是皮鞋响。他们把我圈在一间小屋里,我就坐在地板上闭眼养神,等着枪毙。我没有别的事可想,就是恨我的刀没能出鞘。他们人多,枪多,我不必挣蹦,白费力气干吗。我等着好了,死到临头,我得大大方方的,皱皱眉就不算练过工夫。是不是,春子?”

杜亦甫又点了点头。

“待了不知好久,”老人又搓起双手来,仿佛要表演出那时怎样的不耐烦。“他们把我提到一间大厅上去,灯光很亮,人也不少,坐的是官儿,立着的是兵。他们又教我跪下,我还是不出声,也不跪。磨烦了半天,他们没有了主意,刺刀可就又戳在我胸口上,我不动,纹丝不动,眼皮连抬也不抬;哼,杀剐随便,我就是不能弯腿!慢慢的,刺刀挪开了,他们拿出一张字纸来教我看,我闭上了眼。我那天夜里就说了一共这么三个字:‘不认字!’他们问我那些字——他们管它叫什么‘言’呀,我记不清了——什么意思?我不出声。又问,那是我画的押,签的名,不是?我还是不出声。我心里说,这回真该杀我了,痛快点吧!我犯了什么罪?没有。凭什么他们有生杀之权?没道理。我就这么寻思着,他们无缘无故的杀了我,我的儿孙以后会杀他们,这叫作世仇。我一点也不怕呢,我可就怕后辈忘了这点事儿。俗语说的好,冤仇应解不应结,可那得看什么事,就这么胡杀乱砍呀,这点仇不能白白的散了!这并不是我心眼小,我是说,人生在世不能没骨头,骑着脖子拉屎,还教我说怪香的,我不能!你看,果然，他们又把枪举起来了，我看见过，甭吓唬谁！他们装枪子，瞄准儿，装他妈的王八羔子，气派大远了去啦。其实，用不着，我不怕，你可有什么主意呢？比画了半天，哼，枪并没放。又把我送回小屋里去了。什么东西！今个天亮的时候，他们也不知怎么，把我放了，还仿佛怪客气的，什么玩艺儿！我不明白这是哪一出戏，你来的时候，我还正研究呢。一句话抄百总吧，告诉你，春子，咱们得长志气，跟他们干，这个受不了！我不认字，不会细细的算计，我可准知道这么个理儿，只要挺起胸脯不怕死，谁也不敢斜眼看咱们！去泡壶茶喝好不好？”

杜亦甫点了点头。

且说屋里

一个20世纪的中国人所能享受与占有的，包善卿已经都享受和占有过，现在还享受与占有着。他有钱，有洋楼，有汽车，有儿女，有姨太太，有古玩，有可作摆设用的书籍，有名望，有身份，有一串可以印在名片上与讣闻上的官衔，有各色的朋友，有电灯、电话、电铃、电扇，有寿数，有胖胖的身体和各种补药。

设若他稍微能把心放松一些，他满可以胖胖的躺在床上，姨太太与儿女们把他伺候得舒舒服服的。即使就这么死去，他的财产也够教儿孙们快乐一两辈子的，他的讣闻上也会有许多名人的题字与诗文，他的棺材也会受得住几十年水土的侵蚀，而且会有六十四名杠夫抬着他游街的。

可是包善卿不愿休息。他有他的“政治生活”。他的“政治生活”不包括着什么主义、主张、政策、计划与宗旨。他只有一个决定，就是他不应当闲着。他要是闲散无事，就是别人正在活动与拿权，他不能受这个。他认为自己所不能参预的事都是有碍于他的，他应尽力地去破坏。反之，凡是足以使他活动的，他都觉得不该放过机会。像一只渔船，他用尽方法利用风势，调动他的帆，以便早些达到鱼多的所在。他不管那些风是否有害于别人，他只为自己的帆看风，不管别的。

看准了风，够上了风，便是他的“政治生活”。够上风以后，他可以用极少的劳力而获得一个中国“政治家”所应得的利益。所以他不愿休息，也不肯休息；平白无故地把看风与用风这点眼力与天才牺牲了，太对不起自己。越到老年，他越觉出自己的眼力准确，越觉出别人的幼稚；按兵不动是冤枉的事。况且他才刚交六十；他知道，只要有口气，凭他的经验与智慧，就是坐在那儿呼吸呼吸，也应当有政治的作用。

他恨那些他所不熟识的后起的要人与新事情，越老他越觉得自己的熟人们可爱，就是为朋友们打算，他也应当随手抓到机会扩张自己的势力。对于新的事情他不大懂，于是越发感到自己的老办法高明可喜。洋人也好，中国人也好，不论是谁，自要给他事作，他就应当去拥护。同样，凡不给他权势的便是敌人。他清清楚楚地承认自己的宽宏大度，也清清楚楚地承认自己的嫉妒与褊狭；这是一个政治家应有的态度。他十分自傲有这个自知之明，这也就是他的厉害的地方；“得罪我与亲近我，你随便吧！”他的胖脸上的微笑表示着这个。

刚办过了六十整寿，他的像片又登在全国的报纸上，下面注着：“新任建设委员会会长包善卿。”看看自己的像，他点了点头：“还得我来！”他想起过去那些政治生活。过去的那些经验使他压得住这个新头衔，这个新头衔既能增多他的经验，又能增高了身份，而后能产生再高的头衔。想到将来的光荣与势力，他微微感到满意于现在。有一二年他的像片没这么普遍地一致地登在各报纸上了；看到这回的，他不能不感到满意；这个六十岁的照像证明出别的政客的庸碌无能，证明了自己的势力的不可轻视与必难消灭。新人新事的确出来不少，可是包善卿是青松翠柏，越老越绿。世事原无第二个办法，包善卿的办法是唯一的，过去如此，现在如此，将来还如此！他的方法是官僚的圣经，他一点不反对“官僚”这两个字；“只有不得其门而入的才叫我官僚，”他在四十岁的时候就这么说过。

看着自己的像片，他觉得不十分像自己。不错，他的胖脸，大眼睛，短须，粗脖子，与圆木筒似的身子，都在那里，可是缺乏着一些生气。这些不足以就代表包善卿。他以几十年的经验知道自己的表情与身段是怎样的玲珑可喜，像名伶那样晓得自己哪一个姿态最能叫好；他不就是这么个短粗胖子。至少他以为也应该把两个姿态照下来，两个最重要的，已经成为习惯而仍自觉地利用着，且时时加以修正的姿态。一个是在面部：每逢他遇到新朋友，或是接见属员，他的大眼会像看见个奇怪的东西似的，极明极大极傻地瞪那么一会儿，腮上的肉往下坠；然后腮上的肉慢慢往上收缩，大眼睛里一层一层的增厚笑意，最后成为个很妩媚的微笑。微笑过后，他才开口说话，舌头稍微团着些，使语声圆柔而稍带着点娇憨，显出天真可爱。这个，哪怕是个冰人儿，也会被他马上给感动过来。

第二个是在脚部。他的脚很厚，可是很小。当他对地位高的人趋进或辞退，他会极巧妙地利用他的小脚：细逗着步儿，弯着点腿，或前或后，非常的灵动。下部的灵动很足给他一身胖肉以不少的危险，可是他会设法支持住身体，同时显出他很灵利，和他的恭敬谦卑。

找到这两点，他似乎才能找到自己。政治生活是种艺术，这两点是他的艺术的表现。他愿以这种姿态与世人相见，最好是在报纸上印出来。可是报纸上只登出个迟重肥胖的人来，似乎是美中不足。

好在，没大关系。有许多事，重大的事，是报纸所不知道的。他想到末一次的应用“脚法”：建设委员会的会长本来十

之六七是给王莘老的，可是包善卿在山木那里表现了一番。王莘老所不敢答应山木的，包善卿亲手送过去：“你发表我的会长，我发表你的高等顾问！”他向山木告辞时，两脚轻快地细碎地往后退着，腰儿弯着些，提出这个“互惠”条件。果然，王莘老连个委员也没弄到手，可怜的莘老！不论莘老怎样固执不通，究竟是老朋友。得设法给他找个地位！包善卿作事处处想对得住人，他不由地微笑了笑。

王莘老未免太固执！太固执！山木是个势力，不应当得罪。况且有山木作顾问，事情可以容易办得多。他闭上眼想了半天，想个比喻。想不出来。最后想起一个：姨太太要东西的时候，不是等坐在老爷的腿儿上再说吗？但这不是个好比喻。包善卿坐在山木的腿上？笑话！不过呢，有山木在这儿，这次的政治生活要比以前哪一次都稳当、舒服、省事。东洋人喜欢拿权，作事；和他们合作，必须认清了这一点；认清这一点就是给自己的事业保了险。奇怪，王莘老作了一辈子官，连这点还看不透！王莘老什么没作过？教育、盐务、税务、铁道……都作过，都作过，难道还不明白作什么也不过是把上边交下来的，再往下交。把下边呈上来的再呈上去，只须自己签个字？为什么这次非拒绝山木不可呢？奇怪！也许是另有妙计？不能吧？打听打听看；老朋友，但是细心是没过错的。

“大概王莘老总不至于想塌我的台吧？老朋友！”他问自己。他的事永远不愿告诉别人，所以常常自问自答。“不能，王莘老不能！”他想，会长就职礼已平安地举行过；报纸上也没露骨地说什么；委员们虽然有请病假的，可是看我平安无事地就了职，大概一半天内也就会销假的。山木很喜欢，那天还请大家吃了饭，虽然饭菜不大讲究，可是也就很难为了一个东洋人！过去的都很顺当；以后的有山木作主，大概不会出什么乱子的。是的，想法子安置好王莘老吧；一半因为是老朋友，一半因为省得单为这个悬心。至于会里用人，大致也有了个谱儿，几处较硬的介绍已经敷衍过去，以后再有的，能敷衍就敷衍，不能敷衍的好在可以往山木身上推。是的，这回事儿真算我的老运不错！

想法子给山木换辆汽车，这是真的，东洋人喜欢小便宜。自己的车也该换了，不，先给山木换，自己何必忙在这一时！何不一齐呢，真！我是会长，他是顾问，不必，不必和王莘老学，总是让山木一步好！

决定了这个，他这回的政治生活显然是一帆风顺，不必再思索什么了。假如还有值得想一下的，倒是明天三姨太太的生日办不办呢？办呢，她岁数还小，怕教没吃上委员会的家伙们有所借口，说些不三不四的。不办呢，又怕临时来些位客人，不大合适。“政治生活”有个讨厌的地方，就是处处得用“思想”，不是平常人所能干的。在很小的地方，正如在很大的地方，漏了一笔就能有危险。就以娶姨太太说，过政治生活没法子不娶，同时姨太太又能给人以许多麻烦。自然，他想自己在娶姨太太这件事上还算很顺利，一来是自己的福气大，二来是自己有思想，想起在哈尔滨作事时候娶的洋姨太太——后来用五百元打发了的那个——他微笑了笑。再不想要洋的，看着那么白，原来皮肤很粗。啵！他不喜欢看外国电影片，多一半是因为这个。连中国电影也算上，那些明星没有一个真正漂亮的。娶姨太太还是到苏杭一带找个中等人家的雏儿，林黛玉似的又娇又嫩。三姨太太就是这样，比女儿还小着一岁，可比女儿美得多。似乎应当给她办生日，怪可怜的。况且乘机会请山木吃顿饭也显着不是故意地请客。是的，请山木首席，一共请三四桌人，对大家不提办生日，又不至太冷淡了姨太太，这是思想！

福气使自己腾达，思想使自己压得住富贵，自己的政治生活和家庭生活是个有力的证明。太太念佛吃斋，老老实实。大儿有很好的差事，长女上着大学。二太太有三个小少爷，三太太去年冬天生了个小娃娃。理想的家庭，没闹过一桩满城风雨的笑话，好容易！最不放心的是大儿大女，在外边读书，什么坏事学不来！可是，大儿已有了差事，不久就结婚；女儿呢，只盼顺顺当当毕了业，找个合适的小人嫁出去；别闹笑话！过政治生活的原不怕闹笑话，可是自己是老一辈的人，不能不给后辈们立个好榜样，这是政治道德。作政治没法不讲道德，政治舞台是多么危险的地方，没有道德便没有胆量去冒险。自己六十岁了，还敢出肩重任，道德不充实可能有这个勇气？自己的道德修养，不用说，一定比自己所能看到的还要高着许多，一定。

他不愿再看报纸上那个像片，那不过是个短粗而无生气的胖子，而真正的自己是有思想、道德、有才具、有经验、有运气的政治家！认清了这个，他心里非常平静，像无波的秋水映着一轮明月。他想和姨太太们凑几圈牌，为是活动活动自己的心力，太平静了。

“老爷，方委员，”陈升轻轻的把张很大的名片放在小桌上。

“请，”包善卿喜欢方文玉，方文玉作上委员完全仗着他的力量。方文玉来的时间也正好，正好二男二女——两个姨太太——凑几圈儿。

方文玉进来，包善卿并没往起立，他知道方文玉不会恼他，而且会把这样的不客气认成为亲热的表示。可是他的眼睛张大，而后渐渐地一层层透出笑意，他知道这足以补足没往起立的缺欠，而不费力地牢笼住方文玉的心。搬弄着这些小小的过节，他觉得出自己的优越，有方文玉在这儿比着，他不能不承认自己的经验与资格。

“文玉！坐，坐！懒得很，这两天够我老头子……哈哈！”他必须这样告诉文玉，表示他并没在家里闲坐着，他最不喜欢忙乱，而最爱说他忙；会长要是忙，委员当然知道应当怎样勤苦点了。

“知道善老忙，现在，我——”方文玉不敢坐下，作出进退两难的样子，唯恐怕来的时间不对而讨人嫌。

“坐！来得正好！”看着方文玉的表演，他越发喜欢这个人，方文玉是有出息的。

方文玉有四十多岁，高身量，白净子脸，带着点烟气。他没别的嗜好，除了吃口大烟。在包善卿眼中，他是个有为的人，精明、有派头、有思想，可惜命不大强，总跳腾不起来。这回很卖了些力气才给他弄到了个委员，很希望他能借着这一步而走几年好运。

“文玉，你来得正好，我正想凑几圈，带着硬的呢？”包善卿团着舌尖，显出很天真淘气。

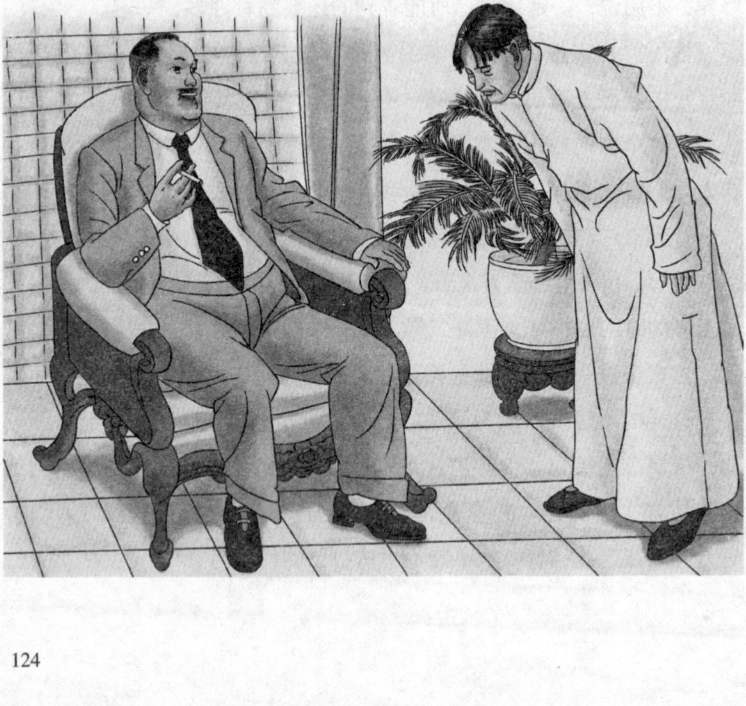

“伺候善老，输钱向来是不给的！”方文玉张开口，可是不敢高声笑，露出几个带烟釉的长牙来。及至包善卿哈哈笑了，他才接着出了声。

“本来也是，”包善卿笑完，很郑重地说，“一个委员拿五百六，没车马费，没办公费，苦事！不过，文玉你得会利用，眼睛别闲着；等山木拟定出工作大纲来，每个县城都得安人；留点神，多给介绍几个人。这些人都有县长的希望。可不能只靠着封介绍信！这或者能教你手里松动一点，不然的话，你得赔钱；五百六太损点，五百六！”他的大眼睛看着自己的小胖脚尖，不住地点头。待了一会儿：“好吧，今天先记你的账好了。有底没有？”

“有！小刘刚弄来一批地道的，请我先尝尝，烟倒是不坏，可是价儿也够瞧的。”方文玉摇了摇头，用烧黄的手指夹起支“炮台”来。

“我这也有点，也不坏，跟二太太要好了；她有时候吃一口。我不准她多吃！咱们到里院去吧？”包善卿想立起来。

他还没站利落，电话铃响了。他不爱接电话。许多电玩艺儿，他喜欢安置，而不愿去使用。能利用电力是种权威，命令仆人们用电话叫菜或买别的东西，使他觉得他的命令能够传达很远，可是他不愿自己去叫与接电话。他知道自己不是破命去坐飞机的那种政治家。

“劳驾吧，”他立好，小胖脚尖往里一逗，很和蔼地对方文玉说。

方文玉的长腿似乎一下子就迈到了电机旁，拿起耳机，回头向包善卿笑着：“喂，要哪里？包宅，啊，什么？呕，墨老！是我，是的！跟善老说话？啊，您也晓得善老不爱接电，嘻嘻，好，我代达！……好，都听明白了，明天见，明天见！”看了耳机一下，挂上。

“墨山？”包善卿的下巴往里收，眼睛往前努，作足探问的姿势。

“墨山，”方文玉点了点头，有些不大愿意报告的样子。“教我跟善老说两件事，头一件，明天他来给三太太贺寿，预备打几圈。”

“记性是真好，真好！”包善卿喜欢人家记得小姨太太的生日。“第二件？”

“那什么，那什么，他听说，听说，未必正确，大概学生又要出来闹事！”

“闹什么？有什么可闹的？”包善卿声音很低，可是很清楚，几乎是一字一字地说。

“墨老说，他们要打倒建设委员会呢！”

“胡闹！”包善卿坐下，脚尖在地上轻轻地点动。

“那什么，善老，”方文玉就着烟头又点着了一支新的，“这倒要防备一下。委员会一切都顺利；不为别的，单为求个吉利，也不应当让他们出来，满街打着白旗，怪丧气的。好不好通知公安局，先给您这儿派一队人来，而后让他们每学校去一队，禁止出入？”

“我想想看，想想看，”包善卿的脚尖点动得更快了，舌尖慢慢地舐着厚唇，眨巴着眼。过了好大一会儿，他笑了：“还是先请教山木，你看怎样？”

“好！好！”方文玉把烟灰弹在地毯上，而后用左手捏了鼻子两下，似乎是极深沉地搜索妙策：“不过，无论怎说，还是先教公安局给您派一队人来，有个准备，总得有个准备。要便衣队，都带家伙，把住胡同的两头。”他的带烟气的脸上露出青筋，离离光光的眼睛放出一些浮光。“把住两头，遇必要时只好对不起了，拍拍一排枪。拍拍一排枪，没办法！”

“没办法！”包善卿也挂了气，可是还不像方文玉那么浮躁。“不过总是先问问山木好，他要用武力解决呢，咱们便问心无愧。他主张和平呢，咱们便无须乎先表示强硬。我已经想好，明天请山木吃饭，正好商量商量这个。”

“善老，”方文玉有点抱歉的神气，“请原谅我年轻气浮，明天万一太晚了呢？即使和山木可以明天会商，您这儿总是先来一队人好吧？”

“也好，先调一队人来，”包善卿低声地像对自己说。又待了一会儿，他像不愿意而又不得不说的，看了方文玉一眼；仿佛看准方文玉是可与谈心的人，他张开了口。“文玉，事情不这么简单。我不能马上找山木去。为什么？你看，东洋人处处细心。我一见了他，他必先问我，谁是主动人？你想啊，一群年幼无知的学生懂得什么，背后必有人鼓动。你大概要说共产党？”他看见方文玉的嘴动了下。“不是！不是！”极肯定而有点得意地他摇了摇头。“中国就没有共产党，我活了六十岁，还没有看见一个共产党。学生背后必有主动人，弄点糖儿豆儿的买动了他们，主动人好上台，代替你我，你——我——”他的声音提高了些，胖脸上红起来。“咱们得先探听明白这个人或这些人是谁，然后才不至被山木问住。你看，好比山木这么一问，谁是主动人？我答不出；好，山木满可以撅着小黑胡子说：谁要顶你，你都不晓得？这个，我受不了。怎么处置咱们的敌人，可以听山木的；咱们可得自己找出敌人是谁。是这样不是？是不是？”

方文玉的长脑袋在细脖儿上绕了好几个圈，心中“很”佩服，脸上“极”佩服，包善老。“我再活四十多也没您这个心路，善老！”

善老没答碴，眼皮一搭拉，接受对他的谀美。“是的，擒贼先擒王，把主动人拿住。学生自然就老实了。这就是方才说过的了：和平呢还是武力呢，咱们得听山木的，因为主动人的势力必定小不了。”他又想了想：“假如咱们始终不晓得他是谁，山木满可以这么说，你既不知道为首的人，那就只好拿这回事当作学潮办吧。这可就糟了，学潮，一点学潮，咱们还办不了，还得和山木要主意？这岂不把乱子拉到咱们身上来？你说的不错，拍拍一排枪，准保打回去，一点不错；可是拍拍一排枪犯不上由咱们放呀。山木要是负责的话，管他呢，拍拍一排开花炮也可以！是不是，文玉，我说的是不是？”

“是极！”方文玉用块很脏的绸子手绢擦了擦青眼圈儿。“不过，善老，就是由咱们放枪也无所不可。即使学生背后有主动人，也该惩罚他们——不好好读书，瞎闹哄什么呢！东洋朋友、中国朋友、商界，都拥护我们。除了学生，除了学生！不能不给小孩子们个厉害！我们出了多少力，费了多少心血，才有今日，临完他们喊打倒，善老？”看着善老连连点头，他那点吃烟人所应有的肝火消散了点。“这么办吧，善老，我先通知公安局派一队人来，然后咱们再分头打电打听打听谁是为首的人。”他的眼忽然一亮，“善老，好不好召集全体委员开个会呢！”

“想想看，”包善卿决定不肯被方文玉给催迷了头，在他的经验里，没有办法往往是最好的办法，而延宕足以杀死时间与风波。“先不用给公安局打电；他们应当赶上咱们来，这是他们当一笔好差事的机会，咱们不能迎着他们去。至于开会，不必：一来是委员们都没在这儿，二来委员不都是由你我荐举的，开了会倒麻烦，倒麻烦。咱们顶好是先打听为首之人；把他打听到，”包善卿两只肥手向外一推，“一股拢总全交给山木。省心，省事，不得罪人！”

方文玉刚要张嘴，电话铃又响了。

这回，没等文玉表示出来愿代接电的意思，包善卿的小胖脚紧动慢动地把自己连跑带转地挪过去，像个着了忙的鸭子。摘下耳机，他张开了大嘴喘了一气。“哪里？呕，冯秘书，近来好？啊，啊，啊！局长呢？呕，我忘了，是的，局长回家给老太太作寿去了，我的记性太坏了！那……嗯……请等一等，我想想看，再给你打电话，好，谢谢，再见！”挂上耳机。他仿佛接不上气来了。一大堆棉花似的瘫在大椅子上。闭了会儿眼，他低声地说：“记性太坏了，那天给常局长送过去了寿幛，今天就会忘了，要不得！要不得！”

“冯秘书怎么说？”方文玉很关切地问。

“哼，学生已经出来了，冯子才跟我要主意！”包善卿勉强着笑了笑。“我刚才说什么来着？咱们还没教他们派人来呢，他们已经和我要主意；要是咱们先张了嘴，公安局还不搬到我这儿来办公？跟我要主意，他们是干什么的？”

“可是学生已经出来了！”方文玉也想不出办法，可是因为有嗜好，所以胆子更小一点。“您想怎样回复冯子才呢？”

“他当然会给常局长打电报要主意；我不挣那份钱，管不着那段事。”包善卿看着桌上的案头日历。

“您这儿没人保护可不行呀！”方文玉又善意地警告。

“那，我有主意，”包善卿知道学生已经出来，不能不为自己的安全设法了。“文玉，你给张七打个电话，教他马上送五十打手来，都带家伙，每人一天八毛，到委员会领钱，他们比巡警可靠！”

方文玉放了点心，马上给张七打了电话。包善卿也似乎无可顾虑了，躺在沙发上闭了眼。方文玉看着善老，不愿再思索什么，可是总惦记着冯秘书。善老真稳，怎么不给冯回电呢？包善卿早把冯子才忘了，他早知道冯子才若是看事不妙必会偷偷地跑掉，用不着替他担忧，他心中正一一地数点家里的人，自要包家的人都平安，别的都没大关系。他忽然睁开眼，坐起来，按电铃。一边按一边叫：“陈升！陈升！”

陈升轻快地跑进来。

“陈升，大小姐回来没有？”他探着脖，想看桌上的日历：“今天不是礼拜天吗？”

“是礼拜，大小姐没回家，”陈升一边回答，一边倒茶。

“给学校打电，叫她回来，快！”包善卿十分

着急地说。“等等再倒茶，先打电话！”对于儿女，他最爱的是大小姐，最不放心的也是大小姐。她是大太太生的，又是个姑娘，所以他对于她特别地慈爱，慈爱之中还有些尊重的意思，姨太太们生的小孩自然更得宠爱，可是止于宠爱；在大姑娘身上，只有在她身上，他仿佛找到了替包家维持家庭中的纯洁与道德的负责人。她是“女儿”，非得纯美得像一朵水仙花不可。这朵水仙花供给全家人一些清香，使全家人觉得他们有个鲜花似的千金小姐，而不至于太放肆与胡闹了。大小姐要是男女混杂地也到街上去打旗瞎喊，包家的鲜花就算落在泥中了，因为一旦和男学生们接触，女孩子是无法保持住纯洁的。

“老爷，学校电话断了！”陈升似乎还不肯放手耳机，回头说完这句，又把耳机放在耳旁。

“打发小王去接！紧自攥着耳机干什么呀！”包善卿的眼瞪得极大，短胡子都立起来。陈升跑出去，门外汽车嘟嘟起来。紧跟着，他又跑回：“老爷，张七带着人来了。”

“叫他进来！”包善卿的手微微颤起来，“张七”两个字似乎与祸乱与厮杀有同一的意思，祸乱来在自己的门前，他开始害了怕；虽然他明知道张七是来保护他的。

张七没敢往屋中走，立在门口外：“包大人，对不起您，我才带来三十五个人；今天大家都忙，因为闹学生，各处用人；我把这三十五个放在您这儿，马上再去找，误不了事，掌灯以前，必能凑齐五十名。”

“好吧，张七，”包善卿开开屋门，看了张七一眼：“他们都带着家伙哪？好！赶快去再找几名来！钱由委员会领；你的，我另有份儿赏！”

“您就别再赏啦，常花您的！那么，我走了，您没别的吩咐了？”张七要往外走。

“等等，张七，汽车接大小姐去了，等汽车回来你再走；先去看看那些人们，东口西口和门口分开了站！别都扎在一堆儿！”

张七出去检阅，包善卿回头看了看方文玉，“文玉，你看怎样！不要紧吧？”关上屋门，他背着手慢慢地来回走。

“没准儿了！”方文玉也立起来，脸上更灰暗了些。“毛病是在公安局。局长没在这儿，冯子才大概——”

“大概早跑啦！”包善卿接过去。“空城计，非乱不可，非乱不可，这玩艺，这玩艺，咱们始终不知为首的是谁，有什么办法呢？”

电话！方文玉没等请示，抓下耳机来。“谁？小王？……等等！”偏着点头：“善老，车夫小王在街上借的电话。学生都出去了，大小姐大概也随着走了；街上很乱，打上了！”

“叫小王赶紧回来！”

“你赶紧回来！”方文玉凶狠地挂上耳机，心中很乱，想烧口烟吃。

“陈升！”包善卿向窗外喊：“叫张七来！”

这回，张七进了屋中，很规矩地立着。

“张七,五十块钱的赏，去把大小姐给找来！你知道她的学校？”

“知道！可是，包大人，成千成万的学生，叫我上哪儿去找她呢？我一个人，再添上俩，找到小姐也没法硬拉出来呀！”

“你去就是了，见机而作！找了来，我另给你十块！”方文玉看着善老，交派张七。

“好吧，我去碰碰！”张七不大乐观地走出去。

“小王回来了，老爷，”陈升进来报告。

“那什么，陈升，把帽子给我。”包善卿楞了会儿，转向方文玉：“文玉，你别走，我出去看看，一个女孩子人家，不能——”

“善老！”方文玉抓住了善老的手，手很凉。“您怎能出去呢！让我去好了。认识我的少一点，您的像片——”

二人同时把眼转到桌上的报纸上。

“文玉你也不能出去！”包善卿腿一软，坐下了。“找山木想办法行不行？这不能算件小事吧？我的女儿！他要是派两名他的亲兵，准能找回来！”

“万一他不管，可不大得劲儿！”方文玉低声地说。

“听！”包善卿直起身来。

包宅离大街不十分远，平常能听得见汽车的喇叭声。现在，像夏日大雨由远而近地那样来了一片继续不断的，混乱而低切的吵嚷，分不出是什么声音，只是那么流动的，越来越近的一片，一种可怕的怒潮，向前涌进。

方文玉的脸由灰白而惨绿，猛然张开口，咽了一口气。“善老，咱们得逃吧？”

包善卿的嘴动了动，没说出什么来，脸完全紫了。怒气与惧怕往两下处扯他的心，使他说不出话来。“学生！学生！一群毛孩子！”他心里说：“你们懂得什么！懂得什么！包善卿的政治生活非生生让你们吵散不可！包善卿有什么对不起人的地方！混账，一群混账！”

张七拉开屋门，没顾得摘帽子：“大人，他们到了！我去找大小姐，恰好和他们走碰了头！”

“西口把严没有？”包善卿好容易说出话来。

“他们不上这儿来，上教场去集合。”

“自要进来，开枪，我告诉你！”包善卿听到学生们不进胡同，强硬了些。

“听！”张七把屋门推开。

“打倒卖国贼！”千百条嗓子同时喊出。

包善卿的大眼向四下里找了找，好似“卖国贼”三个字像个风筝似的从空中落了下来。他没找到什么，可是从空中又降下一声：“打倒卖国贼！”他看了看方文玉，看了看张七，勉强地要笑笑，没笑出来。“七，”“张”字没能说利落：“大小姐呢？我教你去找大小姐！”

“这一队正是大小姐学校里的，后面还有一大群男学生。”

“看见她了？”

“第一个打旗的就是大小姐！”

“打倒卖国贼！”又从空中传来一声。

在这一声里，包善卿仿佛清清楚楚地听见了自己女儿的声音。

“好，好！”他的手与嘴唇一劲儿颤。“无父无君，男盗女娼的一群东西！我会跟你算账，甭忙，大小姐！别人家的孩子我管不了，你跑不出我的手心去！爸爸是卖国贼，好！”

“善老！善老！”方文玉的烟瘾已经上来，强挣扎着劝慰：“不必生这么大的气，大小姐年轻，一时糊涂，不能算是真心反抗您，绝对不能！”

“你不知道！”包善卿颤得更厉害了。“她要是想要钱，要衣裳，要车，都可以呀，跟我明说好了；何必满街去喊呢！疯了？卖国贼，爸爸是卖国贼，好听？混账，不要脸！”

电话！没人去接。方文玉已经瘾得不爱动，包善卿气得起不来。

张七等铃响了半天，搭讪着过去摘下耳机。“……等等。大人，公安局冯秘书。”

“挂上，没办法！”包善卿躺在沙发上。

“陈升！陈升！”方文玉低声地叫。

陈升就在院里呢，赶快进来。

方文玉向里院那边指了指，然后撅起嘴唇，像叫猫似的轻轻响了几下。陈升和张七一同退出去。

八太爷

一

王二铁只念过几天私塾，斗大的字大概认识几个。他对笔墨书本全无半点好感，却喜的是踢球打拐，养鸟放风筝。他特别不喜爱书本。给他代替书本的是野台戏评书，和乡里的小曲与传说——他从这里受到教育。

他羡慕闲书、戏出与传说中的英雄好汉，而且在乡间械斗与唱戏的时候，他的行动，在他自己想，也的确有些英雄好汉的劲儿。就以唱戏来说吧，他总被管事的派作台下打手。假若有人在戏场上调戏妇女或故意捣乱，以至教秩序没法维持下去，管事的便大喝一声“拉出去”，而王二铁与其余的打手，便把闹事的拉出去饱打一顿。这样的尽力维持秩序，当然有一点报酬：管事的把末一天的戏完全交给打手们去调动，打手就必然的专点妇女们绝不敢来看的戏，而尽量的享受一天。可是，打手们的业务与权利并不老是这么轻快可喜。假若被打的人想报复，而结队前来挑战骂阵，即使是在戏已杀台后的许多天，打手们也还得义不容辞的去迎战；宁可掉了脑袋，也不能屈膝。掉脑袋的事儿虽然不是好玩的，可是为了看末一天的“荣誉”戏，王二铁与他的伙伴们谁也不肯退后示弱；只要有戏他们总是当然的打手。

在王二铁所知道的一批英雄之中，如张飞、李逵、武松、黄天

霸等，他最佩服康小八。这有些原因：第一，康小八是在西太后当政的时候，使北京城里城外军民官吏一概闻名丧胆，而且使各州府县都感到兴奋与恐怖的人物。现在的七八十岁的老人，还有亲眼看见过他的。口头的描写比文字更有力量。王二铁只在舞台上看见过黄天霸与李逵，可是常由人们的口中听到康小八；康小八差不多是还活着呢。黄天霸只会打镖，而康小八用的是一对手枪。手枪，这是多么亲切、新颖，使人口中垂涎的东西呀！有了会打手枪的好汉在眼前，谁还去羡慕那手使板斧，或会打甩头一子的人物呢。第二，据说康小八是个黑矮个子，有两条快腿。王二铁呢，也是面黑如铁，而且身量不高。他的伙伴们往往俏皮他面黑身短。他明知道这不过是大家开开玩笑，并无损于他的尊严，可是他心中总多少有点不大得味儿。他想洗刷这个小小的“污点”。舞台上的黄天霸，他看，老是很漂亮的脸上敷粉，头上戴满了绒球的人。他开始反对黄天霸。及至他看过了《东皇庄》，扮康小八的是便衣薄底快靴，远不及黄天霸的漂亮威风，而要的却是真刀真枪，他马上得到了一个满意的结论：黄天霸不过是个小白脸，康小八——跟他自己一样的又矮又黑——才是真正的好汉，为了这个结论，他和伙伴们打过许多次架。越打架，他越下工夫练拳，踢桩子，摔交，拿大顶，好去在众人面前证明他是康小八转世，而康小八的确比黄天霸更利害。

拳头硬会使矮子变成高子，黑的变成白的。没人再敢俏皮王二铁了，因为痛快了嘴而委屈了身上是不大合算的。可是，拳头也还有打不到的地方。大家不敢明言，却在背地里唧咕。他们暗中给他起了个外号——东洋鬼！在形相上，东洋鬼暗示出矮的意思；在心理上，大家表示出恨恶他，正和恨恶日本人似的。

二铁的憎恶日本人，正和别的乡下人一样。他不知道日本侵略中国的历史，但是日本人这一名词在他心中差不多和苍蝇臭虫同样的讨厌。现在“东洋鬼”加在他自己身上了，他没法忍受。他想用拳头消灭这个可恶的绰号。可是，大家并不明言，而只用眼光把它射出来！他想离开故乡。

他早就想离开家乡——北平北边，快到昌平的大柳庄。为了实现自己的理想，他非走不可。他的身量、面色、力气、脚程，都像康小八。康小八是个赶驴的，他自己是庄稼汉，好汉不怕出身低呀。面对着北山，他时常出着神的盘算：假若有几百喽啰兵，由他率领，把住山口，打劫来往客商。而后等粮足马壮，再插起杏旗替天行道，救弱扶贫，他岂不就成了窦尔敦么？但是，窦寨王也比不了康小八。康八太爷没有喽啰，没有山寨，而敢在北京城里作案。作了案之后，大摇大摆的走进茶馆酒肆，连办案的巡缉暗探都得赶过来，张罗着会八太爷的钞。一语不合，掏出手枪，砰！谁管你是公子王孙，还是文武官员，八太爷是毫不留情的。到投案打官司的时候，人家八太爷入了北衙门，还是脚上没镣，手上没铐，自自在在的吃肉喝酒要娘们。在南衙门定案之后，连西太后都要看看这个黑矮子。到了菜市口，八太爷自己跳上凌迟柱子下倒放着的筐子，面不改色。不准用针点心，不准削下头皮遮住眼睛，人家八太爷睁眼看着自己的乳头，自己的胳臂被刽子手割下，而含笑的高声的问：“八太爷变了颜色没有？”成千成万的人一齐喝彩：“好吗！”这才算是好汉，连窦尔敦也还差点劲儿啊！

康小八差不多附了二铁的体。二铁不闲着则已，一有空闲，他就不由的质问自己，为什么那个黑矮子可以作出惊天动地的事来，而自己这个黑矮子只蹲在家里拔麦子耪大地？他渴想得到一把手枪。有了枪，他便上北平。他不再面对着北山出神了，北平才是真正可以露脸的地方；他的心和脸一齐朝了南。

可是，他得不到手枪。即使能以得到，他也还走不开。他的老母亲还活着呢。他并不怕母亲，也未曾从书本上明白了何为孝道。也许是什么一点民族文化的胶合力吧，把他多多少少的粘在中国的历史上，他究竟是个中国人，因而他对母亲就有许多不好意思的地方。好像母亲的手中有一根无形的绳子，把他这条野驴拴在门外的榆树上。他时时想不辞而别。有时候他真的走出一二十里去，虽然腰里没有手枪，可是带着一些干粮。走来走去，他拨转了马头。不行，老母亲的白发与没了牙的嘴不容许他去作英雄。走回家来，他无论是拔麦子，还是劈高粱叶，都在全村考第一。他把作英雄的力气用在作庄稼活上。不为讨谁的好，只为把力气消耗出去。因此，虽然他被仇人们叫作“东洋鬼”，可是一般的人凭良心说话的时节，还不能不夸赞他两句：“二铁虽然是好闹事的胡涂虫，对他娘可是还不错呀！”

在七七抗战那年的春天，王老太太死了。二铁哭了一大阵，而后卖了二亩田，喝了半斤白干，把母亲埋葬了。丧事办完之后，他没心去作什么，只穿着孝袍子在村子外边绕来绕去。正是农忙的时候，而二铁绝对不肯去忙。村中的老人们看出点危险来。在吃过晚饭，点上叶子烟的时候，他们低声的说出预言：“这小子没了娘，还怕谁呢？看着吧，说不定就会好吃懒作，把田卖净。再没事儿弄点猫尿，喝醉了胡来。把钱花光，他要不作贼，算我没长来眼睛！”随着这预言而来的恐惧不止一款：他会酗酒闹事，会调戏妇女，会勾结土匪，会引诱年轻人学坏……

可是，二铁毫无动作。他常常坐在母亲的坟头儿前面，脸朝南发愣。要不然，他在村外的水塘边上去照自己的脸。白色的孝衣，把他的脸衬得更黑。他一边照影，一边用手摸他的脸。他的脸上每一块肉几乎都是硬的，处处都见棱见角。这样坚硬而多棱角的脸是不会很体面的，可是摸起来倒教他高兴，硬汉当然有一副硬脸啊。只有他的矮趴趴的鼻子头有点软活劲儿。当他看厌了自己的时候，他便抬着头出神，用三个手指揪，揉，拉，他的鼻头，好像很好玩似的。

忽然的，他把所有的一点点地全卖了。卖得很便宜。村中的长辈们差不多不敢正眼看他了，他们预言的一部分已经应验，而提心吊胆的等待着明天的发展。同时，卖肉的，卖酒的，甚至于连推车卖布的，都一致的在王家门外多吆喝几声。有时候，他们在路上遇到他，便也立住和他闲扯几句，而眼光射在他的腰间。可是，他的手老不去掏他的腰包。他早晚依旧练工夫。赌徒们，本村的和外村的，时常搭讪着来陪他练，希望练完工夫，他也陪他们去玩玩牌九。有一天，他发了怒："我的钱是留着买枪的！滚蛋！"

买枪！买枪！买枪！一会儿传遍了村里村外。长老们的心要从口中跳出来！

忽然的，王二铁不见了。

买枪去了！买枪去了！大家争着代他宣传，而且猜测枪到了手以后，二铁究竟要干什么。有人为这个事打了赌。

过了一个多月，大家都等得不耐烦了，二铁才满头大汗的走了回来。他已脱了孝衣而穿上一身阴丹士林的新蓝裤褂。大家马上都变成了侦探，想设法看到他的手枪。假若他把枪带在腰间，就应当很容易被看到，因为他只穿着一身单裤褂。可是，大家谁也没能发现什么。他有时候打赤背，腰间除了一根宽宽的硬带子，什么也没有。

放牛的孩子们，渐渐成了重要人物。二铁常常独自走出很远，而村子里的人起着誓说，他们千真万确的听到远处有枪声。这一定是二铁在荒僻的地方打靶吧，或者，哼，也许是劫人呢！大人没有工夫，放牛的孩子们会拐弯抹角的钉梢。孩子们虽然也没亲眼看见二铁真的在某处打靶，或劫人，可是他们的报告总会供给大家以疑神疑鬼——这自然是很有趣的——的资料。

六月底，二铁想卖掉他的三间土房。没有人敢买。碰了几个钉子之后，他把村长——一位五十多岁而还吃斤饼斤面的干巴老头儿——像窦尔敦拉黄天霸似的，拉到自己的门前。把村长按在磨盘上，他坐在一束高粱秆儿上。开门见山的，他告诉村长：

“我卖这三间土房，马上用钱，你给我卖！”

村长用像老树根子的手指，梳了梳短须而后摇了摇头。

“你不管？”二铁立起来。

“我知道你要干什么呢？”

“那你不用管，”二铁往前凑了一步。“我问你，要这三间土房不要？”

村长又微微摇了摇头。

二铁又往前凑了一步。手往腰门按了按。

“二铁！”村长咽了一口唾沫。“二铁！你是个好孩子，有力气，有本事，为什么不好好的成个家，生儿养女，像个人似的呢？卖房子

卖地，你对得起你的老人们吗？你说！”

二铁的眼看着地上的一条花毛虫，只看了一秒钟。然后他的眼对准了村长的，眼珠和脸都忽然的更黑了。“你知道我是谁吗？”

“废话！你难道不是二铁？”

“我是康小八！我黑，我矮，我有力气，我腿快，我还有枪！”他喘了一口气。“这个破村子留不住我，我要上大城里去作个好汉！赶明儿个，你听说大城里头又出了康小八，那就是我！先不用害怕，我不在这个破村子里吓吓你们土头土脑的人。我要站在前门外头，劫两辆汽车，给你们看看！”

“噢！”老头儿慢慢的立起来，想要走开。

二铁一把抓住老者的腕子。“别走！这三间房子怎么办？为这屁股大的一点地和这间臭房，就值得我干一辈子的吗”？

“我，我不管！康小八是个贼！”

“什么？”二铁的手握紧了些。

“我是说呀！”老人故意的拿腔作调，“康小八是个贼，好人不作贼！”

二铁的手去摸枪。他晓得康小八永远是先开枪，免得多费话。

老人笑了笑，镇静而温和的说：“告诉你，二铁，而今不是那个年头了。想当初，康小八有枪，别人没有，所以能横行霸道，大闹北京城。而今，枪不算什么稀罕物儿了，恐怕你施展不开。我说的是实话，听不听随你！”说完，老人又微笑了笑，从容的夺出自己的手来，慢慢的走开。

二铁愣住了。他的脑子——没受过任何训练——是不会细想什么的。平日，只凭心血来潮，要作什么就作了，结果如何，全不考虑。今天，听到村长的话，他的心中凉了一下，把要掏枪就打的热劲儿减低了许多度。他的手离开了枪。心中好像要想什么。但是，他没有思索的习惯，心中只觉得发堵，不，他不能这样轻易屈服，他得作点什么，使心中畅快。他极快的掏出枪来，赶上几步，高声的喊道：

“你站住！”

村长站定了。

“这三间土房，交给你看着。能卖就卖；不能卖，你给看着！不听话，你看这个！”二铁举起枪来，砰！一颗子弹打进老榆树的干子去。“我走啦，再回来的时候，我就是真正的康小八了！”说罢，他几乎是擦着村长的肩头，迈着大步，向南走去，枪还在手中提着。村人听到枪响，争着往门外跑，可是一看见提着枪的二铁，又都把头缩回门里去。

走到了安定门的关厢，二铁还打听哪里是北平呢。及至听到“这就是北平”，他还不敢相信。在他的心中，北平到处是宝石砌的墙，街上的树都是一两丈高的珊瑚，怎么这个关厢也这么稀松平常呢？更使他伤心的是他已经看到拿枪的人，保安队，宪兵，都有枪！事前不详加考虑的人，后悔也最快。他后悔了。不错，凭他那四五亩田，和三间土房，他辛苦的干一辈子恐怕连个老婆也混不上，更不要说作什么英雄好汉了。可是，现在他还没有看到有饭碗大的金刚钻，与比馒头还大的金钉子的皇宫内院，而已经看到许多的枪，长的短的，还有明晃晃的刺刀。他晓得，要是不拿家伙而专比拳脚，上来十个八个壮汉，他也不在乎。可是，若是十来支枪围住他，他该怎么办呢？枪弹把老榆树都一打一个深洞啊！他想拨转马头回家。可是他的脚还往前走。不能回家。回家只有放牛，耕地，流汗，吃棒子面与打那毫无结果的架。北平才是藏龙卧虎的地方，尽管枪多，好汉总还是好汉。他进了安定门。

打听明白天桥儿是在正南，他便一直的奔了天桥儿去。在城里，看见汽车，电车，金匾的大铺子，他高兴的多了。一边走，一边盘算，假若他单人独马去劫一辆车，或一家金店，岂不就等于劫皇饷，盗御马么？那些他所记得的红脸绿脸，有压耳毫，穿英雄氅的人们，在他心中出来进去，如同一出武戏。

在天桥儿，他还没敢作案。袋里有那点卖田地的钱，他吃了水爆羊肚，看了坤班的蹦蹦戏，还在练拳卖膏药，举双石头，和摔跤的场子上帮了场，表演了几次。不到三四天，这一带的流氓土混混儿乎都知道了北京的康小八。酒肉朋友，一天就能拜两起儿盟兄弟。二铁——北京的康小八——的嘴虽不大伶俐，可是腰里很硬。大家不但知道他腰里有钱，而且有手枪。当他被大家灌醉了的时候，大家故意的探问："钱花光了怎办呢？"

他的黑脸被酒力催的，变成黑紫，他本想不回答这问题，可是嘴不听使，极快的说出来："我有枪，我是康小八！"

他的盟兄弟们已经不是梁山泊上的一百单八将了。他们在七七的前夕把他卖给了侦缉队。

他开枪拒捕，走出了永定门。

在小破土庙里，他倚着供桌打了一个盹。睁眼，已经天亮了。他

庆市不过三十多里路，江中可以走船，江边上也有小路。它的设备是相当可观的：有鸭鹅池、有兔笼、有花畦、有菜圃、有牛羊圈、有果园。鸭蛋、鲜花、青菜、水果、牛羊乳……都正是像重庆那样的都市所必需的东西。况且，它的创办正在抗战的那一年：重庆的人口，在抗战后，一天比一天多；所以需要的东西，像青菜与其他树华农场所产生的东西，自然的也一天比一天多。赚钱是没有问题的。

从渡口上的坡道往左走不远，就有一些还未完全风化的红石，石旁生着几丛细竹。到了竹丛，便到了农场的窄而明洁的石板路。离竹丛不远，相对的长着两株青松，松树上挂着两面粗粗刨平的木牌，白漆漆着“树华农场”。石板路边，靠江的这一面，都是花；使人能从花的各种颜色上，慢慢地把眼光移到碧绿的江水上面去。靠山的一面是许多直立的扇形的葡萄架，架子的后面是各种果树。走完了石板路，有一座不甚高，而相当宽的藤萝架，这便是农场的大门，横匾上刻着“树华”两个隶字。进了门，在绿草上，或碎石堆花的路上，往往能看见几片柔软而轻的鸭鹅毛，因为鸭鹅的池塘便在左手方。这里的鸭是纯白而肥硕的，真正的北平填鸭。对着鸭池是平平的一个坝子，满种着花草与菜蔬。在坝子的末端，被竹树掩覆着，是办公厅。这是相当坚固而十分雅致的一所两层的楼房，花果的香味永远充满了全楼的每一角落。牛羊圈和工人的草舍又在楼房的后边，时时有羊羔悲哀地啼唤。

这一些设备，教农场至少要用二十来名工人。可是，以它的生产能力，和出品销路的良好来说，除了一切开销，它还应当赚钱。无论是内行人还是外行人，只要看过这座农场，大概就不会想象到这是赔钱的事业。

然而，树华农场赔钱。

创办的时候，当然要往“里”垫钱。但是，鸡鸭、青菜、鲜花、牛羊乳，都是不需要很长的时间就可以在利润方面有些数目字的。按照行家的算盘上看，假若第二年还不十分顺利的话，至迟在第三年的开始就可以绝对地看赚了。

可是，树华农场的赔损是在创办后的第三年。在第三年首次股东会议的时候，场长与股东们都对着账簿发了半天的愣。

赔点钱，场长是绝不在乎的，他不过是大股东之一，而被大家推举出来作场长的。他还有许多比这座农场大的多的事业。可是，即使他对这小小的事业赔赚都不在乎，即使他一走到院中，看看那些鲜美的花草，就把赔钱的事忘得一干二净，他现在——在股东会上——究竟有点不大好过。他自信是把能手，他到处会赚钱，他是大家所崇拜的实业家。农场赔钱？这伤了他的自尊心。他赔点钱，股东他们赔点钱，都没有关系：只是，下不来台！这比什么都要紧！

股东们呢，多数的是可以与场长立在一块儿呼兄唤弟的。他们的名望、资本、能力，也许都不及场长，可是在赔个万儿八千块钱上来说，场长要是沉得住气，他们也不便多出声儿。很少数的股东的确是想投了资，赚点钱，可是他们不便先开口质问，因为他们股子少，地位也就低，假若粗着脖子红着筋地发言，也许得罪了场长和大股东们——这，恐怕比赔点钱的损失还更大呢。

事实上，假若大家肯打开窗子说亮话，他们就可以异口同声地，确凿无疑地，马上指出赔钱的原因来。原因很简单，他们错用了人。场长，虽然是场长，是不能、不肯、不会、不屑于到农场来监督指导一切的。股东们也不会十趟八趟跑来看看的——他们只愿在开会的时候来作一次远足，既可以欣赏欣赏乡郊的景色，又可以和老友们喝两盅酒，附带地还可以露一露股东的身份。除了几个小股东，多数人接到开会的通知，就仿佛在箱子里寻找迎节当令该换的衣服的时候，偶然的发现了想不起怎么随手放在那里的一卷钞票——“呕，这儿还有点玩艺儿呢！”

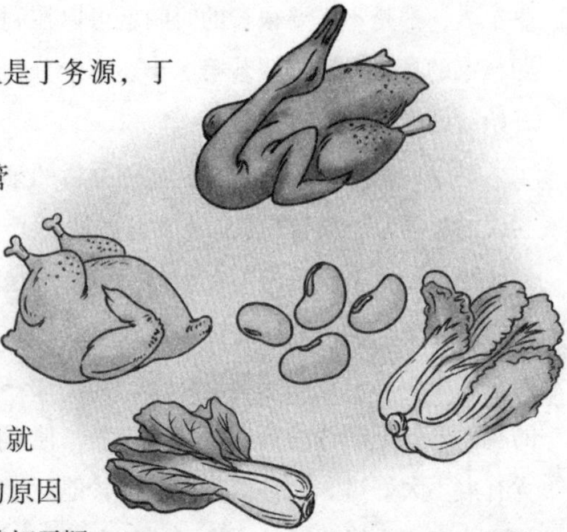

农场实际负责任的人是丁务源，丁主任。

丁务源，丁主任，管理这座农场已有半年。农场赔钱就在这半年。

连场长带股东们都知道，假若他们脱口而出地说实话，他们就必定在口里说出“赔钱的原因在——”的时节，手指就确切无疑地伸出，指着丁务源！丁务源就在一旁坐着呢。

但是，谁的嘴也没动，手指自然也就无从伸出。

他们，连场长带股东，谁没吃过农场的北平大填鸭，意大利种的肥母鸡，琥珀心的松花，和大得使儿童们跳起来的大鸡蛋鸭蛋？谁的瓶里没有插过农场的大枝的桂花、腊梅、红白梅花，和大朵的起楼子的芍药，牡丹与茶花？谁的盘子里没有盛过使男女客人们赞叹的山东大白菜，绿得像翡翠般的油菜与嫩豌豆？

这些东西都是谁送给他们的？丁务源！

再说，谁家落了红白事，不是人家丁主任第一个跑来帮忙？谁家出了不大痛快的事故，不是人家丁主任像自天而降的喜神一般，把大事化小，小事化无？

是的，丁主任就在这里坐着呢。可是谁肯伸出指头去戳点他呢？

什么责任问题，补救方法，股东会都没有谈论。等到丁主任预备的酒席吃残，大家只能拍拍他的肩膀，说声“美满闭会”了。

丁务源是哪里的人？没有人知道。他是一切人——中外无别——的乡亲。他的言语也正配得上他的籍贯，他会把他所到过的地方的最简单的话，例如四川的“啥子”与“要得”，上海的“唔啥”，北平的“妈啦巴子”……都美好的联结到一处，变成一种独创的“国语”；有时候也还加上一半个“孤得”，或“夜司”，增加一点异国情味。

四十来岁，中等身量，脸上有点发胖，而肉都是亮的，丁务源不是个俊秀的人，而令人喜爱。他脸上那点发亮的肌肉，已经教人一见就痛快，再加上一对光满神足、顾盼多姿的眼睛，与随时变化而无往不宜的表情，就不只讨人爱，而且令人信任他了。最足以表现他的天才而使人赞叹不已的是他的衣服。他的长袍，不管是绸的还是布的，不管是单的还是棉的，永远是半新半旧的，使人一看就感到舒服；永远是比他的身材稍微宽大一些，于是他垂着手也好，揣着手也好，掉背着手更好，老有一些从容不迫的气度。他的小褂的领子与袖口，永远是洁白如雪；这样，即使大褂上有一小块油渍，或大襟上微微有点折绉，可是他的雪白的内衣的领与袖会使人相信他是最爱清洁的人。他老穿礼服呢厚白底子的鞋，而且裤脚儿上扎着绸子带儿；快走，那白白的鞋底与颤动的腿带，会显出轻灵飘洒；慢走，又显出雍容大雅。长袍，布底鞋，绸子裤脚带儿合在一处，未免太老派了，所以他在领子下面插上了一支派克笔和一支白亮的铅笔，来调和一下。

他老在说话，而并没说什么。“是呀”“要得么”“好”，这些小字眼被他轻妙地插在别人的话语中间，就好像他说了许多话似的。到必要时，他把这些小字眼也收藏起来，而只转转眼珠，或轻轻一咬嘴唇，或给人家从衣服上弹去一点点灰。这些小动作表现了关切、同情、用心，比说话的效果更大得多。遇见大事，他总是斩钉截铁地下这样的结论——没有问题，绝对的！说完这一声，他便把问题放下，而闲扯些别的，使对方把忧虑与关切马上忘掉。等到对方满意地告别了，他会倒头就睡，睡三四个钟头；醒来，他把那件绝对没有问题的事忘得一干二净。直等到那个人又来了，他才想起原来曾经有过那么一回事，而又把对方热诚地送走。事情，照例又推在一边。及至那个人快恼了他的时候，他会用农场的出品使朋友仍然和他和好。天下事都绝对没有问题，因为他根本不去办。

他吃得好，穿得舒服，睡得香甜，永远不会发愁。他绝对没有任何理想，所以想发愁也无从发起。他看不出彼此敷衍有什么不对的地方。他只知道敷衍能解决一切，至少能使他无忧无虑，脸上胖而且亮。凡足以使事情敷衍过去的手段，都是绝妙的手段。当他刚一得到农场主任的职务的时候，他便被姑姑老姨舅爷，与舅爷的舅爷包围起来，他马上变成了这群人的救主。没办法，只好一一敷衍。于是一部分有经验的职员与工人马上被他“欢送”出去，而舅爷与舅爷的舅爷都成了护法的天使，占据了地上的乐园。

没被辞退的职员与园丁，本都想辞职。可是，丁主任不给他们开口的机会。他们由书面上通知他，他连看也不看。于是，大家想不辞而别。但是，赶到真要走出农场时，大家的意见已经不甚一致。新主任到职以后，什么也没过问，而在两天之中把大家的姓名记得飞熟，并且知道了他们的籍贯。

“老张！”丁主任最富情感的眼，像有两条紫外光似的射到老张的心里，“你是广元人呀？乡亲！硬是要得！”丁主任解除了老张的武装。

“老谢！”丁主任的有肉而滚热的手拍着老谢的肩膀，“呕，恩施？好地方！乡亲！要得么！”于是，老谢也缴了械。

多数的旧人们就这样受了感动，而把“不辞而别”的决定视为一时的冲动，不大合理。那几位比较坚决的，看朋友们多数鸣金收兵，也就不便再说什么，虽然心里还有点不大得劲儿。及至丁主任的胖手也拍在他们的肩头上，他们反觉得只有给他效劳，庶几乎可以赎出自己的行动幼稚、冒昧的罪过来。“丁主任是个朋友！”这句话即使不便明说，也时常在大家心中飞来飞去，像出笼的小鸟，恋恋不忍去似的。

大家对丁主任的信任心是与时俱增的。不管大事小事，只要向丁主任开口，人家丁主任是不会眨眨眼或愣一愣再答应的。他们的请托的话还没有说完，丁主任已说了五个“要得”。丁主任受人之托，事实上，是轻而易举的。比方说，他要进城——他时常进城——有人托他带几块肥皂。在托他的人想，丁主任是精明人，必能以极便宜的价钱买到极好的东西。而丁主任呢，到了城里，顺脚走进那最大的铺子，随手拿几块最贵的肥皂。拿回来，一说价钱，使朋友大吃一惊。“货物道地，”丁主任要交代清楚，“你晓得！多出钱，到大铺子去买，吃不了亏！你不要，我还留着用呢！你怎样？”怎能不要呢，朋友只好把东西接过去，连声道谢。

大家可是依旧信任他。当他们暗中思索的时候，他们要问：托人家带东西，带来了没有？带来了。那么人家没有失信。东西贵，可是好呢。进言无二价的大铺子买东西，谁不会呢，何必托他？不过，既然托他，他——堂堂的丁主任——岂是挤在小摊子上争钱讲价的人？这只能怪自己，不能怪丁主任。

慢慢地，场里的人们又有耳闻：人家丁主任给场长与股东们办事也是如此。不管办个“三天”，还是“满月”，丁主任必定闻风而至，他来到，事情就得由他办。烟，能买“炮台”就买“炮台”，能买到“三五”就是“三五”。酒，即使找不到“茅台”与“贵妃”，起码也是绵竹大麯。饭菜，呕，先不用说饭菜吧，就是糖果也必得是冠生园的，主人们没法挑眼。不错，丁主任的手法确是太大；可是，他给主人们作了脸哪。主人说不出话来，而且没法不佩服丁主任见过世面。有时候，主妇们因为丁主任太好铺张而想表示不满，可是丁主任送来的礼物，与对她们的殷勤，使她们也无从开口。她们既不出声，男人们就感到事情都办得合理，而把丁主任看成了不起的人物。这样，丁主任既在场长与股东们眼中有了身份，农场里的人们就不敢再批评什么；即使吃了他的亏，似乎也是应当的。

及至丁主任作到两个月的主任，大家不但不想辞职，而且很怕被辞了。他们宁可舍着脸去逢迎谄媚他，也不肯失掉了地位。丁主任带来的人，因为不会作活，也就根本什么也不干。原有的工人与职员虽然不敢照样公然怠工，可是也不便再像原先那样实对实地每日作八小时工。他们自动把八小时改为七小时，慢慢地又改为六小时、五小时。赶到主任进城的时候，他们干脆就整天休息。休息多了，又感到闷得慌，于是麻将与牌九就应运而起；牛羊们饿得乱叫，也压不下大家的欢笑与牌声。有一回，大家正赌得高兴，猛一抬头，丁主任不知道什么时候人不知鬼不觉地站在老张的后边！大家都愣了！

“接着来，没关系！”丁主任的表情与语调顿时教大家的眼都有点发湿。“干活是干活，玩是玩！老张，那张八万打得好，要得！”

大家的精神，就像都刚胡了满贯似的，为之一振。有的人被感动得手指直颤。

大家让主任加入。主任无论如何不肯破坏原局。直等到四圈完了，他才强被大家拉住，改组。“赌场上可不分大小，赢了拿走，输了认命，别说我是主任，谁是园丁！”主任挽起雪白的袖口，微笑着说。大家没有异议。“还玩这么大的，可是加十块钱的望子，自摸双？”大家又无异议。新局开始。主任的牌打得好。不但好，而且牌品高，打起牌来，他一声不出，连“要得”也不说了。他自己胡牌，轻轻地好像抱歉似的把牌推倒。别人胡牌，他微笑着，几乎是毕恭毕敬地送过筹码去。十次，他总有八次赢钱，可是越赢越受大家敬爱；大家仿佛宁愿把钱输给主任，也不愿随便赢别人几个。把钱输给丁主任似乎是一种光荣。

不过，从实际上看，光荣却不像钱那样有用。钱既输光，就得另想生财之道。由正常的工作而获得的收入，谁都晓得，是有固定的数目。指着每月的工资去与丁主任一决胜负是作不通的。虽然没有创设什么设计委员会，大家可是都在打主意，打农场的主意。主意容易打，执行的勇气却很不易提起来。可是，感谢丁主任，他暗示给大家，农场的东西是可以自由处置的。没看见吗，农场的出品，丁主任都随便自己享受，都随便拿去送人。丁主任是如此，丁主任带来的“亲兵”也是如此，那么，别人又何必分外的客气呢？

于是，树华农场的肥鹅大鸭与油鸡忽然都罢了工，不再下蛋，这也许近乎污蔑这一群有良心的动物们，但是农场的账簿上千真万确看不见那笔蛋的收入了。外间自然还看得见树华的有名的鸭蛋——为孵小鸭用的——可是价钱高了三倍。找好鸭种的人们都交头接耳地嘀咕：“树华的填鸭鸭蛋得托人情才弄得到手呢。”在这句话里，老张、老谢、老李都成了被恳托的要人。

在蛋荒之后，紧接着便是按照科学方法建造的鸡鸭房都失了科学

的效用。树华农场大闹黄鼠狼，每晚上都丢失一两只大鸡或肥鸭。有时候，黄鼠狼在白天就出来为非作歹，而在他们最猖獗的时间，连牛犊和羊羔都被劫去；多么大的黄鼠狼呀！

鲜花、青菜、水果的产量并未减少，因为工友们知道完全不工作是自取灭亡。在他们赌输了，睡足了之后，他们自动地努力工作，不是为公，而是为了自己。不过，产量虽未怎么减少，农场的收入却比以前差的多了。果子、青菜，据说都闹虫病。果子呢，须要剔选一番，而后付运，以免损害了农场的美誉。不知道为什么那些落选的果子仿佛更大更美丽一些，而先被运走。没人能说出道理来，可是大家都喜欢这么作。菜蔬呢，以那最出名的大白菜说吧，等到上船的时节，三斤重的就变成了一斤或一斤多点；那外面的大肥叶子——据说是受过虫伤的——都被剥下来，洗净，另捆成一把一把的运走，当作“猪菜”卖。这种猪菜在市场上有很高的价格。

这些事，丁主任似乎知道，可没有任何表示，当夜里闹黄鼠狼子的时候，即使他正醒着，听得明明白白，他也不会失去身份地出来看看。及至次晨有人来报告，他会顺口答音地声明：“我也听见了，我睡觉最警醒不过！”假若他高兴，他会继续说上许多关于黄鼬和他夜间怎样警觉的故事，当被黄鼬拉去而变成红烧的或清燉的鸡鸭，摆在他的面前，他就绝对不再提黄鼬，而只谈些烹饪上的问题与经验，一边说着，一边把最肥的一块鸭夹起来送给别人：“这么肥的鸭子，非挂炉烧烤不够味；清燉不相宜，不过，汤还看得！”他极大方地尝了两口汤。工人们若献给他钱——比如卖猪菜的钱——他绝对不肯收。“咱们这里没有等级，全是朋友；可是主任到底是主任，不能吃猪菜的钱！晚上打几圈儿好啦！要得吗？”他自己亲热地回答上，“要得！”把个“得”字说得极长。几圈麻将打过后，大家的猪菜钱至少有十分之八，名正言顺地入了主任的腰包。当一五一十的收钱的时候，他还要谦逊地声明：“咱们的牌都差不多，谁也说不上高明。我的把弟孙宏英，一月只打一次就够吃半年的。人家那才叫会打牌！不信，你给他个司长，他都不作，一个月打一次小牌就够了！”

秦妙斋从十五岁起就自称为宁夏第一才子。到二十多岁，看“才子”这个词儿不大时行了，乃改称为全国第一艺术家。据他自己说，他会雕刻、会作画、会弹古琴与钢琴、会作诗、小说，与戏剧：全能的艺术家。可是，谁也没有见过他雕刻、画图、弹琴和作文章。

在平时，他自居为艺术家，别人也就顺口答音地称他为艺术家，倒也没什么。到了抗战时期，正是所谓国乱显忠臣的时候，艺术家也罢，科学家也罢，都要拿出他的真正本领来报效国家，而秦妙斋先生什么也拿不出来。这也不算什么。假若他肯虚心地去学习，说不定他也许有一点天才，能学会画两笔，或作些简单而通俗的文字，去宣传抗战，或者，干脆放弃了天才的梦，而脚踏实地地去作中小学的教师，或到机关中服务，也还不失为尽其在我。可是他不肯去学习，不肯去吃苦，而只想飘飘摇摇地作个空头艺术家。

他在抗战后，也曾加入艺术家们的抗战团体。可是不久便冷淡下来，不再去开会。因为在他想，自己既是第一艺术家，理当在各团体中取得领导的地位。可是，那些团体并没有对他表示敬意。他们好像对他和对一切好虚名的人都这么说：谁肯出力作抗战工作，谁便是好朋友；反之，谁要是借此出风头，获得一点虚名与虚荣，谁就乘早儿退出去。秦妙斋退了出来。但是，他不甘寂寞。他觉得这样的败退，并不是因为自己的浅薄虚伪，而是因为他的本领出众，不见容于那些妒忌他的人们。他想要独树一帜，自己创办一个什么团体，去过一过领导的瘾。这，又没能成功，没有人肯听他号召。在这之后，他颇费了一番思索，给自己想出两个字来：清高。当他和别人闲谈，或独自呻吟的时候，他会很得意地用这两个字去抹杀一切，而抬高自己："而今的一般自命为艺术家的，都为了什么？什么也不为，除了钱！真正懂得什么叫作清高的是谁？"他的鼻尖对准了自己的胸口，轻轻地点点头。"就连那作教授的也算不上清高，教授难道不拿薪水么？……"可是"你怎么活着呢？你的钱从什么地方来呢？"有那心直口快的这么问他。"我，我，"他有点不好意思，而不能回答："我爸爸给我！"

是的，秦妙斋的父亲是财主。不过，他不肯痛快地供给儿子钱花。这使秦妙斋时常感到痛苦。假若不是被人家问急了，他不肯轻易的提出"爸爸"来。就是偶尔地提到，他几乎要把那个最有力量的形容字——不清高——也加在他的爸爸头上去！

按照着秦老者的心意，妙斋应当娶个知晓三从四德的老婆，而后一扑纳心地在家里看守着财产。假若妙斋能这样办，哪怕就是吸两口鸦片烟呢，也能使老人家的脸上纵起不少的笑纹来。可是，有钱的老子与天才的儿子仿佛天然是对头。妙斋不听调遣。他要作诗，画画，而且——最使老人伤心的——他不愿意在家里蹲着。老人没有旁的办法，只好尽量地勒着钱。尽管妙斋的平信，快信，电报，一齐来催钱，老人还是毫不动感情地到月头才给儿子汇来“点心费”。这点钱，到妙斋手里还不够还债的呢。我们的诗人，是感受着严重的压迫。挣钱去吧，既不感觉趣味，又没有任何本领；不挣钱吧，那位不清高的爸爸又是这样的吝啬！金钱上既受着压迫，他满想在艺术界活动起来，给精神上一点安慰。而艺术界的人们对他又是那么冷淡！他非常的灰心。有时候，他颇想摹仿屈原，把天才与身体一齐投在江里去。投江是件比较难于作到的事。于是，他转而一想，打算作个青年的陶渊明。“顶好是退隐！顶好！”他自己念道着。“世人皆浊我独清！只有退隐，没别的话好讲！”

高高的个子，长长的脸，头发像粗硬的马鬃似的，长长的，乱七八糟的，披在脖子上。虽然身量很高，可好像里面没有多少骨头，走起路来，就像个大龙虾似的那么东一扭西一躬的。眼睛没有神，而且爱在最需要注意的时候闭上一会儿，仿佛是随时都在作梦。

作着梦似的秦妙斋无意中走到了树华农场。不知道是为欣赏美景，还是走累了，他对着一株小松叹了口气，而后闭了会儿眼。

也就是上午十一点钟吧，天上有几缕秋云，阳光从云隙发出一些不甚明的光，云下，存着些没有完全被微风吹散的雾。江水大体上还是黄的，只有江岔子里的已经静静地显出绿色。葡萄的叶子就快落净，茶花已顶出一些红瓣儿来。秦妙斋在鸭塘的附近找了块石头，懒洋洋地坐下。看了看四下里的山、江、花、草，他感到一阵难过。忽然地很想家，又似乎要作一两句诗，仿佛还有点触目伤情……这时候，他的感情极复杂，复杂到了既像万感俱来，又像茫然不知所谓的程度。坐了许久，他忽然在复杂混乱的心情中找到可以用话语说出来的一件事来。“我应当住在这里！”他低声对自己说。这句话虽然是那么简短，可是里边带着无限的感慨。离家，得罪了父亲，功未成，名未就……只落得独自在异乡隐退，想住在这静静的地方！他呆呆地看着池里的大白鸭，那洁白的羽毛，金黄的脚掌，扁而像涂了一层蜡的嘴，都使他心中更混乱，更空洞，更难过。这些白鸭是活的东西，不错；可是它们干吗活着呢？正如同天生下我秦妙斋来，有天才，有志愿，有理想，但是都有什么用呢？想到这里，他猛然的，几乎是身不由己的，立了起来。他恨这个世界，恨这个不叫他成名的世界！连那些大白鸭都可恨！他无意中地、顺手地捋下一把树叶，揉碎，扔在地上。他发誓，要好好地，痛快淋漓地写几篇文字，把那些有名的画家、音乐家、文学家都骂得一个小钱也不值！那群不清高的东西！

他向办公楼那面走，心中好像在说：“我要骂他们！就在这里，这里，写成骂他们的文章！”

丁主任刚刚梳洗完，脸上带着夜间又赢了钱的一点喜气。他要到院中吸点新鲜空气。安闲地，手揣在袖口里，像采菊东篱下的诗人似的，他慢慢往外走。

在门口，他几乎被秦妙斋撞了个满怀。秦妙斋，大龙虾似的，往旁边一闪；照常往里走。他恨这个世界，碰了人就和碰了一块石头或一株树一样，只有不快，用不着什么客气与道歉。

丁主任，老练，安详，微笑地看着这位冒失的青年龙虾。“找谁呀？”他轻轻问了声。

秦妙斋稍一愣，没有答理他。

丁主任好像自言自语地说，“大概是个画家。”

秦妙斋的耳朵仿佛是专为听这样的话的，猛地立住，向后转，几乎是喊叫地，“你说什么？”

丁主任不知道自己的话是说对了，还是说错了，可是不便收回或改口。迟顿了一下，还是笑着：“我说，你大概是个画家。”

“画家？画家？”龙虾一边问，一边往前凑，作着梦的眼睛居然瞪圆了。

丁先生不晓得怎样回答才好，只“啊啊”了两声。

妙斋的眼角上汪起一些热泪，口中的热涎喷到丁主任的脸上：“画家，我是——画家，你怎么知道？”说到这里，他仿佛已筋疲力尽，像快要晕倒的样子，摇晃着，摸索着，找到一只小凳，坐下，闭上了眼睛。

丁主任还笑着，可是笑得莫名其妙，往前凑了两步。还没走到妙斋的身边，妙斋的眼睛睁开了。“告诉你，我还不仅是画家，而且是全能的艺术家！我都会！”说着，他立起来，把右手扶在丁主任的肩上。“你是我的知己！你只要常常叫我艺术家，我就有了生命！生我者父母，知我者——你是谁？”

“我？”丁主任笑着回答。“小小园丁！”

“园丁？”

“我管着这座农场！”丁主任停住了笑。“你姓什么！”毫不客气地问。

“秦妙斋，艺术家秦妙斋。你记住，艺术家和秦妙斋老得一块儿喊出来；一分开，艺术家和我就都不存在了！”

“呕！”丁主任的笑意又回到脸上，进了大厅，眼睛往四面一扫——壁上挂着些时人的字画。这些字画都不甚高明，也不十分丑恶。在丁主任眼中，它们都怪有个意思，至少是挂在这里总比四壁皆空强一些。不过，他也有个偏心眼，他顶爱那张长方的，石印的抗战门神爷，因为色彩鲜明，“真”有个意思。他的眼光停在那片色彩上。

随着丁主任的眼，妙斋也看见了那些字画，他把眼光停在了那张抗战画上。当那些色彩分明地印在了他的心上的时候，他觉到一阵恶心，像忽然要发痧似的，浑身的毛孔都像针儿刺着，出了点冷汗。定一定神，他扯着丁先生，扑向那张使他恶心的画儿去。发颤的手指，像一根挺身作战的小枪似的，指着那堆色彩：“这叫画？这叫画？用抗战来欺骗艺术，该杀！该杀！”不由分说，他把画儿扯了下来，极快地撕碎，扔在地上，用脚狠狠地揉搓，好像把全国的抗战艺术家都踩在了泥土上似的。他痛快地吐了口气。

来不及拦阻妙斋的动作，丁主任只说了一串口气不同的“唉”！

妙斋犹有余怒，手指向四壁普遍的一扫：“这全要不得！通通要不得！”

丁主任急忙挡住了他，怕他再去撕毁。妙斋却高傲地一笑："都扯了也没有关系，我会给你画！我给你画那碧绿的江、赭色的山、红的茶花、雪白的大鸭！世界上有那么多美丽的东西，为什么单单去画去写去唱血腥的抗战？混蛋！我要先写几篇文章，臭骂，臭骂那群污辱艺术的东西们。然后，我要组织一个真正艺术家的团体，一同主张——主张——清高派，暂且用这个名儿吧，清高派的艺术！我想你必赞同？"

"我？"丁主任不知怎样回答。

"你当然同意！我们就推你作会长！我们就在这里作画、治乐、写文章！"

"就在这里？"丁主任脸上有点不大得劲，用手摸了摸。

"就在这里！今天我就不走啦！"妙斋的嘴犄角直往外溅水星儿，"想想看，把这间大厅租给我，我爸爸有钱，你要多少我给多少。然后，我们艺术家们给你设计，把这座农场变成最美的艺术之家，艺术乐园！多么好！多么好！"

丁主任似乎得到一点灵感。口中随便用"要得""不错"敷衍着，心中可打开了算盘。在那次股东会上，虽然股东们对他没有什么决定的表示，可是他自己看得清清楚楚，大家对他多少有点不满意。他应当把事情调整一下，教大家看看，他不是没有办法的人。是呀，这里的大厅闲着没有用，楼上也还有三间空房，为什么不租出去，进点租钱呢？况且这笔租金用不着上账；即使教股东们知道了，大家还能为这点小事来质问吗？对！他决定先试一试这位艺术家。"秦先生，这座大厅咱们大家合用，楼上还有三间空房，你要就得都要，一年一万块钱，一次交清。"

妙斋闭了眼，"好啦，一言为定！我给爸爸打电报要钱。"

"什么时候搬进来？"丁主任有点后悔。交易这么容易成功，想必是要少了钱。但是，再一想，三间房，而且在乡下，一万元应当不算少。管它呢，先进一万再说别的！“什么时候搬进来？”

“现在就算搬进来了！”

“啊？”丁主任有点悔意了。“难道你不去拿行李什么的？”

“没有行李，我只有一身的艺术！”妙斋得意地哈哈地笑起来。

“租金呢？”

“那，你尽管放心：我马上打电报去！”

秦妙斋就这样的侵入了树华农场。不到两天，楼上已住满他的朋友。这些朋友，有男有女，有老有少，都时来时去，而绝对不客气。他们要床，便见床就搬了走；要桌子，就一声不响地把大厅的茶几或方桌拿了去。对于鸡鸭菜果，他们的手比丁主任还更狠，永远是理直气壮地拿起就吃。要摘花他们便整棵的连根儿拔出来。农场的工友甚至于须在夜间放哨，才能抢回一点东西来！

可是，丁主任和工友们都并不讨厌这群人。首要的因为这群人中老有女的，而这些女的又是那么大方随便，大家至少可以和他们开句小玩笑。她们仿佛给农场带来了一种新的生命。其次，讲到打牌，人

家秦妙斋有艺术家的态度，输了也好，赢了也好，赌钱也好，赌花生米也好，一坐下起码二十四圈。丁主任原是不屑于玩花生米的，可是妙斋的热情感动了他，他不好意思冷淡地谢绝。

丁主任的心中老挂念着那一万元的租金。他时常调动着心思与语言，在最适当的机会暗示出催钱的意思。可是妙斋不接受暗示。虽然如此，丁主任可是不忍把妙斋和他的朋友撵了出去。一来是，他打听出来，妙斋的父亲的的确确是位财主；那么，假若财主一旦死去，妙斋岂不就是财产的继承人？“要把眼光放远一些！”丁主任常常这样警戒自己。二来是，妙斋与他的友人们，在实在没有事可干的时候，总是坐在大厅里高谈艺术。而他们的谈论艺术似乎专为骂人。他们把国内有名的画家、音乐家、文艺作家，特别是那些尽力于抗战宣传的，提名道姓地一个一个挨次咒骂。这，使丁主任闻所未闻。慢慢地，他也居然记住了一些艺术家的姓名。遇到机会，他能说上来他们的一些故事，仿佛他同艺术家们都是老朋友似的。这，使与他来往的商人或闲人感到惊异，他自己也得到一些愉快。还有，当妙斋们把别人咒腻了，他们会得意地提出一些社会上的要人来，“是的，我们要和他取得联络，来建设起我们自己的团体来！那，我可以写信给他；我要告诉明白了他，我们都是真正清高的艺术家！”……提到这些要人，他们大家口中的唾液都好像甜蜜起来，眼里发着光。“会长！”他们在谈论要人之后，必定这样叫丁主任：“会长，你看怎样？”丁主任自己感到身量又高了一寸似的！他不由地怜爱了这群人，因为他们既可以去与要人取得联络，而且还把他自己视为要人之一！他不便发表什么意见，可是常常和妙斋肩并肩地在院中散步。他好像完全了解妙斋的怀才不遇，妙斋微叹，他也同情地点着头。二人成了莫逆之交！

丁主任爱钱，秦妙斋爱名，虽然所爱的不同，可是在内心上二人有极相近的地方，就是不惜用卑鄙的手段取得所爱的东西。因此，丁主任往往对妙斋发表些难以入耳的最下贱的意见，妙斋也好好地静听，并不以为可耻。

眨眨眼，到了阳历年。

除夕，大家正在打牌，宪兵从楼上抓走两位妙斋的朋友。

丁主任口里直说“没关系”，心中可是有点慌。他久走江湖，晓得什么是利，哪是害。宪兵从农场抓走了人，起码是件不体面的事，先不提更大的干系。

秦妙斋丝毫没感到什么。那两位被捕的人是谁？他只知道他们的姓名，别的一概不清楚。他向来不细问与他来往的人是干什么的。只要人家捧他，叫他艺术家，他便与人家交往。因此，他有许多来往的人，而没有真正的朋友。他们被捕去，他绝对没有想到去打听打听消息，更不用说去营救了。有人被捕去，和农场丢失两只鸭子一样无足轻重。本来嘛，神圣的抗战，死了那么多的人，流了那么多的血，他都无动于衷，何况是捕去两个人呢？当丁主任顺口搭音地盘问他的时候，他只极冷淡地说：“谁知道！枪毙了也没法子呀！”

丁主任，连丁主任，也感到一点不自在了。口中不说，心里盘算着怎样把妙斋赶了出去。“好嘛，给我这儿招来宪兵，要不得！”他自己念道着。同时，他在表情上、举动上，不由地对妙斋冷淡多了。他有点看不起妙斋。他对一切不负责任，可是他心中还有“朋友”这个观念。他看妙斋是个冷血动物。

妙斋没有感觉出这点冷淡来。他只看自己，不管别人的表情如何，举动怎样。他的脑子只管计划自己的事，不管替别人思索任何一点什么。

慢慢地，丁主任打听出来：那两位被捕的人是有汉奸的嫌疑。他们的确和妙斋没有什么交情，但是他们口口声声叫他艺术家，于是他就招待他们，甚至于允许他们住在农场里。平日虽然不负责任，可是一出了乱子，丁主任觉出自己的责任与身份来。他依然不肯当面告诉妙斋："我是主任，有人来往，应当先告诉我一声。"但是，他对妙斋越来越冷淡。他想把妙斋"冰"了走。

到了一月中旬，局势又变了。有一天，忽然来了一位有势力、与场长最相好的股东。丁主任知道事情要不妙。从股东一进门，他便留了神，把自己的一言一笑都安排得像蜗牛的触角似的，去试探，警惕。一点不错，股东暗示给他，农场赔钱，还有汉奸随便出入，丁主任理当辞职。丁主任没有否认这些事实，可也没有承认。他说着笑着，态度极其自然。他始终不露辞职的口气。

股东告辞，丁主任马上找了秦妙斋去。秦妙斋是——他想——财主的大少爷，他须起码教少爷明白，他现在是替少爷背了罪名。再说，少爷自称为文学家，笔底下一定很好，心路也多，必定能替他给全体股东写封极得体的信。是的，就用全体职工的名义，写给股东们，一致挽留丁主任。不错，秦妙斋是个冷血动物；但是，"我走，他也就住不下去了！他还能不卖气力吗？"丁主任这样盘算好，每个字都裹了蜜似的，在门外呼唤："秦老弟！艺术家！"

秦妙斋的耳朵竖了起来，龙虾的腰挺直，他准备参加战争。世界上对他冷淡得太久了，他要挥出拳头打个热闹，不管是为谁，和为什么！“宁自一把火把农场烧得干干净净，我们也不能退出！”他喷了丁主任一脸唾沫星儿，倒好像农场是他一手创办起来似的。

丁主任的脸也增加了血色。他后悔前几天那样冷淡了秦妙斋，现在只好一口一个“艺术家”地来赎罪。谈过一阵，两个人亲密得很有些像双生的兄弟。最后，妙斋要立刻发动他的朋友：“我们马上放哨，一直放到江边。他们假若真敢派来新主任，我就会教他怎么来，怎么滚回去！”同时，他召集了全体职工，在大厅前开会。他登在一块石头上，声色俱厉地演说了四十分钟。

妙斋在演说后，成了树华农场的灵魂。不但丁主任感激，就是职员与工友也都称赞他：“人家姓秦的实在够朋友！”

大家并不是不知道，秦先生并不见得有什么高明的确切的办法。不过，闹风潮是赌气的事，而妙斋恰好会把大家感情激动起来，大家就没法不承认他的优越与热烈了。大家甚至于把他看得比丁主任还重要，因为丁主任虽然是手握实权，而且相当地有办法，可是他到底是多一半为了自己；人家秦先生呢，根本与农场无关，纯粹是路见不平，拔刀相助。这样，秦先生白住房、偷鸡蛋，与其他一切小小的罪过，都变成了理所当然的事。他，在大家的眼中，现在完全是个侠肠义胆的可爱可敬的人。

丁主任有十来天不在农场里。他在城里，从股东的太太与小姐那里下手，要挽回他的颓势。至于农场，他以为有妙斋在那里，就必会把大家团结得很坚固，一定不会有内奸，捣他的乱。他把妙斋看成了一座精神堡垒！等到他由城中回来，他并没对大家公开地说什么，而只时常和妙斋有说有笑地并肩而行。大家看着他们，心中都得到了安慰，甚至于有的人喊出：“我们胜利了！”

农场糟到了极度。那喊叫“我们胜利了”的，当然更肆无忌惮，几乎走路都要模仿螃蟹；那稍微悲观一些的，总觉得事情并不能这么容易得到胜利，于是抱着干一天算一天的态度，而拼命往手中搂东西，好像是说：“滚蛋的时候，就是多拿走一把小镰刀也是好的！”

旧历年是丁主任的一“关”。表面上，他还很镇定，可是喝了酒便爱发牢骚。“没关系！”他总是先说这一句，给自己壮起胆气来。慢慢地，血液循环的速度增加了，他身上会忽然出点汗。想起来了：张太太——张股东的二夫人——那里的年礼送少了！他愣一会儿，然后，自言自语地说：“人事，都是人事；把关系拉好，什么问题也没有！”酒力把他的脑子催得一闪一闪的，忽然想起张三，忽然想起李四，“都是人事问题！”

新年过了，并没有任何动静。丁主任的心像一块石头落了地。新年没有过好，必须补充一下；于是一直到灯节，农场中的酒气牌声始终没有断过。

灯节后的那么一天，已是早晨八点，天还没甚亮。浓厚的黑雾不但把山林都藏起去，而且把低处的东西也笼罩起来，连房屋的窗子都像挂起黑的帘幕。在这大雾之中，有些小小的雨点，有时候飘飘摇摇地像不知落在哪里好，有时候直滴下来，把雾色加上一些黑暗。农场中的花木全静静地低着头，在雾中立着一团团的黑影。农场里没有人起来，梦与雾好像打成了一片。

大雾之后容易有晴天。在十点钟左右，雾色变成红黄，一轮红血的太阳时时在雾薄的时候露出来，花木叶子上的水点都忽然变成小小的金色的珠子。农场开始有人起床。秦妙斋第一个起来，在院中绕了一个圈子。正走在大藤萝架下，他看见石板路上来了三个人。最前面的是一位女的，矮身量，穿着不知有多少衣服，像个油篓似的慢慢往前走，走得很吃力。她的后面是个中年的挑伕，挑着一大一小两只旧皮箱，和一个相当大的、风格与那位女人相似的铺盖卷，挑伕的头上冒着热汗。最后，是一位高身量的汉子，光着头，发很长，穿着一身不体面的西服，没有大衣，他的肩有些向前探着，背微微有点弯。他的手里拿着个旧洋磁的洗脸盆。

秦妙斋以为是他自己的朋友呢，他立在藤萝架旁，等着和他们打招呼。他们走近了，不相识。他还没动，要细细看看那个女的，对女的他特别感兴趣。那个大汉，好像走得不耐烦了，想赶到前边来，可是石板路很窄，而挑伕的担子又微微的横着，他不容易赶过来。他想踏着草地绕过来，可是脚已迈出，又收了回去，好像很怕踏损了一两根青草似的。到了藤架前，女的立定了，无聊地，含怨地，轻叹了一声。挑伕也立住。大汉先往四下一望，而后挤了过来。这时候，太阳下面的雾正薄得像一片飞烟，把他的眉眼都照得发光。他的眉眼很秀气，可是像受过多少什么无情的折磨似的，他的俊秀只是一点残余。他的脸上有几条来早了十年的皱纹。他要把脸盆递给女人，她没有接取的意思。她仅“啊”了一声，把手缩回去。大概她还要夸赞这农场几句，可是，随着那声“啊”，她的喜悦也就收敛回去。阳光又暗了一些，他们的脸上也黯淡了许多。

那个女的不甚好看。可是，眼睛很奇怪，奇怪得使人没法不注意她。她的眼老像有甚么心事——像失恋，损伤了儿女或破产那类的大事——那样的定着，对着一件东西定视，好久才移开，又去定视另一件东西。眼光移开，她可是仿佛并没看到什么。当她注意一个人的时候，那个人总以为她是一见倾心，不忍转目。可是，当她移开眼光的时节，他又觉得她根本没有看见他。她使人不安、惶惑，可是也感到有趣。小圆脸，眉眼还端正，可是都平平无奇。只有在她注视你的时候，你才觉得她并不难看，而且很有点热情。及至她又去对别的人，或别的东西愣起来，你就又有点可怜她，觉得她不是受过什么重大的刺激，就是天生的有点白痴。

现在，她扭着点脸，看着秦妙斋。妙斋有点兴奋，拿出他自认为最美的姿态，倚在藤架的柱子上，也看着她。

“哪个叨？”挑伕不耐烦了：“走不走吗？”

“明霞，走！”那个男人毫无表情地说。

“干什么的？”妙斋的口气很不客气地问他，眼睛还看着明霞。

“我是这里的主任。”那个男的一边说，一边往里走。

“啊？主任？”妙斋挡住他们的去路。“我们的主任姓丁。”

“我姓尤，”那个男的随手一拨，把妙斋拨开，还往前走，“场长派来的新主任。”

秦妙斋愣住了，闭了一会儿眼，睁开眼，他像条被打败了的狗似的，从小道跑进去。他先跑到大厅。“丁，老丁！”他急切地喊。“老丁！”

丁主任披着棉袍，手里拿着条冒热气的毛巾，一边擦脸，一边从楼上走下来。

“他们派来了新主任！”

“啊？”丁主任停止了擦脸，“新主任？”

“集合！集合！教他怎么来的怎么滚回去！”妙斋回身想往外跑。

丁主任扔了毛巾，双手撩着棉袍，几步就把妙斋赶上，拉住。“等等！你上楼去，我自有办法！”

妙斋还要往外走，丁主任连推带搡，把他推上楼去。而后，把钮子扣好，稳重庄严地走出来。拉开门，正碰上尤主任。满脸堆笑地，他向尤先生拱手：“欢迎！欢迎！欢迎新主任！这是——”他的手向明霞高拱。没有等尤主任回答，他亲热地说：“主任太太吧？”紧跟着，他对挑伕下了命令：“拿到里边来吗！”把夫妻让进来，看东西放好，他并没有问多少钱雇来的，而把大小三张钱票交给挑伕——正好比雇定的价钱多了五角。

尤主任想开门见山地问农场的详情，但是丁务源忙着喊开水，洗脸水；吩咐工友打扫屋子，丝毫不给尤主任说话的机会。把这些忙完，他又把明霞大嫂长大嫂短地叫得震心，一个劲儿和她扯东道西。尤主任几次要开口，都被明霞给截了回去；乘着丁务源出去那会儿，她责备丈夫：“那些事，干吗忙着问，日子长着呢，难道你今天就办公？”

第一天一清早，尤主任就穿着工人装，和工头把农场每一个角落都检查到，把一切都记在小本儿上。回来，他催丁主任办交代。丁主任答应三天之内把一切办理清楚。明霞又帮了丁务源的忙，把三天改成六天。

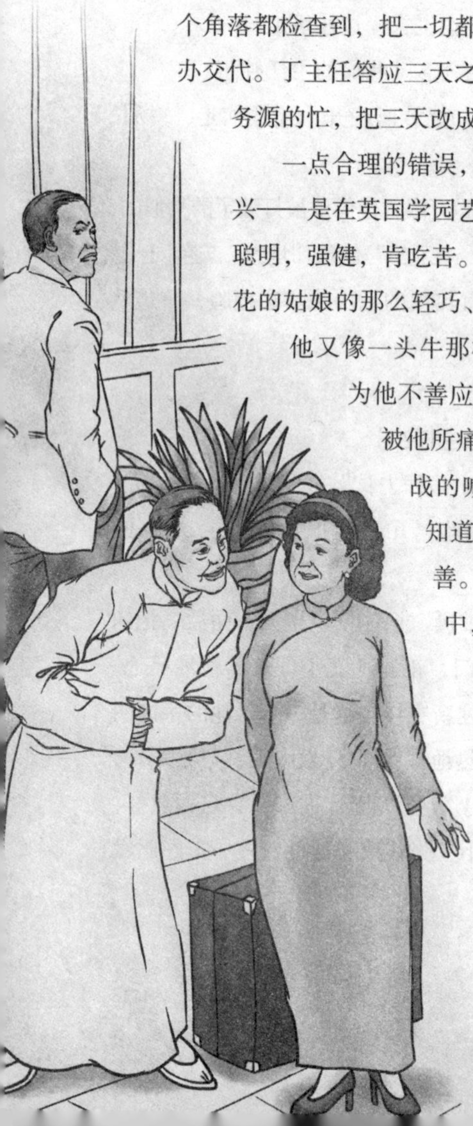

一点合理的错误，使人抱恨终身。尤主任——他叫大兴——是在英国学园艺的。毕业后便在母校里作讲师。他聪明，强健，肯吃苦。作起“试验”来，他的大手就像绣花的姑娘的那么轻巧、准确、敏捷。作起用力的工作来，他又像一头牛那样强壮、耐劳。他喜欢在英国，因为他不善应酬，办事认真，准知道回到祖国必被他所痛恨的虚伪与无聊给毁了。但是，抗战的喊声震动了全世界；他回了国。他知道农业的重要，和中国农业的急应改善。他想在一座农场里，或一间实验室中，把他的血汗献给国家。

回到国内，他想结婚。结婚，在他心中，是一件必然的、合理的事。结了婚，他可以安心地工作，身体好，心里也清静。他把恋爱视成一种精力的浪费。结婚就是结婚，结婚可以省去许多麻烦，别的事都是多余，用不着去操心。于是，有人把明霞介绍给他，他便和她结了婚。这很合理，但是也是个错误。

明霞的家里有钱。尤大兴只要明霞，并没有看见钱。她不甚好看，大兴要的是一个能帮助他的妻子，美不美没有什么关系。明霞失过恋，曾经想自杀；但这是她的过去的事，与大兴毫不相干。她没有什么本领，但在大兴想，女人多数是没有本领的；结婚后，他曾以身作则地去吃苦耐劳，教育她，领导她；只要她不瞎胡闹，就一切不成问题。他娶了她。

明霞呢，在结婚之前，颇感到些欣悦。不是因为她得到了理想爱人——大兴并没请她吃过饭，或给她买过鲜花——而是因为大兴足以替她雪耻。她以前所爱的人抛弃了她，像随便把一团废纸扔在垃圾堆上似的。但是，她现在有了爱人；她又可以仰着脸走路了。

在结婚后，她的那点欣悦和婚礼时戴的头纱差不多，永远收藏起来了。她并不喜欢大兴。大兴对工作的努力，对金钱的冷淡，对三姑六姨的不客气，都使她感到苦痛。但是，当有机会夫妇一道走的时候，她还是紧紧地拉着他，像将被溺死的人紧紧抓住一把水草似的。无论如何，他是一面雪耻的旗帜，她不能再把这面旗随便扔在地上！

大兴的努力、正直、热诚，使自己到处碰壁。他所接触到的人，会慢慢很巧妙地把他所最珍视的“科学家”三个字变成一种嘲笑。他们要喝酒去，或是要办一件不正当的事，就老躲开“科学家”。等到“科学家”天天成为大家开玩笑的用语，大兴便不能不带着太太另找吃饭的地方去！明霞越来越看不起丈夫。起初，她还对他发脾气，哭闹一阵。后来，她知道哭闹是毫无作用的，因为大兴似乎没有感情；她闹她的气，他作他的事。当她自己把泪擦干了，他只看她一眼，而后问一声：“该作饭了吧？”她至少需要一个热吻，或几句热情的安慰；他至多只拍拍她的脸蛋。他决不问闹气的原因与解决的办法，而只谈他的工作。工作与学问是他的生命，这个生命不许爱情来分润一点利益。有时候，他也在她发气的时候，偷偷弹去自己的一颗泪，但是她看得出，这只是怨恨她不帮助他工作，而不是因为爱她，或同情她。只有在她病了的时候，他才真像个有爱心的丈夫，他能像作试验时那么细心来看护她。他甚至于坐在床边，拉着她的手，给她说故事。但是，他的故事永远是关于科学的。她不爱听，也就不感激他。及至医生说，她的病已不要紧了，他便马上去工作。医生是科学家，医生的话绝对不能有错误。他丝毫没想到病人在没有完全好了的时候还需要安慰与温存。

她不能了解大兴，又不能离婚，她只能时时地定睛发呆。

现在，她又随着大兴来到树华农场。她已经厌恶了这种搬行李，拿着洗脸盆的流浪生活。她作过小姐，她愿有自己的固定的、款式的家庭。她不能不随着他来。但是既来之则安之，她不愿过十天半月又走出去。她不能辨别谁好谁坏，谁是谁非，但是她决定要干涉丈夫的事，不教他再多得罪人。她这次须起码把丈夫的正直刚硬冲淡一些，使大家看在她的面上原谅了尤大兴。她开首便帮忙了丁务源，还想敷衍一切活的东西，就连院中的大鹅，她也想多去喂一喂。

尤主任第一个得罪了秦妙斋。秦妙斋没有权利住在这里，请出！秦妙斋本没有任何理由充足的话好说，但是他要反驳。说着说着，他找到了理由：“你为什么不称呼我为艺术家呢？”凭这个污辱，他不能搬走！“咱们等着瞧吧，看谁先搬出去！”

尤主任只知道守法讲理是当然的事。虽然回国以后，已经受过多少不近情理的打击，可是还没遇见这么荒唐的事。他动了气，想请警察把妙斋捉出去。这时候，明霞又帮了妙斋的忙，替他说了许多“不要太忙，他总会顺顺当当地搬出去”……

妙斋和丁务源开了一个秘密会议。妙斋主战，丁务源主和，但是在妙斋说了许多强硬的话之后，丁务源也同意了主战。他称赞妙斋的勇敢，呼他为侠义的艺术家。妙斋感激得几乎晕了过去。

事实上，丁务源绝对不想和尤主任打交手战。在和妙斋谈过话之后，他决定使妙斋和尤大兴作战，而他自己充好人。同时，关于他自己的事，他必定先和明霞商议一下，或者请她去办交涉。他避免与尤主任作正面冲突。见着大兴，他永远摆出使人信任的笑脸，他知道出去另找事作不算难，但是找与农场里这样的舒服而收入又高的事就不大容易。他决定用“忍”字对付一切。假若妙斋与工人们把尤主任打了，他便可以利用机会复职。即使一时不能复职，他也会运动明霞和股东太太们，教他作个副主任。他这个副主任早晚会把正主任顶出去，他自信有这个把握，只要他能忍耐。把妙斋与明霞埋伏在农场，他进了城。

尤主任急切地等着丁务源办交代，交代了之后，他好通盘地计划一切。但是，丁务源进了城。他非常着急。拿人一天的钱，他就要作一天的事，他最恨敷衍与慢慢地拖。在他急得要发脾气的时候，明霞的眼又定住了。半天，她才说话：“丁先生不会骗你，他一两天就回来，何必这么着急呢？”

大兴并不因妻的劝告而消了气，但是也不因生气而忘了作事。他会把怒气压在心里，而手脚还去忙碌。他首先贴出布告：大家都要六时半起床，七时上工。下午一点上工，五时下工。晚间九时半熄灯上门，门不再开。在大厅里，他贴好：办公重地，闲人免进。而后，他把写字台都搬了来，职员们都在这里办事——都在他眼皮底下办事。办公室里不准吸烟，解渴只有白开水。

命令下过后，他以身作则地，在壁钟正敲七点的时节，已穿好工人装，在办公厅门口等着大家。丁务源的“亲兵”都来得相当的早，因为他们知道自己毫无本事，而他们的靠山能否复职又无把握，所以他们得暂时低下头去。他们用按时间作事来遮掩他们的不会作事。有的工人迟到，受了秦妙斋的挑拨，他们故意和新主任捣乱。

尤主任忍耐地等着。等大家都来齐，他并没发脾气，也没说闲话。开门见山地，他分配了工作，他记不清大家的姓名，但是他的眼睛会看，谁是有经验的工人，谁是混饭吃的。对混饭吃的，他打算一律撤换，但在没有撤换之前，他也给他们活儿作——“今天，你不能白吃农场的饭，”他心里说。

“你们三位，”他指定三个工人，“去把葡萄枝子全剪了。不打枝子，下一季没法结葡萄。限两天打完。”

“怎么打？”一个工人故意为难。

“我会告诉你们！我领着你们去作！”然后，他给有经验的工人全分配了工作，“你们三位给果木们涂灰水，该剥皮的剥皮，该刻伤的刻伤，回来我细告诉你们。限三天作完。你们二位去给菜蔬上肥。你们三位去给该分根的花草分根……”然后，轮到那些混饭吃的：“你

们二位挑沙子，你们俩挑水，你们二位去收拾牛羊圈……”

混饭吃的都撅了嘴。这些事，他们能作，可是多么费力气，多么肮脏呢！他们往四下里找，找不到他们的救主丁务源的胖而发光的脸。他们祷告：“快回来呀！我们已经成了苦力！”

那些有经验的工人，知道新主任所吩咐的事都是应当作的。虽然他所提出的办法，有和他们的经验不甚相同的地方，可是人家一定是内行。及至尤主任同他们一齐下手工作，他们看出来，人家不但是内行，而且极高明。凡是动手的，尤主任的大手是那么准确、敏捷。凡是要说出道理的地方，尤主任三言五语说得那么简单、有理。从本事上看，从良心上说，他们无从，也不应当，反对他。假若他们还愿学一些新本事、新知识的话，他们应该拜尤主任为师。但是，他们的良心已被丁务源给蚀尽。他们的手还记得白板的光滑，他们的口还咂摸着大麯酒的香味；他们恨恶镰刀与大剪，恨恶院中与山上的新鲜而寒冷的空气。

现在，他们可是不能不工作，因为尤主任老在他们的身旁。他由葡萄架跑到果园，由花畦跑到菜园，好像工作是最可爱的事。他不叱喝人，也不着急，但是他的话并不客气，老是一针见血地使他们在反感之中又有点佩服。他们不能偷闲，尤主任的眼与脚是同样快的：他们刚要放下活儿，他就忽然来到，问他们怠工的理由。他们答不出。要开水吗？开水早送到了。热腾腾的一大桶。要吸口烟吗？有一定的时间。他们毫无办法。

他们只好低着头工作，心中憋着一股怨气。他们白天不能偷闲，晚间还想照老法，去捡几个鸡蛋什么的。可是尤主任把混饭的人们安排好，轮流值夜班。“一摸鸡鸭的裆儿，我就晓得正要下蛋，或是不久就快下蛋了。一天该收多少蛋，我心中大概有个数目，你们值夜，夜间丢失了蛋，你们负责！”尤主任这样交派下去。好了，连这条小路也被封锁了！

过了几天，农场里一切差不多都上了轨道。工人们到底容易感化。他们一方面恨尤主任，一方面又敬佩他。及至大家的生活有了条理，他们不由地减少了恨恶，而增加了敬佩。他们晓得他们应当这样工作，这样生活。渐渐地，他们由工作和学习上得到些愉快，一种与牌酒场中不同的、健康的愉快。

尤主任答应下，三个月后，一律可以加薪，假若大家老按着现在这样去努力。他也声明：大家能努力，他就可以多作些研究工作，这种工作是有益于民族国家的。大家听到民族国家的字样，不期然而然都受了感动。他们也愿意多学习一点技术，尤主任答应下给他们每星期开两次晚班，由他主讲园艺的问题。他也开始给大家筹备一间游艺室，使大家得到些正当的娱乐。大家的心中，像院中的花草似的，渐渐发出一点有生气的香味。

不过，向上的路是极难走的。理智上的崇高的决定，往往被一点点浮浅的低卑的感情所破坏。情感是极容易发酒疯的东西。有一天，尤大兴把秦妙斋锁在了大门外边。九点半锁门，尤主任绝不宽限。妙斋把场内的鸡鹅牛羊全吵醒了，门还是没有开。他从藤架的木柱上，像猴子似的爬了进来，碰破了腿，一瘸一点的，他摸到了大厅，也上了锁。他一直喊到半夜，才把明霞喊动了心，把他放进来。

由尤主任的解说，大家已经晓得妙斋没有住在这里的权利，而严守纪律又是合理的生活的基础。大家知道这个，可是在感情上，他们觉得妙斋是老友，而尤主任是新来的，管着他们的人。他们一想到妙斋，就想起前些日子的自由舒适，他们不由地动了气，觉得尤主任不近人情。他们一一地来慰问妙斋，妙斋便乘机煽动，把尤大兴形容得不像人。“打算自自在在地活着，非把那个猪狗不如的东西打出去不可！”他咬着牙对他们讲。“不过，我不便多讲，怕你们没有胆子！你们等着瞧吧，等我的腿好了，我独自管教他一顿，教你们看看！”

他们的怒气被激起来，大家都不约而同地留神去找尤大兴的破绽，好借口打他。

尤主任在大家的神色上，看出来情势不对，可是他的心里自知无病，绝对不怕他们。他甚至于想到，大家满可以毫无理由地打击他，驱逐他，可是他决不退缩，妥协。科学的方法与法律的生活，是建设新中国的必经的途径。假若他为这两件事而被打，好吧，他愿作了殉道者。

一天，老刘值夜。尤主任在就寝以前，去到院中查看，他看见老刘私自藏起两个鸡蛋。他不能睁着一只眼，闭着一只眼地敷衍。他过去询问。

老刘笑了："这两个是给尤太太的！"

"尤太太？"大兴仿佛不晓得明霞就是尤太太。他愣住了。及至想清楚了，他像飞也似的跑回屋中。

明霞正要就寝。平平的黄圆脸上没有任何表情，坐在床沿上，定睛看着对面的壁上——那里什么也没有。

"明霞！"大兴喘着气叫，"明霞，你偷鸡蛋？"

她极慢地把眼光从壁上收回，先看看自己拖鞋尖的绣花，而后才看丈夫。

"你偷鸡蛋？"

"啊！"她的声音很微弱，可是一种微弱的反抗。

"为什么？"大兴的脸上发烧。

"你呀，到处得罪人，我不能跟你一样！我为你才偷鸡蛋！"她的脸上微微发出点光。

“为我？”

“为你！”她的小圆脸更亮了些，像是很得意。“你对他们太严，一草一木都不许私自动。他们要打你呢！为了你，我和他们一样地去拿东西，好教他们恨你而不恨我。他们不恨我，我才能为你说好话，不是吗？自己想想看！我已经攒了三十个大鸡蛋了！”她得意地从床下拉出一个小筐来。

尤大兴立不住了。脸上忽然由红而白。摸到一个凳子，坐下，手在膝上微颤。他坐了半夜，没出一声。

第二天一清早，院里外贴上标语，都是妙斋编写的。“打倒无耻的尤大兴！”“拥护丁主任复职！”“驱逐偷鸡蛋的坏蛋！”“打倒法西斯的走狗！”“消灭不尊重艺术的魔鬼！”……

大家罢了工，要求尤大兴当众承认偷蛋的罪过，而后辞职，否则以武力对待。

大兴并没有丝毫惧意，他准备和大家谈判。明霞扯住了他。乘机会，她溜出去，把屋门倒锁上。

“你干吗？”大兴在屋里喊，“开开！”

她一声没出，跑下楼去。

丁务源由城里回来了，已把副主任弄到手。“喝！”他走到石板路上，看见剪了枝的葡萄，与涂了白灰的果树，“把葡萄剪得这么苦。连根刨出来好不好！树也擦了粉，硬是要得！”

进了大门，他看到了标语。他的脚踵上像忽然安了弹簧，一步催着一步地往院中走，轻巧，迅速；心中也跳得轻快，好受；口里将一个标语按照着二黄戏的格式哼唧着。这是他所希望的，居然实现了！“没想到能这么快！妙斋有两下子！得好好的请他喝两杯！”他口中唱着标语，心中还这么念道。

刚一进院子，他便被包围了。他的“亲兵”都喜欢得几乎要落泪。其余的人也都像看见了久别的手足，拉他的，扯他的，拍他肩膀的，乱成一团；大家的手都要摸一摸他，他的衣服好像是活菩萨的袍子似的，挨一挨便是功德。他们的口一齐张开，想把冤屈一下子都倾泻出来。他只听见一片声音，而辨不出任何字来。他的头向每一个人点一点，眼中的慈祥的光儿射在每一个人的身上，他的胖而热的手指挨一挨这个，碰一碰那个。他感激大家，又爱护大家，他的态度既极大方，又极亲热。他的脸上发着光，而眼中微微发湿。“要得！”“好！”“呕！”“他妈拉个巴子！”他随着大家脸上的表情，变换这些字眼儿。最后，他向大家一举手，大家忽然安静了。“朋友们，我得先休息一会儿，小一会儿；然后咱们再详谈。不要着急生气，咱们都有办法，绝对不成问题！”

“请丁主任先歇歇！让开路！别再说！让丁主任休息去！”大家纷纷喊叫。有的还恋恋不舍地跟着他，有的立定看着他的背影，连连点头赞叹。

丁务源进了大厅，想先去看妙斋。可是，明霞在门旁等着他呢。

“丁先生！”她轻轻地，而是急切地，叫，“丁先生！”

“尤太太！这些日子好吗？要得！”

“丁先生！”她的小手揉着条很小的，花红柳绿的手帕。“怎么办呢？怎么办呢？”

“放心！尤太太！没事！没事！来！请坐！”他指定了一张椅子。

明霞像作错了事的小女孩似的，乖乖地坐下，小手还用力揉那条手帕。

“先别说话，等我想一想！”丁务源背着手，在屋中沉稳而有风度地走了几步。“事情相当的严重，可是咱们自有办法，”他又走了几步，摸着脸蛋，深思细想。

明霞沉不住气了，立起来，追着他问：“他们真要打大兴吗？”

“真的！”丁副主任斩钉截铁地回答。

“那怎么办呢？怎么办呢？”明霞把手帕团成一个小团，用它擦了擦鼻洼与嘴角。

“有办法！”丁务源大大方方地坐下。“你坐下，听我告诉你，尤太太！咱们不提谁好谁歹，谁是谁非，咱们先解决这件事，是不是？”

明霞又乖乖地坐下，连声说：“对！对！”

“尤太太看这么办好不好？”

“你的主意总是好的！”

“这么办：交代不必再办，从今天起请尤主任把事情还全交给我办，他不必再分心。”

“好！他一向太爱管事！”

“就是呀！教他给场长写信，就说他有点病，请我代理。”

“他没有病，又不爱说谎！”

“在外边混事，没有不扯谎的！为他自己的好处，他这回非说谎不可！”

“呕！好吧！”

“要得！请我代理两个月，再教他辞职，有头有脸地走出去，面子上好看！”

明霞立起来：“他得辞职吗？”

“他非走不可！”

“那，”

“尤太太，听我说！”丁务源也立起来。“两个月，你们照常支薪，还住在这里，他可以从容地去找事。两个月之中，六十天工夫，还找不到事吗？”

“又得搬走？”明霞对自己说，泪慢慢地流下来。愣了半天，她忽然吸了一吸鼻子，用尽力量地说：“好！就是这么办啦！”她跑上楼去。

开开门一看，她的腿软了，坐在了地板上。尤大兴已把行李打好，拿着洗面盆，在床沿上坐着呢。

沉默了好久，他一手把明霞搀起来，“对不起你，霞！咱们走吧！”

院中没有一个人，大家都忙着杀鸡宰鸭，欢宴丁主任，没工夫再注意别的。自己挑着行李，尤大兴低着头向外走。他不敢看那些花草树木——那会教他落泪。明霞不知穿了多少衣服，一手提着那一小筐鸡蛋，一手揉着眼泪，慢慢地在后面走。

树华农场恢复了旧态，每个人都感到满意。丁主任在空闲的时候，到院中一小块一小块地往下撕那些各种颜色的标语，好把尤大兴完全忘掉。

不久，丁主任把妙斋交给保长带走，而以一万五千元把空房租给别人，房租先付，一次付清。

到了夏天，葡萄与各种果树全比上年多结了三倍的果实，仿佛只有它们还记得尤大兴的培植与爱护似的。

果子结得越多，农场也不知怎么越赔钱。

断魂枪

沙子龙的镳局已改成客栈。

东方的大梦没法子不醒了。炮声压下去马来与印度野林中的虎啸。半醒的人们，揉着眼，祷告着祖先与神灵；不大会儿，失去了国土、自由与主权。门外立着不同面色的人，枪口还热着。他们的长矛毒弩，花蛇斑彩的厚盾，都有什么用呢；连祖先与祖先所信的神明全不灵了啊！龙旗的中国也不再神秘，有了火车呀，穿坟过墓破坏着风水。枣红色多穗的镳旗，绿鲨皮鞘的钢刀，响着串铃的口马[①]，江湖上的智慧与黑话，义气与声名，连沙子龙，他的武艺、事业，都梦似的变成昨夜的。今天是火车、快枪，通商与恐怖。听说，有人还要杀下皇帝的头呢！

这是走镳已没有饭吃，而国术还没被革命党与教育家提倡起来的时候。

谁不晓得沙子龙是短瘦、利落、硬棒，两眼明得像霜夜的大星？可是，现在他身上放了肉。镳局改了客栈，他自己在后小院占着三间北房，大枪立在墙角，院子里有几只楼鸽。只是在夜间，他把小院的

① 口马，指张家口外的马匹。

门关好，熟习熟习他的“五虎断魂枪”。这条枪与这套枪，二十年的工夫，在西北一带，给他创出来“神枪沙子龙”五个字，没遇见过敌手。现在，这条枪与这套枪不会再替他增光显胜了；只是摸摸这凉、滑、硬而发颤的杆子，使他心中少难过一些而已。只有在夜间独自拿起枪来，才能相信自己还是“神枪沙”。在白天，他不大谈武艺与往事；他的世界已被狂风吹了走。

在他手下创练起来的少年们还时常来找他。他们大多数是没落子的，都有点武艺，可是没地方去用。有的在庙会上去卖艺：踢两趟腿，练套家伙，翻几个跟头，附带着卖点大力丸，混个三吊两吊的。有的实在闲不起了，去弄筐果子，或挑些毛豆角，赶早儿在街上论斤吆喝出去。那时候，米贱肉贱，肯卖膀子力气本来可以混个肚儿圆；

他们可是不成：肚量既大，而且得吃口管事儿的[1]；干饽饽辣饼子[2]咽不下去。况且他们还时常去走会：五虎棍，开路，太狮少狮……虽然算不了什么——比起走镳来——可是到底有个机会活动活动，露露脸。是的，走会捧场是买脸的事，他们打扮的得像个样儿，至少得有条青洋绉裤子，新漂白细市布的小褂和一双鱼鳞洒鞋——顶好是青缎子抓地虎靴子。他们是神枪沙子龙的徒弟——虽然沙子龙并不承认——得到处露脸，走会得赔上俩钱，说不定还得打场架。没钱，上沙老师那里去求。沙老师不含糊，多少不拘，不让他们空着手儿走。可是，为打架或献技去讨教一个招数，或是请给说个“对子”——什么空手夺刀，或虎头钩进枪——沙老师有时说句笑话，马虎过去：“教什么？拿开水浇吧！”有时直接把他们赶出去。他们不大明白沙老师是怎么了，心中也有点不乐意。

可是，他们到处为沙老师吹腾，一来是愿意使人知道他们的武艺有真传授，受过高人的指教；二来是为激动沙老师，万一有人不服气而找上老师来，老师难道还不露一两手真的么？所以，沙老师一拳就砸倒了个牛！沙老师一脚把人踢到房上去，并没使多大的劲儿！他们谁也没见过这种事，但是说着说着，他们相信这是真的了，有年月，有地方，千真万确，敢起誓！

王三胜——沙子龙的大伙计——在土地庙拉开了场子，摆好了家伙。抹了一鼻子茶叶末色的鼻烟，他抡了几下竹节钢鞭，把场子打大一些。放下鞭，没向四围作揖，叉着腰念了两句：“脚踢天下好汉，拳打五路英雄！”向四围扫了一眼：“乡亲们，王三胜不是卖艺的；玩艺儿会几套，西北路上走过镳，会过绿林中的朋友。现在闲着没事，拉个场子陪诸位玩玩。有爱练的尽管下来，王三胜以武会友，有赏脸

① 管事儿的，指有营养，吃了不至于不久又饿的东西。
② 辣饼子，指剩下的隔夜干粮。

的，我陪着。神枪沙子龙是我的师傅；玩艺儿地道！诸位，有愿下来的没有？”他看着，准知道没人敢下来，他的话硬，可是那条钢鞭更硬，十八斤重。

王三胜，大个子，一脸横肉，努着对大黑眼珠，看着四围。大家不出声。他脱了小褂，紧了紧深月白色的“腰里硬”，把肚子杀进去。给手心一口唾沫，抄起大刀来：

“诸位，王三胜先练趟瞧瞧。不白练，练完了，带着的扔几个；没钱，给喊个好，助助威。这儿没生意口。好，上眼[①]！”

大刀靠了身，眼珠努出多高，脸上绷紧，胸脯子鼓出，像两块老桦木根子。一跺脚，刀横起，大红缨子在肩前摆动。削砍劈拨，蹲越闪转，手起风生，忽忽直响。忽然刀在右手心上旋转，身弯下去，四围鸦雀无声，只有缨铃轻叫。刀顺过来，猛的一个“跺泥”，身子直挺，比众人高着一头，黑塔似的。收了势：“诸位！”一手持刀，一手叉腰，看着四围。稀稀的扔下几个铜钱，他点点头。“诸位！”他等着，等着，地上依旧是那几个亮而削薄的铜钱，外层的人偷偷散去。他咽了口气：“没人懂！”他低声的说，可是大家全听见了。

“有功夫！”西北角上一个黄胡子老头儿答了话。

“啊？”王三胜好似没听明白。

“我说：你——有——功——夫！”老头子的语气很不得人心。

放下大刀，王三胜随着大家的头往西北看。谁也没看重这个老人：小干巴个儿，披着件粗蓝布大衫，脸上窝窝瘪瘪，眼陷进去很深，嘴上几根细黄胡，肩上扛着条小黄草辫子，有筷子那么细，而绝对不像筷子那么直顺。王三胜可是看出这老家伙有功夫，脑门亮，眼睛亮——眼眶虽深，眼珠可黑得像两口小井，深深的闪着黑光。王三

---

① 上眼，即请观众注意看。

胜不怕：他看得出别人有功夫没有，可更相信自己的本事，他是沙子龙手下的大将。

“下来玩玩，大叔！”王三胜说得很得体。

点点头，老头儿往里走。这一走，四外全笑了。他的胳臂不大动；左脚往前迈，右脚随着拉上来，一步步的往前拉扯，身子整着①，像是患过瘫痪病。蹭到场中，把大衫扔在地上，一点没理会四围怎样笑他。

“神枪沙子龙的徒弟，你说？好，让你使枪吧；我呢？”老头子非常的干脆，很像久想动手。

人们全回来了，邻场耍狗熊的无论怎么敲锣也不中用了。

“三截棍进枪吧？”王三胜要看老头子一手，三截棍不是随便就拿得起来的家伙。

老头子又点点头，拾起家伙来。

王三胜努着眼，抖着枪，脸上十分难看。

① 身子整着，即两臂不动，身体僵硬地走路。

老头子的黑眼珠更深更小了，像两个香火头，随着面前的枪尖儿转，王三胜忽然觉得不舒服，那俩黑眼珠似乎要把枪尖吸进去！四外已围得风雨不透，大家都觉出老头子确是有威。为躲那对眼睛，王三胜耍了个枪花。老头子的黄胡子一动："请！"王三胜一扣枪，向前躬步，枪尖奔了老头子的喉头去，枪缨打了一个红旋。老人的身子忽然活展了，将身微偏，让过枪尖，前把一挂，后把撩王三胜的手。拍，拍，两响，王三胜的枪撒了手。场外叫了好。王三胜连脸带胸口全紫了，抄起枪来；一个花子，连枪带人滚了过来，枪尖奔了老人的中部。老头子的眼亮得发着黑光；腿轻轻一屈，下把掩裆，上把打着刚要抽回的枪杆；拍，枪又落在地上。

场外又是一片彩声。王三胜流了汗，不再去拾枪，努着眼，木在那里。老头子扔下家伙，拾起大衫，还是拉拉着腿，可是走得很快了。大衫搭在臂上，他过来拍了王三胜一下："还得练哪，伙计！"

"别走！"王三胜擦着汗："你不离，姓王的服了！可有一样，你敢会会沙老师？"

"就是为会他才来的！"老头子的干巴脸上皱起点来，似乎是笑呢。"走；收了吧；晚饭我请！"

王三胜把兵器拢在一处，寄放在变戏法的二麻子那里，陪着老头子往庙外走。后面跟着不少人，他把他们骂散了。

"你老贵姓？"他问。

"姓孙哪，"老头子的话与人一样，都那么干巴。"爱练；久想会会沙子龙。"

沙子龙不把你打扁了！王三胜心里说。他脚底下加了劲，可是没把孙老头落下。他看出来，老头子的腿是老走着查拳门中的连跳步；交起手来，必定很快。但是，无论他怎么快，沙子龙是没对手的。准知道孙老头要吃亏，他心中痛快了些，放慢了些脚步。

"孙大叔贵处？"

"河间的，小地方。"孙老者也和气了些："月棍年刀一辈子枪，不容易见功夫！说真的，你那两手就不坏！"

王三胜头上的汗又回来了，没言语。

到了客栈，他心中直跳，唯恐沙老师不在家，他急于报仇。他知道老师不爱管这种事，师弟们已碰过不少回钉子，可是他相信这回必定行，他是大伙计，不比那些毛孩子；再说，人家在庙会上点名叫阵，沙老师还能丢这个脸么？

"三胜，"沙子龙正在床上看着本《封神榜》，"有事吗？"

三胜的脸又紫了，嘴唇动着，说不出话来。

沙子龙坐起来，"怎么了，三胜？"

"栽了跟头！"

只打了个不甚长的哈欠，沙老师没别的表示。

王三胜心中不平，但是不敢发作；他得激动老师："姓孙的一个老头儿，门外等着老师呢；把我的枪，枪，打掉了两次！"他知道"枪"字在老师心中有多大分量。没等吩咐，他慌忙跑出去。

客人进来，沙子龙在外间屋等着呢。彼此拱手坐下，他叫三胜去泡茶。三胜希望两个老人立刻交了手，可是不能不沏茶去。孙老者没话讲，用深藏着的眼睛打量沙子龙。沙很客气：

"要是三胜得罪了你，不用理他，年纪还轻。"

孙老者有些失望，可也看出沙子龙的精明。他不知怎样好了，不能拿一个人的精明断定他的武艺。"我来领教领教枪法！"他不由地说出来。

沙子龙没接碴儿。王三胜提着茶壶走进来——急于看二人动手，他没管水开了没有，就沏在壶中。

"三胜，"沙子龙拿起个茶碗来，"去找小顺们去，天汇见，陪孙老者吃饭。”

“什么！”王三胜的眼珠几乎掉出来。看了看沙老师的脸，他敢怒而不敢言地说了声“是啦！”走出去，撅着大嘴。

“教徒弟不易！”孙老者说。

“我没收过徒弟。走吧，这个水不开！茶馆去喝，喝饿了就吃。”沙子龙从桌子上拿起缎子褡裢，一头装着鼻烟壶，一头装着点钱，挂在腰带上。

“不，我还不饿！”孙老者很坚决，两个“不”字把小辫从肩上抡到后边去。

“说会子话儿。”

“我来为领教领教枪法。”

“功夫早搁下了，”沙子龙指着身上，“已经放了肉！”

“这么办也行，”孙老者深深的看了沙老师一眼：“不比武，教给我那趟五虎断魂枪。”

“五虎断魂枪？”沙子龙笑了：“早忘干净了！早忘干净了！告诉你，在我这儿住几天，咱们各处逛逛，临走，多少送点盘缠。”

“我不逛，也用不着钱，我来学艺！”孙老者立起来，“我练趟给你看看，看够得上学艺不够！”一屈腰已到了院中，把楼鸽都吓飞起去。拉开架子，他打了趟查拳：腿快，手飘洒，一个飞脚起去，小辫儿飘在空中，像从天上落下来一个风筝；快之中，每个架子都摆得稳、准，利落；来回六趟，把院子满都打到，走得圆，接得紧，身子在一处，而精神贯串到四面八方。抱拳收势，身儿缩紧，好似满院乱飞的燕子忽然归了巢。

“好！好！”沙子龙在台阶上点着头喊。

“教给我那趟枪！”孙老者抱了抱拳。

沙子龙下了台阶，也抱着拳：“孙老者，说真的吧；那条枪和那套枪都跟我入棺材，一齐入棺材！”

“不传？”

“不传！”

孙老者的胡子嘴动了半天，没说出什么来。到屋里抄起蓝布大衫，拉拉着腿：“打搅了，再会！”

“吃过饭走！”沙子龙说。

孙老者没言语。

沙子龙把客人送到小门，然后回到屋中，对着墙角立着的大枪点了点头。

他独自上了天汇，怕是王三胜们在那里等着。他们都没有去。

王三胜和小顺们都不敢再到土地庙去卖艺，大家谁也不再为沙子龙吹胜；反之，他们说沙子龙栽了跟头，不敢和个老头儿动手；那个老头子一脚能踢死个牛。不要说王三胜输给他，沙子龙也不是他的对手。不过呢，王三胜到底和老头子见了个高低，而沙子龙连句硬话也没敢说。“神枪沙子龙”慢慢似乎被人们忘了。

夜静人稀，沙子龙关好了小门，一气把六十四枪刺下来；而后，拄着枪，望着天上的群星，想起当年在野店荒林的威风。叹一口气，用手指慢慢摸着凉滑的枪身，又微微一笑，“不传！不传！”

听来的故事

宋伯公是个可爱的人。他的可爱由于互相关联的两点：他热心交友，舍己从人；朋友托给他的事，他都当作自己的事那样给办理；他永远不怕多受累。因为这个，他的经验所以比一般人的都丰富，他有许多可听的故事。大家爱他的忠诚，也爱他的故事。找他帮忙也好，找他闲谈也好，他总是使人满意的。

对于青岛的樱花，我久已听人讲究过；既然今年有看着的机会，一定不去未免显着自己太别扭；虽然我经验过的对风景名胜和类似樱花这路玩艺儿的失望使我并不十分热心。太阳刚给嫩树叶油上一层绿银光，我就动身向公园走去，心里说：早点走，省得把看花的精神移到看人上去。这个主意果然不错，树下应景而设的果摊茶桌，还都没摆好呢，差不多除了几位在那儿打扫甘蔗渣子、橘皮和昨天游客们所遗下的一切七零八碎的清道夫，就只有我自己。我在那条樱花路上来回蹓跶，远观近玩的细细的看了一番樱花。

樱花说不上有什么出奇的地方，它艳丽不如桃花，玲珑不如海棠，清素不如梨花，简直没有什么香味。它的好处在乎“盛”：每一丛有十多朵，每一枝有许多丛；再加上一株挨着一株，看过去是一团团的白雪，微染着朝阳在雪上映出的一点浅粉。来一阵微风，樱树没

有海棠那样的轻动多姿，而是整团的雪全体摆动；隔着松墙看过去，不见树身，只见一片雪海轻移，倒还不错。设若有下判断的必要，我只能说樱花的好处是使人痛快，它多、它白、它亮，它使人觉得春忽然发了疯，若是以一朵或一株而论，我简直不能给它六十分以上。

无论怎说吧，我算是看过了樱花。不算冤，可也不想再看，就带着这点心情我由花径中往回走，朝阳射着我的背。走到了梅花路的路头，我疑惑我的眼是有了毛病：迎面来的是宋伯公！这个忙人会有工夫来看樱花！

不是他是谁呢，他从远远的就“嘿喽”，一直“嘿喽”到握着我的手。他的脸朝着太阳，亮得和春光一样。

“嘿喽，嘿喽，”他想不起说什么，只就着舌头的便利又补上这么两下。

“你也来看花？”我笑着问。

“可就是，我也来看花！”他松了我的手。

“算了吧，跟我回家溜溜舌头去好不好？”我愿意听他瞎扯，所以不管他怎样热心看花了。

“总得看一下，大老远来的；看一眼，我跟你回家，有工夫；今天我们的头儿逛劳山去，我也放了自己一天的假。”他的眼向樱花那边望了望，表示非去看看不可的样子。

我只好陪他再走一遭了。他的看花法和我的大不相同了。在他的眼中，每棵树都像人似的，有历史，有个性，还有名字：“看那棵‘小歪脖’，今年也长了本事；嘿！看这位‘老太太’，居然大卖力气；去年，去年，它才开了，哼，二十来朵花吧！嘿喽！”他立在一棵细高的樱树前面：“‘小旗杆’，这不行呀，净往云彩里钻，不别枝子！不行，我不看电线杆子，告诉你！”然后他转向我来：“去年，它就这么细高，今年还这样，没办法！”

“它们都是你的朋友？”我笑了。

宋伯公也笑了：“哼，那边的那一片，几时栽的、哪棵是补种的，我都知道。”

看一下！他看了一点多钟！我不明白他怎么会对这些树感到这样的兴趣。连树干上抹着的白灰，他都得摸一摸，有一片话。诚然，他讲说什么都有趣；可是我对树木本身既没他那样的热诚，所以他的话也就打不到我的心里去。我希望他说些别的。我也看出来，假如我不把他拉走，他是满可以把我说得变成一棵树，一声不出的听他说个三天五天的。

我把他硬扯到家中来。我允许给他打酒买菜；他接收了我的贿赂。他忘了樱花，可是我并想不起一定的事儿来说。瞎扯了半天，我提到孟智辰来。他马上接了过去：

“提起孟智辰来，那天你见他的经过如何？”

我并不很认识这个孟先生——或者应说孟秘书长——我前几天见过他一面，还是由宋伯公介绍的。我不是要见孟先生，而是必须见孟秘书长；我有件非秘书长不办的事情。

“我见着了他，”我说，“跟你告诉我的一点也不差：四棱子脑袋；牙和眼睛老预备着发笑唯恐笑晚了；脸上的神气明明宣布着：我什么也记不住，只能陪你笑一笑。”

“是不是？”宋伯公有点得意他形容人的本事。“可是，对那件事他怎么说？”

“他，他没办法。”

“什么？又没办法？这小子又要升官了！”宋伯公咬上嘴唇，像是想着点什么。

“没办法就又要升官了？”我有点惊异。

“你看，我这儿不是想哪吗？”

我不敢再紧问了，他要说一件事就要说完全了，我必须忍耐的等他想。虽然我的惊异使我想马上问他许多问题，可是我不敢开口；“凭他那个神气，怎能当上秘书长？”这句最先来到嘴边上的，我也咽下去。

我忍耐的等着他，好像避雨的时候渴望黑云裂开一点那样。不久——虽然我觉得仿佛很久——他的眼球里透出点笑光来，我知道他是预备好了。

“哼！”他出了声：“够写篇小说的！”

“说吧，下午请你看电影！”

“值得看三次电影的，真的！”宋伯公知道他所有的故事的价值：“你知道，孟秘书长是我大学里的同学？一点不瞎吹！同系同班，真正的同学。那时候，他就是个重要人物：学生会的会长呀，作各种代表呀，都是他。”

“这家伙有两下子？”我问。

85
mane

“有两下子？连半下子也没有！”

“因为——”

“因为他连半下子没有，所以大家得举他。明白了吧？”

“大家争会长争得不可开交，”我猜想着：“所以让给他作，是不是？”

宋伯公点了点头：“人家孟先生的本事是凡事无办法，因而也就没主张与意见，最好作会长，或作菩萨。”

“学问许不错？”没有办事能干的人往往有会读书的聪明，我想。

“学问？哈哈！我和他都在英文系里，人家孟先生直到毕业不晓得莎士比亚是谁。可是他毕了业，因为无论是主任、教授、讲师，都觉得应当，应当，让他毕业。不让他毕业，他们觉得对不起人。人家老孟四年的工夫，没在讲堂上发过问。哪怕教员是条驴呢，他也对着书本发愣，一声不出。教员当然也不问他；即使偶尔问到他，他会把牙露出来，把眼珠收起去，那么一笑。这是天字第一号的好学生，当然得毕业。既准他毕业，大家就得帮助他作卷子，所以他的试卷很不错，因为是教员们给作的。自然，卷子里还有错儿，那可不是教员们作的不好，是被老孟抄错了；他老觉得 M 和 N 是可以通用的，所以把 name 写成 mane，在他，一点也不算出奇。把这些错儿应扣的分数减去，他实得平均分数八十五分，文学士。来碗茶……

“毕业后，同班的先后都找到了事；前些年大学毕业生找事还不像现在这么难。老孟没事。有几个热心教育的同学办了个中学，那时候办中学是可以发财的。他们听说老孟没事，很想拉拔他一把儿，虽然准知道他不行；同学到底是同学，谁也不肯看着他闲起来。他们约上了他。叫他作什么呢，可是？教书，他教不了；训育，他管不住学生；体育，他不会，他顶好作校长。于是他作了校长。他一点不晓得大家为什么让他作校长，可是他也不骄傲，他天生来的是馒首幌子——馒头铺门口放着的那个大馒头，大，体面，木头作的，上着点白漆。

“一来二去不是，同学们看出来这位校长太没用了，可是他既不骄傲，又没主张，生生的把他撵了，似乎不大好意思。于是大家给他运动了个官立中学的校长。这位馒头幌子笑着搬了家。这时候，他结了婚，他的夫人是自幼定下的。她家中很有钱，兄弟们中有两位在西洋留学的。她可是并不认识多少字，所以很看得起她的丈夫。结婚不久，他在校长的椅子上坐不牢了；学校里发生了风潮，他没办法。正在这个时候，他的内兄由西洋回来，得了博士；回来就作了教育部的秘书。老孟一点主意没有，可也并不着急：倒慌了教育局局长——那时候还不叫教育局；管它叫什么呢——这玩艺儿，免老孟的职简直是和教育部秘书开火；不免职吧，事情办不下去。局长想出条好道，去请示部秘书好了。秘书新由外国回来，还没完全把西洋忘掉，‘局长看着办吧。不过，派他去考查教育也好。’局长鞠躬而退；不几天，老孟换了西装，由馒头改成了面包。临走的时候，他的内兄嘱咐他：不必调查教育，安心的念二年书倒是好办法，我可以给你办官费。再来碗热的……

“二年无话，赶老孟回到国来，博士内兄已是大学校长。校长把他安置在历史系，教授。孟教授还是不骄傲，老实不客气的告诉系主任：东洋史，他不熟；西洋史，他知道一点；中国史，他没念过。系主任给了他两门最容易的功课，老孟还是教不了。到了学年终，系主任该从新选过——那时候的主任是由教授们选举的——大家一商议，校长的妹夫既是教不了任何功课，顶好是作主任；主任只须教一门功课就行了。老孟作了系主任，一点也不骄傲，可是挺喜欢自己能少教一门功课，笑着向大家说：我就是得少教功课。好像他一点别的毛病没有，而最适宜当主任似的。有一回我到他家里吃饭，孟夫人指着脸子说他：‘我哥哥也溜过学，你也溜过学，怎么哥哥会作大校长，你怎就不会？’老孟低着头对自己笑了一下：‘哼，我作主任合适！’我差点没憋死，我不敢笑出来。

“后来，他的内兄校长升了部长，他作了编译局局长。叫他作司长吧，他看不懂公事；叫他作秘书吧，他不会写；叫他作编辑委员吧，他不会编也不会译，况且职位也太低。他天生来的该作局长，既不须编，也无须译，又不用天天办公。‘哼，我就是作局长合适！’这家伙仿佛很有自知之明似的。可是，我俩是不错的朋友，我不能说我佩服他，也不能说讨厌他。他几乎是一种灵感，一种哲理的化身。每逢当他升官，或是我自己在事业上失败，我必找他去谈一谈。他使我对于成功或失败都感觉到淡漠，使我心中平静。由他身上，我明白了我们的时代——没办法就是办法的时代。一个人无须为他的时代着急，也无须为个人着急，他只须天真的没办法，自然会在波浪上浮着，而相信：‘哼，我浮着最合适。’这并不是我的生命哲学，不过是由老孟看出来这么点道理，这个道理使我每逢遇到失败而不去着急。再来碗茶！”

他喝着茶，我问了句：“这个人没什么坏心眼？”

“没有，坏心眼多少需要一些聪明；茶不错，越焖越香！”宋伯公看着手里的茶碗。“在这个年月，凡要成功的必须掏坏；现在的经济制度是大鱼吃小鱼，小鱼吃虾米的制度。掏了坏，成了功；可不见就站得住。三摇两摆，还得栽下来；没有保险的事儿。我说老孟是一种灵感，我的意思就是他有种天才，或是直觉，他无须用坏心眼而能在波浪上浮着，而且浮得很长久。认识了他便认识了保身之道。他没计划，没志愿，他只觉得合适，谁也没法子治他。成功的会再失败；老孟只有成功，无为而治。”

“可是他有位好内兄？”我问了一句。

“一点不错；可是你有那么位内兄，或我有那么位内兄，照样的失败。你，我，不会觉得什么都正合适。不太自傲，便太自贱；不是

想露一手儿，便是想故意的藏起一招儿，这便必出毛病。人家老孟自然，糊涂得像条骆驼，可是老那么魁梧壮实，一声不出，能在沙漠里慢慢溜达一个星期！他不去找缝子钻，社会上自然给他预备好缝子，要不怎么他老预备着发笑呢。他觉得合适。你看，现在人家是秘书长；作秘书得有本事，他没有；作总长也得有本事，而且不愿用个有本事的秘书长；老孟正合适。他见客，他作代表，他没意见，他没的可泄露，他老笑着，他有四棱脑袋，种种样样他都合适。没人看得起他，因而也没人忌恨他；没人敢不尊敬他，因为他作什么都合适，而且越作地位越高。学问，志愿，天才，性格，都足以限制个人事业的发展，老孟都没有。要得着一切的须先失去一切，就是老孟。这个人的前途不可限量。我看将来的总统是给他预备着的。你爱信不信！”

“他连一点脾气都没有？”

“没有，纯粹顺着自然。你看，那天我找他去，正赶上孟太太又和他吵呢。我一进门，他笑脸相迎的：‘哼，你来得正好，太太也不怎么又炸了。’一点不动感情。我把他约出去洗澡，喝！他那件小褂，多么黑先不用提，破的就像个地板擦子。‘哼，太太老不给做新的吗。’这只是陈述，并没有不满意的意思。我请他洗了澡，吃了饭，他都觉得好：‘这澡堂子多舒服呀！这饭多好吃呀！’他想不起给钱，他觉得被请合适。他想不起抓外钱，可是他的太太替他收下‘礼物’，他也很高兴：‘多进俩钱也不错！’你看，他歪打正着，正合乎这个时代的心理——礼物送给太太，而后老爷替礼物说话。他以自己的胡涂给别人的聪明开了一条路。他觉得合适，别人也觉得合适。他好像是个神秘派的诗人，默默中抓住种种现象下的一致的真理。他抓到——虽然他自己并不知道——自古以来中国人的最高的生命理想。”

“先喝一盅吧？”我让他。

他好像没听见。“这像篇小说不？”

“不大像，主角没有强烈的性格！”我假充懂得文学似的。

“下午的电影大概要吹？”他笑了笑。“再看看樱花去也好。”

“准请看电影，”我给他斟上一盅酒。“孟先生今年多大？”

“比我——想想看——比我大好几岁呢。大概有四十八九吧。干吗？呕，我明白了，你怕他不够作总统的年纪？再过几年，五十多岁，正合适！”

上 任

尤老二去上任。

看见办公的地方，他放慢了脚步。那个地方不大，他晓得。城里的大小公所和赌局烟馆，差不多他都进去过。他记得这个地方——开开门就能看见千佛山。现在他自然没心情去想千佛山；他的责任不轻呢！他可是没透出慌张来；走南闯北的多年了，他沉得住气，走得更慢了。胖胖的，四十多岁，重眉毛，黄净子脸。灰哔叽夹袍，肥袖口；青缎双脸鞋。稳稳地走，没看千佛山；倒想着：似乎应当坐车来。不必，几个伙计都是自家人，谁还不知道谁；大可以不必讲排场。况且自己的责任不轻，干吗招摇呢。这并不完全是怕；青缎，灰哔叽袍，恰合身分；慢慢地走，也显着稳。没有穿军衣的必要。腰里可藏着把硬的。自己笑了笑。

办公处没有什么牌匾：和尤老二一样，里边有硬家伙。只是两间小屋。门开着呢，四位伙计在凳子上坐着，都低着头吸烟，没有看千佛山的。靠墙的八仙桌上有几个茶杯，地上放着把新洋铁壶，壶的四围趴着好几个香烟头儿，有一个还冒着烟。尤老二看见他们立起来，又想起车来，到底这样上任显着“秃”一点。可是，老朋友们都立得很规矩。虽然大家是笑着，可是在亲热中含着敬意。他们没因为他没坐车而看不起他。说起来呢，稽察长和稽察是作暗活的，越不惹人注意越好。他们自然晓得这个。他舒服了些。

尤老二在八仙桌前面立了会儿，向大家笑了笑，走进里屋去。里屋只有一条长桌，两把椅子，墙上钉着月份牌，月份牌的上面有一条臭虫血。办公室太空了些，尤老二想；可又想不出添置什么。赵伙计送进一杯茶来，飘着根茶叶棍儿。尤老二和赵伙计全没的说，尤老二擦了下脑门。啊，想起来了：得有个洗脸盆，他可是没告诉赵伙计去买。他得细细地想一下：办公费都在他自己手里呢，是应该公开地用，还是自己一把死拿？自己的薪水是一百二，办公费八十。卖命的事，把八十全拿着不算多。可是伙计们难道不是卖命？况且是老朋友们？多少年不是一处吃，一处喝呢？不能独吞。赵伙计走出去，老赵

当头目的时候，可曾独吞过钱？尤老二的脸红起来。刘伙计在外屋瞎了他一眼。老刘，五十多了，倒当起伙计来，三年前手里还有过五十支快枪！不能独吞。可是，难道白当头目？八十块大家分？再说，他们当头目是在山上。尤老二虽然跟他们不断的打联络，可是没正式上过山。这就有个分别了。他们，说句不好听的，是黑面上的；他是官。作官有作官的规矩。他们是弃暗投明，那么，就得官事官办。八十元办公费应当他自己拿着。可是，洗脸盆是要买的；还得来两条毛巾。

除了洗脸盆该买，还似乎得作点别的。比如说，稽察长看看报纸，或是对伙计们训话。应当有份报纸，看不看的，摆着也够样儿。训话，他不是外行。他当过排长，作过税卡委员；是的，他得训话；不然，简直不像上任的样儿。况且，伙计们都是住过山的，有时候也当过兵；不给他们几句漂亮的，怎能叫他们佩服。老赵出去了。老刘直咳嗽。必定得训话，叫他们得规矩着点。尤老二咳嗽了一声，立起来，想擦把脸；还是没有洗脸盆与毛巾。他又坐下。训话，说什么呢？不是约他们帮忙的时候已经说明白了吗，对老赵老刘老王老褚不都说的是那一套么？“多年的朋友，捧我尤老二一场。我尤老二有饭吃，大家伙儿就饿不着；自己弟兄！”这说过不止一遍了，能再说么？至于大家的工作，谁还不明白——反正还不是用黑面上的人拿黑面上的人？这只能心照，不便实对实地点破。自己的饭碗要紧，脑袋也要紧。要真打算立功的话，拿几个黑道上的朋友开刀，说不定老刘们就会把盒子炮往里放。睁一眼闭一眼是必要的，不能赶尽杀绝；大家日后还得见面。这些话能明说么？怎么训话呢？看老刘那对眼睛，似乎死了也闭不上，帮忙是义气，真把山上的规矩一笔钩个净，作不到。不错，司令派尤老二是为拿反动分子。可是反动分子都是朋友呢。谁还不知道谁吃几碗干饭？难！

尤老二把灰哔叽袍脱了，出来向大家笑了笑。

“稽察长！”老刘的眼里有一万个“看不起尤老二”，“分派分派吧。”

尤老二点点头。他得给他们一手看。“等我开个单子。咱们的事儿得报告给李司令。昨儿个，前两天，不是我向诸位弟兄研究过？咱们是帮助李司令拿反动派。我不是说过：李司令把我叫了去，说，老二，我地面上生啊，老二你得来帮帮忙。我不好意思推辞，跟李司令也是多年的朋友。我这么一想，有办法。怎么说呢，我想起你们来。我在地面上熟哇，你们可知底呢。咱们一合作，还有什么不行的事！司令，我就说了，交给我了，司令既肯赏饭吃，尤老二还能给脸不兜着？弟兄们，有李司令就有尤老二，有尤老二就有你们。这我早已研究过了。我开个单子，谁管哪里，谁管哪里，核计好了，往上一报，然后再动手，这像官事，是不是？”尤老二笑着问大家。

老刘们都没言语。老褚挤了挤眼。可是谁也没感到僵得慌。尤老二不便再说什么，他得去开单子。拿笔刷刷的一写，他想，就得把老刘们唬背过气去。那年老褚绑王三公子的票，不是求尤老二写的通知书么？是的，他得刷刷地写一气。可是笔墨砚呢？这几个伙计简直没办法！“老赵，”尤老二想叫老赵买笔去。可是没说出来。为什么买东西单叫老赵呢？一来到钱上，叫谁去买东西都得有个分寸。这不是山上，可以马马虎虎。这是官事，谁该买东西去，谁该送信去，都应当分配好了。可是这就不容易，买东西有扣头，送信是白跑腿；谁活该白跑腿呢？“啊，没什么，老赵！”先等等买笔吧，想想再说。尤老二心里有点不自在。没想到作稽察长这么啰嗦。差事不算很甜；也说不上苦来。假若八十元办公费都归自己的话。可是不能都归自己，伙计们都住过山；手儿一紧，还真许尝个“黑枣”，是玩的吗？这玩艺儿不好办，作着官而带着土匪，算哪道官呢？不带土匪又真不行，专凭尤老二自己去拿反动分子？拿个屁！尤老二摸了摸腰里的家伙：“哥儿们，硬的都带着哪？”

大家一齐点了点头。

“妈的怎么都哑巴了？”尤老二心里说。是什么意思呢？是不佩服咱尤老二呢，还是怕呢？点点头，不像自己朋友，不像；有话说呀。看老刘！一脸的官司。尤老二又笑了笑。有点不够官派，大概跟这群家伙还不能讲官派。骂他们一顿也许就骂欢喜了？不敢骂，他不是地道土匪。他知道他是脚踩两只船。他恨自己不是地道土匪，同时又觉得他到底高明，不高明能作官么？点上根烟，想主意，得喂喂这群家伙。办公费可以不撒手；得花点饭钱。

“走哇，弟兄们，五福馆！”尤老二去穿灰哔叽夹袍。

老赵的倭瓜脸裂了纹，好似是熟透了。老刘五十多年制成的石头腮帮笑出两道缝。老王老褚也都复活了，仿佛是。大家的嗓子里全有

了津液，找不着话说也舔舔嘴唇。

到了五福馆，大家确是自己朋友了，不客气：有的要水晶肘，有的要全家福，老刘甚至于想吃锅熘鸡，而且要双上。吃到半饱，大家觉得该研究了。老刘当然先发言，他的岁数顶大。石头腮帮上红起两块，他喝了口酒，夹了块肘子，吸了口烟。“稽察长！”他扫了大家一眼：“烟土，暗门子，咱们都能手到擒来。那反——反什么？可得小心！咱们是干什么的？伤了义气，可合不着。不是一共才这么一小堆洋钱吗？”

尤老二被酒劲催开了胆量：“不是这么说，刘大哥！李司令派咱们哥几个，就为拿反动派。反动派太多了，不赶紧下手，李司令就坐不稳；他吹了，还有咱们？”

“比如咱们下了手，”老赵的酒气随着烟喷出老远，“毙上几个，咱们有枪，难道人家就没有？还有一说呢，咱们能老吃这碗饭吗？这不是怕。”

“谁怕谁不是人养的！”老褚马上研究出来。

老赵接了过来：“不是怕，也不是不帮李司令的忙。义气，这是义气！好尤二哥的话，你虽然帮过我们，公面私面你也比我们见的广，可是你没上过山。”

“我不懂？”尤老二眼看空中，冷笑了声。

“谁说你不懂来着？”葫芦嘴的王小四冒出一句来。

“是这么着，哥儿们，”尤老二想烹他们一下：“捧我尤老二呢，交情；不捧呢，”又向空中一笑，“也没什么。”

“稽察长，”又是老刘，这小子的眼睛老瞪着：“真干也行呀，可有一样，我们是伙计，你是头目；毒儿可全归到你身上去。自己朋友，歹话先说明白了。叫我们去掏人，那容易，没什么。”

尤老二胃中的海参全冰凉了。他就怕的是这个。伙计办下来的，他去报功；反动派要是请吃“黑枣”可也先请他！

但是他不能先害怕，事得走着瞧。吃“黑枣”不大舒服，可是报功得赏却有劲呢。尤老二混过这么些年了，哪宗事不是先下手的为强？要干就得玩真的！四十多了，不为自己，还不为儿子留下点什么？都像老刘们还行，顾脑袋不顾屁股，干一辈子黑活，连坟地都没有。尤老二是虚子，会研究，不能只听老刘的。他决定干。他得捧李司令。弄下几案来，说不定还会调到司令部去呢。出来也坐坐汽车什么的！尤老二不能老开着正步上任！

汤使人的胃与气一齐宽畅。三仙汤上来，大家缓和了许多。尤老二虽然还很坚决，可是话软和了些：“伙计们，还得捧我尤老二呀，找没什么刺儿的弄吧——活该他倒霉，咱们多少露一手。你说，腰里带着硬的，净弄些个暗门子，算哪道呢？好啦！咱们就这么办，先找小的，不刺手的办，以后再说。办下来，咱们还是这儿，水晶肘还不坏，是不是？”

“秋天了，以后该吃红焖肘子了。”王小四不大说话，一说可就说到根上。

尤老二决定留王小四陪着他办公，其余的人全出去踩访。不必开单子了，等他们踩访回来再作报告。是的，他得去买笔墨砚和洗脸盆。他自己去买，省得有偏有向。应当来个文书，可是忘了和李司令说。暂时先自己写吧，等办下案来再要求添文书；不要太心急，尤老二有根。二爹的儿子，听说，会写字，提拔他一下吧。将来添文书必用二爹的儿子，好啦，头一天上任，总算不含糊。

只顾在路上和王小四瞎扯，笔墨砚到底还是没有买。办公室简直不像办公室。可是也好：刷刷地写一气，只是心里这么想；字这种玩艺刷刷的来的时候，说真的，并不多；要写哪个，哪个偏偏不在家。没笔墨砚也好。办什么呢，可是？应当来份报纸，哪怕是看看广告的图呢。不能老和王小四瞎扯，虽然是老朋友，到底现在是官长与伙计，总得有个分寸。门口已经站过了，茶已喝足，月份牌已翻过了两遍。再没有事可干。盘算盘算家事，还有希望。薪水一百二，办公费八十——即使不能全数落下——每月一百五可靠。慢慢地得买所小房。妈的商二狗，跟张宗昌走了一趟，干落十万！没那个事了，没了。反动派还不就是他们么？哪能都像商二狗，资资本本地看着？谁不是钱到手就迷了头？就拿自己说吧，在税卡子上不是也弄了两三万吗？都哪儿去了？吃喝玩乐的惯了，再天天啃窝窝头？受不了，谁也受不了！是的，他们——凭良心说，连尤老二自己——都盼着张督办回来，当然的。妈的，丁三立一个人就存着两箱军用票呢！张要是回来，打开箱子，老丁马上是财主！拿反动派，说不下去，都是老朋友。可是月薪一百二，办公费八十，没法儿。得拿！妈的脑袋掉了碗大的疤，谁能顾得了许多！各自奔前程，谁叫张大帅一时回不来呢。拿，毙几个！尤老二没上过山，多少跟他们不是一伙。

四点多了，老刘们都没回来。这三个家伙是真踩窝子去了，还是玩去了？得定个办公时间，四点半都得回来报告。假如他们干脆不回来，像什么公事？没他们是不行，有他们是个累赘，真他妈的。到五点可不能再等；八点上班，五点关门；伙计们可以随时出去，半夜里拿人是常有的事；长官可不能老伺候着。得告诉他们，不大好开口。有什么不好开口，尤老二你不是头目么？马上告诉王小四。王小四哼了一声。什么意思呢？

“五点了，”尤老二看了千佛山一眼，太阳光儿在山头上放着金丝，金光下的秋草还有点绿色。“老王你照应着，明儿八点见。”

王小四的葫芦嘴闭了个严。

第二天早晨，尤老二故意的晚去了半点钟，拿着点劲儿。

万一他到了，而伙计们没来，岂不是又得为难？

伙计们却都到了，还是都低着头坐在板凳上吸烟呢。尤老二想揪过一个来揍一顿，一群死鬼！他进了门，他们照旧又都立起来，立起来的很慢，仿佛都害着脚气。尤老二反倒笑了；破口骂才合适，可是究竟不好意思。他得宽宏大量，谁叫轮到自己当头目人呢，他得拿出虚子劲儿，嘻嘻哈哈，满不在乎。

“嗨，老刘，有活儿吗？”多么自然，和气，够味儿；尤老二心中夸赞着自己的话。

“活儿有，”老刘瞪着眼，还是一脸的官司：“没办。”

“怎么不办呢？”尤老二笑着。

“不用办，待会儿他们自己来。”

“呕！”尤老二打算再笑，没笑出来。“你们呢？”他问老赵和老褚。

两人一齐摇了摇头。

“今天还出去吗？”老刘问。

“啊，等等，”尤老二进了里屋，“我想想看。”回头看了一眼，他们又都坐下了，眼看着烟头，一声不发，一群死鬼。

坐下，尤老二心里打开了鼓——他们自己来？不能细问老刘，硬输给他们，不能叫伙计小看了。什么意思呢，他们自己来？不能和老刘研究，等着就是了。还打发老刘们出去不呢？这得马上决定：“嗨，老褚！你走你的，睁着点眼，听见没有？”他等着大家笑，大家一笑便是欣常他的胆量与幽默；大家没笑。“老刘，你等等再走。他们不是找我来吗？咱俩得陪陪他们。都是老朋友。”他没往下分派，老王老赵还是不走好，人多好凑胆子。可是他们要出去呢，也不便拦阻；干这行儿还能不要玄虚么？等他们问上来再讲。老王老赵都没出声，还算好。“他们来几个？”话到嘴边上又咽了回去。反正尤老二这儿有三个伙计呢，全有硬家伙。他们要是来一群呢，那只好闭眼，走到哪儿说哪儿！

还没报纸！哪像办公的样！况且长官得等着反动派，太难了。给司令部个电话，派一队来，来一个拿一个，全毙！不行，别太急了，看看再讲。九点半了，“嗨，老刘，什么时候来呀？”

“也快，稽察长！”老刘这小子有点故意的看哈哈笑。

“报！叫卖报的！”尤老二非看报不可了。

买了份大早报，尤老二找本地新闻，出着声儿念。非当当的念，念不上句来。他妈的女招待的姓别扭，不认识。别扭！当当，软一下，女招待的姓！

“稽察长！他们来了。”老刘特别地规矩。

尤老二不慌，放下姓别扭的女招待，轻轻的：“进来！”摸了摸腰中的家伙。

进来了一串。为首的是大个儿杨；紧跟着花眉毛，也是傻大个儿；猴四被俩大个子夹在中间，特别显着小；马六，曹大嘴，白张飞，都跟进来。

“尤老二！”大家一齐叫了声。

尤老二得承认他认识这一群，站起来笑着。

大家都说话，话便挤到了一处。嚷嚷了半天，全忘记了自己说的是什么。

“杨大个儿，你一个人说；嗨，听大个儿说！”大家的意见渐归一致，彼此劝告：“听大个儿的！”

杨大个儿——或是大个儿杨，全是一样的——拧了拧眉毛，弯下点腰，手按在桌上，嘴几乎顶住尤老二的鼻子：“尤老二，我们给你来贺喜！”

“听着！”白张飞给猴四背上一拳。

“贺喜可是贺喜，你得请请我们。按说我们得请你，可是哥儿们这几天都短这个，”食指和拇指成了圈形。“所以呀，你得请我们。”

“好哥儿们的话啦，”尤老二接了过去。

“尤老二，”大个儿杨又接回去。“倒用不着你下帖，请吃馆子，用不着。我们要这个，”食指和拇指成了圈形。“你请我们坐车就结了。”

“请坐车？”尤老二问。

“请坐车！”大个儿有心事似的点点头。“你看，尤老二，你既然管了地面，我们弟兄还能作活儿吗？都是朋友。你来，我们滚。你来，我们渡；咱们不能抓破了脸。你作你的官，我们上我们的山。路费，你的事。好说好散，日后咱们还见面呢。”大个儿杨回头问大家：“是这么说不是？”

“对，就是这几句；听尤老二的了！”猴四把话先抢到。

尤老二没想到过这个。事情容易，没想到能这么容易。可是，谁也没想到能这么难。现在这群是六个，都请坐车；再来六十个，六百个呢，也都请坐车？再说，李司令是叫抓他们；若是都送车费，好话说着，一位一位地送走，算什么办法呢？钱从哪儿来呢？这大概不能向李司令要吧？就凭自己的一百二薪水，八十块办公费，送大家走？可是说回来，这群家伙确是讲面子，一声难听的没有："你来，我们滚。"多么干脆，多么自己。事情又真容易，假如有人肯出钱的话。他笑着，让大家喝水，心中拿不定主意。他不敢得罪他们，他们会说好的，也有真厉害的。他们说滚，必定滚；可是，不给钱可滚不了。他的八十块办公费要连根烂。他还得装作愿意拿的样子，他们不吃硬的。

"得多少？朋友们！"他满不在乎似的问。

"一人十拉块钱吧。"大个儿杨代表大家回答。

"就是个车钱，到山上就好办了。"猴四补充上。

"今天后晌就走，朋友，说到哪儿办到哪儿！"曹大嘴说。

尤老二不能脆快，一人十块就是六十呀！八十办公费，去了四分之三！

"尤老二，"白张飞有点不耐烦，"干脆拍出六十块来，咱们再见。有我们没你，有你没我们，这不痛快？你拿钱，我们滚。你不——不用说了，咱们心照。好汉不必费话，三言两语。尤二哥，咱老张手背向下，和你讨个车钱！"

"好了，我们哥儿们全手背朝下了，日后再补付，哥儿们不是一天半天的交情！"杨大个儿领头，大家随着；虽然词句不大一样，意思可是相同。

尤老二不能再说别的了，从"腰里硬"里掏出皮夹来，点了六张十块的："哥儿们！"他没笑出来。

杨大个儿们一齐叫了声"哥儿们"。猴四把票子卷巴卷巴塞在腰里："再见了，哥儿们！"大家走出来，和老刘们点了头："多喒山上见哪？"老刘们都笑了笑，送出门外。

尤老二心里难过得发空。早知道，调兵把六个家伙全扣住！可是，也许这么善办更好；日后还要见面呀。六十块可出去了呢；假如再来这么几档儿，连一百二的薪水赔上也不够！作哪道稽察长呢？稽察长叫反动派给炸了酱，哑巴吃黄连，有苦说不出！老刘是好意呢，还是玩坏？得问问他！不拿土匪，而把土匪叫来，什么官事呢？还不能跟老刘太紧了，他也会上山。不用他还不行呢；得罪了谁也不成，这年头。假若自己一上任就带几个生手，哼，还许登时就吃了“黑枣儿”；六十块钱买条命，前后一核算，也还值得。尤老二没办法，过去的不用再提，就怕明天又来一群要路费的！不能对老刘们说这个，自己得笑，得让他们看清楚：尤老二对朋友不含糊，六十就六十，一百就一百，不含糊；可是六十就六十，一百就一百，自己吃什么呢，稽察长喝西北风，那才有根！

尤老二又拿起报纸来，没劲！什么都没劲，六十块这么窝窝囊囊地出去，真没劲。看重了命，就得看不起自己；命好像不是自己的，得用钱买，他妈的！总得佩服猴四们，真敢来和稽察长要路费！就不怕登时被捉吗？竟自不怕，邪！丢人的是尤老二，不用说拿他们呀，连句硬张话都没敢说，好泄气！以后再说，再不能这么软！为当稽察长把自己弄软了，那才合不着。稽察长就得拿人，没第二句话！女招待的姓真别扭。老褚回来了。

老褚反正得进来报告，稽察长还能赶上去问么？老褚和老赵聊上天了；等着，看他进来不；土匪们，没有道理可讲。

老褚进来了：“尤——稽察长！报告！城北窝着一群朋——啊，什么来着？动——动子！去看看？”

“在哪儿？”尤老二不能再怕；六十块已被敲出去，以后命就是命了，太爷哪儿也敢去。

“湖边上，”老褚知道地方。

"带家伙，老褚，走！"尤老二不含糊。堵窝儿掏！不用打算再叫稽察长出路费。

"就咱俩去？"老褚真会激人哪。

"告诉我地方，自己去也行，什么话呢！"尤老二拼了，大玩命，他们也不晓得稽察长多钱一斤。好吗，净开路费，一案办不下来，怎么对李司令呢？一百二的薪水！

老褚没言语，灌了碗茶，预备着走的样儿。尤老二带理不理地走出来，老褚后面跟着。尤老二觉得顺了点气，也硬起点胆子来。说真的，到底俩人比一个挡事的多，遇到事多少可以研究研究。

湖边上有个鼻子眼大小的胡同，里边会有个小店。尤老二的地面多熟，竟自会不知道这家小店。看着就像贼窝！忘了多带伙计！尤老二，他叫着自己，白闯练了这么多年，还是气浮哇！怎么不多带人呢？为什么和伙计们斗气呢？

可是，既来之则安之，走哇。也得给伙计们一手瞧瞧，咱尤老二没住过山哪，也不含糊！咱要是掏出那么一个半个的来，再说话可就灵验多了。看运气吧；也许是玩完，谁知道呢。"老褚，你堵门是我堵门？"

"这不是他们？"老褚往门里一指，"用不着堵，谁也不想跑。"

又是活局子！对，他们讲义气，他妈的。尤老二往门里打了一眼，几个家伙全在小过道里坐着呢。花蝴蝶，鼻子六儿，宋占魁，小得胜，还有俩不认识的；完了，又是熟人！

"进来，尤老二，我们连给你贺喜都不敢去，来吧，看看我们这群。过来见见，张狗子，徐元宝。尤老二。老朋友，自己弟兄。"大家东一句西一句，扯的非常亲热。

"坐下吧，尤老二，"小得胜——爸爸老得胜刚在河南正了法——特别的客气。

尤老二恨自己，怎么找不到话说呢？倒是老褚漂亮：“弟兄们，稽察长亲自来了，有话就说吧。”

稽察长笑着点了点头。

“那么，咱们就说干脆的，”鼻子六儿扯了过来：“宋大哥，带尤二哥看看吧！”

“尤二哥，这边！”宋占魁用大拇指往肩后一挑，进了间小屋。

尤老二跟过去，准没危险，他看出来。要玩命都玩不成；别扭不别扭？小屋里漆黑，地上潮得出味儿，靠墙有个小床，铺着点草。宋占魁把床拉出来，蹲在屋角，把湿渌渌的砖起了两三块，掏出几杆小家伙来，全扔在了床上。

“就是这一堆！”宋占魁笑了笑，在襟上擦擦手：“风太紧，带着这个，我们连火车也上不去！弟兄们就算困在这儿了。老褚来，我们才知道你上去了。我们可就有了办法。这一堆交给你，你给点车钱，叫老褚送我们上火车。行也得行，不行也得行，弟兄们求到你这儿了！”

尤老二要吐！潮气直钻脑子。他捂上了鼻子。“交给我算怎么回事呢？”他退到屋门那溜儿。“我不能给你们看着家伙！”

“可我们带不了走呢，太紧！”宋占魁非常的恳切。

“我拿去也可以，可是得报官；拿不着人，报点家伙也是好的！也得给我想想啊，是不是？”尤老二自己听着自己的话都生气，太软了，尤老二！

“尤老二，你随便吧！”

尤老二本希望说僵了哇。

“随便吧，尤老二你知道，干我们这行的但凡有法，能扔家伙不能？你怎办怎好。我们只求马上跑出去。没有你，我们走不了；叫老褚送我们上车。”

土匪对稽察长下了命令，自己弟兄！尤老二没的可说，没主意，没劲。主意有哇，用不上！身份是有哇，用不上！他显露了原形，直抓头皮。拿了家伙敢报官吗？况且，敢不拿着吗？嘿，送了车费，临完得给他们看家伙，哪道公事呢？尤老二只有一条路：不拿那些家伙，也不送车钱，随他们去。可是，敢吗？下手拿他们，更不用想。湖岸上随时可以扔下一个半个的死尸；尤老二不愿意来个水葬。

“尤老二，”宋大哥非常的诚恳：“狗养的不知道你为难；我们可也真没法。家伙你收着，给我们俩钱。后话不说，心照！”

“要多少？”尤老二笑得真伤心。

“六六三十六，多要一块是杂种！三十六块大洋！”

“家伙我可不管。”

“随便，反正我们带不了走。空身走，捉住不过是半年；带着硬的，不吃‘黑枣’也差不多！实话！怕不怕，咱们自己哥儿们用不着吹腾；该小心也得小心。好了，二哥，三十六块，后会有期！”宋大哥伸了手。

三十六块过了手。稽察长没办法。“老褚，这些家伙怎办？”“拿回去再说吧。”老褚很有根。

“老褚，”他们叫，“送我们上车！”

“尤二哥，”他们很客气，“谢谢啦！”

尤二哥只落了个“谢谢”。把家伙全拢起来，没法拿。只好和老褚分着插在腰间。多威武，一腰的家伙。想开枪都不行，人家完全信任尤二哥，就那么交出枪来，人家想不到尤二哥也许会翻脸不认人。尤老二连想拿他们也不想了，他们有根，得佩服他们！八十块办公费以外，又赔出十六块去！尤老二没办法。一百二的薪水也保不住，大概！

尤老二的午饭吃得不香，倒喝了两盅窝心酒。什么也不用说了，自己没本事！对不起李司令，尤老二不是不顾脸的人。看吧，再有这么一档子，只好辞职，他心里研究着。多么难堪，辞职！这年头哪里去找一百二的事？再找李司令，万难。拿不了匪，倒叫匪给拿了，多么大的笑话！人家上了山以后，管保还笑着俺尤老二。尤老二整个是个笑话！越想越懊心。

只好先办烟土吧。烟土算反动不算呢？算，也没劲哪！反正不能辞职，先办办烟土也好。尤老二决定了政策。不再提反动。过些日子再说。老刘们办烟土是有把握的。

一个星期里，办下几件烟土来。李司令可是嘱咐办反动派！他不能催伙计们，办公费而外已经贴出十六块了。

是个星期一吧，伙计们都出去踩烟土，（烟土！）进了个傻大黑粗的家伙，大摇大摆的。

“尤老二！”黑脸上笑着。

“谁？钱五！你好大胆子！”

“有尤二哥在这儿，我怕谁！”钱五坐下了；“给根烟吃吃。”

“干吗来了？”尤老二摸了摸腰里——又是路费！

“来？一来贺喜，二来道谢！他们全到了山上，很念你的好处！真的！”

“呕？他们并没笑话我！”尤老二心里说。

“二哥！”钱五掏出一卷票子来：“不说什么了，不能叫你赔钱。弟兄们全到了山上，永远念你的好处。”

“这——”尤老二必须客气一下。

“别说什么，二哥，收下吧！宋大哥的家伙呢？”

“我是管看家伙的？”尤老二没敢说出来。“老褚手里呢。”

“好啦，二哥，我和老褚去要。”

“你从山上来？”尤老二觉得该闲扯了。

“从山上来，来劝你别往下干了。”钱五很诚恳。

“叫我辞职？”

“就是！你算是我们的人也好，不算也好。论事说，有你没我们，有我们没你，论人说，你待弟兄们好，我们也待你好。你不用再干了。话说到这儿为止。我在山上有三百多人，可是我亲自来了，朋友吗！我叫你不干，你顶好就不干。明白人不用多费话，我走了，二哥。告诉老褚我在湖边小店里等他。”

“再告诉我一句，”尤老二立起来：“我不干了，朋友们怎想？”

“没人笑话你！怕笑，二哥？好了，再见！”

稽察长换了人，过了两三天吧。尤老二，胖胖的，常在街上蹓着，有时候也看千佛山一眼。

牺　牲

言语是奇怪的东西。拿差别说，几乎每一个人都有些特殊的词汇。只有某人才用某几个字，用法完全是他自己的；除非你明白这整个的人，你决不能了解这几个字。

我认识毛先生还是三年前的事。我们俩初次见面的光景，我还记得很清楚，因为我不懂他的话，所以十分注意地听他自己解释，因而附带地也记住了当时的情形。我不懂他的话，可不是因为他不会说国语。他的国语就是经国语推行委员会考试也得公公道道的给八十分。我听得很清楚。但是不明白，假如他用他自己的话写一篇小说，极精美的印出来，我一定是不明白，除非每句都有他自己的注解。

那正是个晴美的秋天，树叶刚有些黄的；蝴蝶们还和不少的秋花游戏着。这是那种特别的天气：在屋里吧，作不下工去，外边好像有点什么向你招手；出来吧，也并没什么一定可作的事：使人觉得工作可惜，不工作也可惜。我就正这么进退两难，看看窗外的天光，我想飞到那蓝色的空中去；继而一想，飞到那里又干什么呢？立起来，又坐下，好多次了，正像外边的小蝴蝶那样飞起去又落下来。秋光把人与蝶都支使得不知怎样好了。

最后，我决定出去看个朋友，仿佛看朋友到底像回事，而可以原

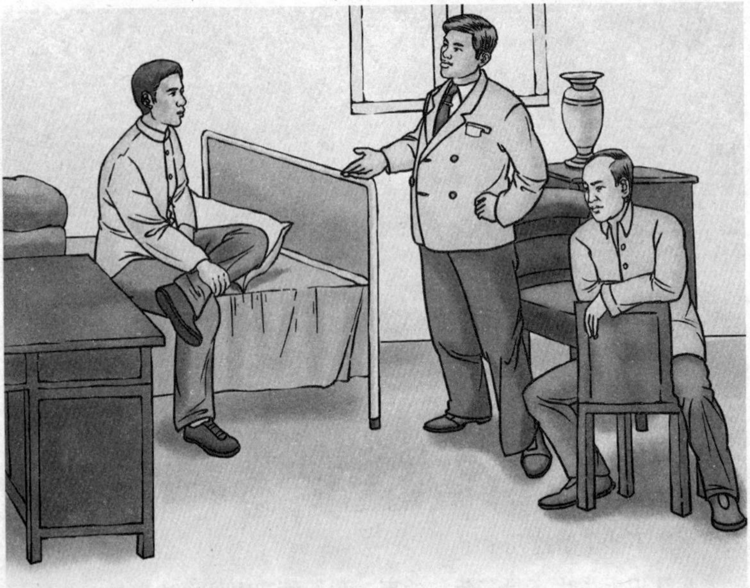

谅自己似的。来到街上，我还没有决定去找哪个朋友。天气给了我个建议。这样晴爽的天，当然是到空旷地方去，我便想到光惠大学去找老梅，因为大学既在城外，又有很大的校园。

从楼下我就知道老梅是在屋里呢：他屋子的窗户都开着，窗台上还晒着两条雪白的手巾。我喊了他一声，他登时探出头来，头发在阳光下闪出个白圈儿似的。他招呼我上去，我便连蹦带跳地上了楼。不仅是他的屋子，楼上各处的门与窗都开着呢，一块块的阳光印在地板上，使人觉得非常的痛快。老梅在门口迎接我。他趿拉着鞋片，穿着短衣，看着很自在；我想他大概是没有功课。

“好天气？！”我们俩不约而同的问出来，同时也都带出赞美的意思。

屋里敢情还另有一位人呢，我不认识。

老梅的手在我与那位的中间一拉线，我们立刻郑重地带出笑容，而后彼此点头，牙都露出点来，预备问“贵姓”。可是老梅都替我们说了：“——君；毛博士。”我们又彼此龇了龇牙。我坐在老梅的床上；毛博士背着窗，斜向屋门立着；老梅反倒坐在把椅子上；不是他们俩很熟，就是老梅不大敬重这位博士，我想。

一边和老梅闲扯，我一边端详这位博士。这个人有点特别。他“全份武装”地穿着洋服，该怎样的就全怎样，例如，手绢是在胸袋里掖着，领带上别着个针，表链在背心的下部横着，皮鞋尖擦得很亮，等等。可是衣裳至少也像穿过三年的，鞋底厚得不很自然，显然是曾经换过掌儿。他不是“穿”洋服呢，倒好像是为谁许下了愿，发誓洋装三年似的；手绢必放在这儿，领带的针必别在那儿，都是一种责任，一种宗教上的条律。他不使人觉到穿西服的洋味儿，而令人联想到孝子扶杖披麻的那股勉强劲儿。

他的脸斜对着屋门，原来门旁的墙上有一面不小的镜子，他是照镜子玩呢。他的脸是两头翘，中间洼，像个元宝筐儿，鼻子好像是睡摇篮呢。眼睛因地势的关系——在元宝翅的溜坡上——也显着很深，像两个小圆槽，槽底上有点黑水；下巴往起翘着，因而下齿特别的向外，仿佛老和上齿顶得你出不来我进不去的。

他的身量不高，身上不算胖，也说不上瘦，恰好支得起那身责任洋服，可又不怎么带劲。脖子上安着那个元宝脑袋，脑袋上很负责地长着一大堆黑头发，过度负责地梳得光滑。

他照着镜子，照得有来有去的，似乎很能欣赏他自己的美好。可是我看他特别。他是背着阳光，所以脸的中部有点黑暗，因为那块十分的低洼。一看这点洼而暗的地方，我就赶紧向窗外看看，生怕是忽然阴了天。这位博士把那么晴好的天气都带累得使人怀疑它了。这个人别扭。

他似乎没心听我们俩说什么，同时他又舍不得走开；非常地无聊，因为无聊所以特别注意他自己。他让我想到：这个人的穿洋服与生活着都是一种责任。

我不记得我们是正说什么呢，他忽然转过脸来，低洼的眼睛闭上了一小会儿，仿佛向心里找点什么。及至眼又睁开，他的嘴刚要笑就又改变了计划，改为微声叹了口气，大概是表示他并没在心中找到什么。他的心里也许完全是空的。

“怎样，博士？”老梅的口气带出来他确是对博士有点不敬重。

博士似乎没感觉到这个。利用叹气的方便，他吹了一口：“噗！”仿佛天气很热似的。“牺牲太大了！”他说，把身子放在把椅子上，脚伸出很远去。

“哈佛的博士，受这个洋罪，哎？”老梅一定是拿博士开心呢。

“真哪！”博士的语声差不多是颤着：“真哪！一个人不该受这个罪！没有女朋友，没有电影看，”他停了会儿，好像再也想不起他还需要什么——使我当时很纳闷，于是总而言之来了一句：“什么也没有！”幸而他的眼是那样洼，不然一定早已落下泪来；他千真万确地是很难过。

“要是在美国？”老梅又帮了一句腔。

“真哪！哪怕是在上海呢：电影是好的，女朋友是多的，”他又止住了。

除了女人和电影，大概他心里没什么了。我想。我试了他一句：“毛博士，北方的大戏好啊，倒可以看看。”

他愣了半天才回答出来：“听外国朋友说，中国戏野蛮！”

我们都没了话。我有点坐不住了。待了半天，我建议去洗澡；城里新开了一家澡堂，据说设备得很不错。我本是约老梅去，但不能不招呼毛博士一声，他既是在这儿，况且又那么寂寞。

博士摇了摇头：“危险哪！”

我又胡涂了；一向在外边洗澡，还没淹死我一回呢。

“女人按摩！澡盆里多么脏！”他似乎很害怕。

明白了：他心中除了美国，只有上海。

“此地与上海不同，”我给他解释了这么些。

“可是中国还有哪里比上海更文明？”他这回居然笑了，笑得很不顺眼——嘴差点碰到脑门，鼻子完全陷进去。

“可是上海又比不了美国？”老梅是有点故意开玩笑。

“真哪！”博士又郑重起来：“美国家家有澡盆，美国的旅馆间间房子有澡盆！要洗，哗——一放水：凉的热的，随意对；要换一盆，哗——把陈水放了，从新换一盆，哗——”他一气说完，每个“哗”字都带着些吐沫星，好像他的嘴就是美国的自来水龙头。最后他找补了一小句：“中国人脏得很！”

老梅乘博士“哗哗”的工夫，已把袍子、鞋，穿好。

博士先走出去，说了一声，“再见哪”。说得非常地难听，好像心里满蓄着眼泪似的。他是舍不得我们，他真寂寞；可是他又不能上“中国”澡堂去，无论是多么干净！

等到我们下了楼，走到院中，我看见博士在一个楼窗里面望着我们呢。阳光斜射在他的头上，鼻子的影儿给脸上印了一小块黑；他的上身前后地微动，那个小黑块也忽长忽短地动。我们快走到校门了，我回了回头，他还在那儿立着；独自和阳光反抗呢，仿佛是。

在路上，和在澡堂里，老梅有几次要提说毛博士，我都没接碴儿。他对博士有点不敬，我不愿意被他的意见给我对那个人的印象染上什么颜色，虽然毛博士给我的印象并不甚好。我还不大明白他，我只觉得他像个半生不熟的什么东西——他既不是上海的小流氓，也不是在美国长大的：不完全像中国人，也不完全像外国人。他好像是没有根儿。我的观察不见得正确，可是不希望老梅来帮忙；我愿自己看清楚了他。在一方面，我觉得他别扭；在另一方面，我觉得他很有趣——不是值得交往，是“龙生九种，种种各别”的那种有趣。

不久，我就得到了个机会。老梅托我给代课。老梅是这么个人：谁也不知道他怎样布置的，每学期中他总得请上至少两三个礼拜的假。这一回是，据他说，因为他的大侄子被疯狗咬了，非回家几天不可。

老梅把钥匙交给了我，我虽不在他那儿睡，可是在那里休息和预备功课。

过了两天，我觉出来，我并不能在那儿休息和预备功课。只要我一到那儿，毛博士就像毛儿似的飞了来。这个人寂寞。有时候他的眼角还带着点泪，仿佛是正在屋里哭，听见我到了，赶紧跑过来，连泪也没顾得擦。因此，我老给他个笑脸，虽然他不叫我安安顿顿地休息会儿。

虽然是菊花时节了，可是北方的秋晴还不至于使健康的人长吁短叹地悲秋。毛博士可还是那么忧郁。我一看见他，就得望望天色。他仿佛会自己制造一种苦雨凄风的境界，能把屋里的阳光给赶了出去。

几天的工夫，我稍微明白些他的言语了。他有这个好处：他能满不理会别人怎么向他发愣。谁爱发愣谁发愣，他说他的。他不管言语本是要彼此传达心意的；跟他谈话，我得设想着：我是个留声机，他也是个留声机；说就是了，不用管谁明白谁不明白。怪不得老梅拿博士开玩笑呢，谁能和个留声机推心置腹的交朋友呢？

不管他怎样吧，我总想治治他的寂苦；年青青的不该这样。

我自然不敢再提洗澡与听戏。出去走走总该行了。

“怎能一个人走呢？真！”博士又叹了口气。

“一个人怎就不能走呢？”我问。

“你总得享受享受吧？”他反攻了。

“啊！”我敢起誓，我没这么胡涂过。

“一个人去走！”他的眼睛，虽然那么洼，冒出些火来。

“我陪着你，那么？”

“你又不是女人，”他叹了口长气。

我这才明白过来。

过了半天，他又找补了一句：“中国人太脏，街上也没法走。”

此路不通，我又转了弯。“找朋友吃小馆去，打网球去；或是独自看点小说，练练字……”我把销磨光阴的办法提出一大堆；有他那套责任洋服在面前，我不敢提那些更有意义的事儿。

他的回答倒还一致，一句话抄百宗：没有女人，什么也不能干。

“那么，找女人去好啦！”我看准阵式，总攻击了。“那不是什么难事。”

“可是牺牲又太大了！”他又放了胡涂炮。

“嗯？”也好，我倒有机会练习眨巴眼了；他算把我引入了迷魂阵。

“你得给她买东西吧？你得请她看电影，吃饭吧？”他好像是审我呢。

我心里说：“我管你呢！”

“当然得买，当然得请。这是美国规矩，必定要这样。可是中国人穷啊；我，哈佛的博士，才一个月拿二百块洋钱——我得要求加薪！——哪里省得出这一笔费用？”他显然是说开了头，我很注意地听。“要是花了这么一笔钱，就顺当地订婚、结婚，也倒好喽，虽然订婚要花许多钱，还能不买俩金戒指么？金价这么贵！结婚要花许多钱，蜜月必须到别处玩去，美国的规矩。家中也得安置一下：钢丝床是必要的，洋澡盆是必要的，沙发是必要的，钢琴是必要的，地毯是必要的。哎，中国地毯还好，连美国人也喜爱它！这得用几多钱？这还是顺当的话，假如你花了许多钱买东西，请看电影，她不要你呢？钱不是空花了？美国常有这种事呀，可是美国人富哇。拿哈佛说，男女的交际，单讲吃冰激凌的钱，中国人也花不起！你看——”

我等了半天，他也没有往下说，大概是把话头忘了；也许是被“中国”气迷糊了。

我对这个人没办法。他只好苦闷他的吧。

在老梅回来以前，我天天听到些美国的规矩，与中国的野蛮。还就是上海好一些，不幸上海还有许多中国人，这就把上海的地位低降了一大些。对于上海，他有点害怕：野鸡、强盗、杀人放火的事，什么危险都有，都是因为有中国人——而不是因为有租界。他眼中的中国人，完全和美国电影中的一样。“你必须用美国的精神作事，必须用美国人的眼光看事呀！”他谈到高兴的时候——还算好，他能因为谈讲美国而偶尔地笑一笑——老这样嘱咐我。什么是美国精神呢？他不能简单地告诉我。他得慢慢地讲述事实，例如，家中必须有澡盆，出门必坐汽车，到处有电影园，男人都有女朋友，冬天屋里的温度在七十以上，女人们好看，客厅必有地毯……我把这些事都串在一处，还是不大明白美国精神。

老梅回来了，我觉得有点失望：我很希望能一气明白了毛博士，可是老梅一回来，我不能天天见他了。这也不能怨老梅。本来吗，咬他的侄子的狗并不是疯的，他还能不回来吗？

把功课教到哪里交待明白了，我约老梅去吃饭。就手儿请上毛博士。我要看看到底他是不能享受“中国”式的交际呢，还是他舍不得钱。

他不去。可是善意地辞谢：“我们年青的人应当省点钱，何必出去吃饭呢，我们将来必须有个小家庭，像美国那样的。钢丝床、澡盆、电炉，”说到这儿，他似乎看出一个理想的小乐园：一对儿现代的亚当夏娃在电灯下低语。“沙发，两人读着《结婚的爱》，那是真正的快乐，真哪！现在得省着点……”

我没等他说完，扯着他就走。对于不肯花钱，是他有他的计划与目的，假如他的话是可信的；好了，我看看他享受一顿可口的饭不享受。

到了饭馆，我才明白了，他真不能享受！他不点菜，他不懂中国菜。“美国也有很多中国饭铺，真哪。可是，中国菜到底是不卫生的。上海好，吃西餐是方便的。约上女朋友吃吃西餐，倒那个！”

我真有心告诉他，把他的姓改为“毛尔”或“毛利司”，岂不很那个？可是没好意思。我和老梅要了菜。

菜来了，毛博士吃得确不带劲。他的洼脸上好像要滴下水来，时时的向着桌上发愣。老梅又开玩笑了：

“要是有两三个女朋友，博士？”

博士忽然地醒过来：“一男一女；人多了是不行的。真哪。在自己的小家庭里，两个人炖一只鸡吃吃，真惬意！”

“也永远不请客？”老梅是能板着脸装傻的。

“美国人不像中国人这样乱交朋友，中国人太好交朋友了，太不懂爱惜时间，不行的！”毛博士指着脸子教训老梅。

我和老梅都没挂气；这位博士确是真诚，他真不喜欢中国人的一切——除了地毯。他生在中国，最大的牺牲，可是没法儿改善。他只

能厌恶中国人，而想用全力组织个美国式的小家庭，给生命与中国增点光。自然，我不能相信美国精神就像是他所形容的那样，但是他所看见的那些，他都虔诚地信奉，澡盆和沙发是他的神。我也想到，设若他在美国就像他在中国这样，大概他也是没看见什么。可是他的确看见了美国的电影园，的确看见了中国人不干净，那就没法办了。

因此，我更对他注意了。我决不会治好他的苦闷，也不想分这份神了。我要看清楚他到底是怎回事。

虽然不给老梅代课了，可还不断找他去，因此也常常看到毛博士。有时候老梅不在，我便到毛博士屋里坐坐。

博士的屋里没有多少东西。一张小床，旁边放着一大一小两个铁箱。一张小桌，铺着雪白的桌布，摆着点文具，都是美国货。两把椅子，一张为坐人，一张永远坐着架打字机。另有一张摇椅，放着个为卖给洋人的团龙绣枕。他没事儿便在这张椅上摇，大概是想把光阴摇得无可奈何了，也许能快一点使他达到那个目的。窗台上放着几本洋书。墙上有一面哈佛的班旗，几张在美国照的像片。屋里最带中国味的东西便是毛博士自己，虽然他也许不愿这么承认。

到他屋里去过不是一次了，始终没看见他摆过一盆鲜花，或是贴上一张风景画或照片。有时候他在校园里偷折一朵小花，那只为插在他的洋服上。这个人的理想完全是在创造一个人为的，美国式的，暖洁的小家庭。我可以想到，设若这个理想的小家庭有朝一日实现了，他必定放着窗帘，就是外面的天色变成紫的，或是太阳从西边出来，他也没那么大工夫去看一眼。大概除了他自己与他那点美国精神，宇宙一切并不存在。

在事实上也证明了这个。我们的谈话限于金钱、洋服、女人、结婚、美国电影。有时候我提到政治、社会的情形、文艺和其他的我偶尔想起或哄动一时的事，他都不接碴儿。不过，设若这些事与美国有关系，他还肯敷衍几句，可是他另有个说法。比如谈到美国政治，他便告诉我一件事实：美国某议员结婚的时候，新夫妇怎样的坐着汽车到某礼拜堂，有多少巡警去维持秩序，因为教堂外观者如山如海！对别的事也是如此，他心目中的政治、美术和无论什么，都是结婚与中产阶级文化的光华方面的附属物。至于中国，中国还有政治、艺术、社会问题等等？他最恨中国电影；中国电影不好，当然其他的一切也不好。对中国电影最不满意的地方便是男女不搂紧了热吻。

几年的哈佛生活，使他得到那点美国精神，这我明白。我不明白的是：难道他不是生在中国？他的家庭不是中国的？他没在中国——在上美国以前——至少活了二十来岁？为什么这样不明白不关心中国呢？

我试探多少次了，他的家中情形如何，求学与作事的经验……哼！他的嘴比石头子儿还结实！这就奇怪了，他永远赶着别人来闲扯，可是他又不肯说自己的事！

和他交往快一年了，我似乎看出点来：这位博士并不像我所想的那么简单。即使他是简单，他的简单必是另一种。他必是有一种什么宗教性的戒律，使他简单而又深密。

他既不放松了嘴，我只好从新估定他的外表了。每逢我问到他个人的事，我留神看他的脸。他不回答我的问题，可是他的脸并没完全闲着。他一定不是个坏人，他的脸出卖了他自己。他的深密没能完全胜过他的简单，可是他必须要深密。或者这就是毛博士之所以为毛博士了；要不然，还有什么活头呢。人必须有点什么抓得住自己的东西。有的人把这点东西永远放在嘴边上，有的人把它永远埋在心里头。办法不同，立意是一个样的。毛博士想把自己拴在自己的心上。他的美国精神与理想的小家庭是挂在嘴边上的，可是在这后面，必是在这“后面”才有真的他。

他的脸，在我试问他的时候，好像特别的洼了。从那最洼的地方发出一点黑晦，慢慢地布满了全脸，像片雾影。他的眼，本来就低深不易看到，此时便更往深处去了，仿佛要完全藏起去。他那些彼此永远挤着的牙轻轻咬那么几下，耳根有点动，似乎是把心中的事严严地关住，唯恐走了一点风。然后，他的眼忽然发出些光，脸上那层黑影渐渐地卷起，都卷入头发里去。“真哪！”他不定说什么呢，与我所问的没有万分之一的关系。他胜利了，过了半天还用眼角撩我几下。

只设想他一生下来便是美国博士，虽然是简截的办法，但是太不成话。问是问不出来，只好等着吧。反正他不能老在那张椅上摇着玩，而一点别的不干。

光阴会把人事筛出来。果然，我等到一件事。

快到暑假了，我找老梅去。见着老梅，我当然希望也见到那位苦闷的象征。可是博士并没露面。

我向外边一歪头，“那位呢？”

“一个多星期没露面了，”老梅说。

“怎么了？”

“据别人说，他要辞职，我也知道的不多，”老梅笑了笑，“你晓得，他不和别人谈私事。”

“别人都怎说来？”我确是很热心的打听。

“他们说，他和学校订了三年的合同。”

“你是几年？”

“我们都没合同，学校只给我们一年的聘书。”

“怎么单单他有呢？”

“美国精神，不订合同他不干。”

整像毛博士！

老梅接着说：“他们说，他的合同是中英文各一份，虽然学校是中国人办的。博士大概对中国文字不十分信任。他们说，合同订得是三年之内两方面谁也不能辞谁，不得要求加薪，也不准减薪。双方签字，美国精神。可是，干了一年——这不是快到暑假了吗——他要求加薪，不然，他暑假后就不来了。”

“呕，”我的脑子转了个圈。“合同呢？”

“立合同的时候是美国精神，不守合同的时候便是中国精神了。”老梅的嘴往往失于刻薄。

可是他这句话暗示出不少有意思的意思来。老梅也许是顺口地这么一说，可是正说到我的心坎上。“学校呢？”我问。

“据他们说，学校拒绝了他的请求；当然，有合同嘛。”

“他呢？”

“谁知道！他自己的事不对别人讲。就是跟学校有什么交涉，他也永远是写信，他有打字机。”

“学校不给他增薪，他能不干了吗？”

“没告诉你吗，没人知道！”老梅似乎有点看不起我。“他不干，是他自己失了信用；可是我准知道，学校也不会拿着合同跟他打官司，谁有工夫闹闲气。”

“你也不知道他要求增薪的理由？呕，我是胡涂虫！”我自动地撤销这一句，可是又从另一方面提出一句来：“似乎应当有人去劝劝他！”

“你去吧；没我！”老梅又笑了。“请他吃饭，不吃；喝酒，不喝；问他什么，不说；他要说的，别人听着没味儿；这么个人，谁有法儿像个朋友似的去劝告呢？”

“你可也不能说，这位先生不是很有趣的？”

“那要凭怎么看了。病理学家看疯人都很有趣。”

老梅的语气不对，我听着。想了想，我问他：“老梅，博士得罪了你吧？我知道你一向对他不敬，可是——”

他笑了。“耳朵还不离，有你的！近来真有点讨厌他了。一天到晚，女人女人女人，谁那么爱听！”

“这还不是真正的原因，”我又给了他一句。我深知道老梅的为人：他不轻易佩服谁；可是谁要是真得罪了他，他也不轻易的对别人讲论。原先他对博士不敬，并无多少含意，所以倒肯随便的谈论；此刻，博士必是真得罪了他，他所以不愿说了。不过，经我这么一问，他也没了办法。

“告诉你吧，”他很勉强地一笑：“有一天，博士问我，梅先生，你也是教授？我就说了，学校这么请的我，我也没法。可是，他说，你并不是美国的博士？我说，我不是；美国博士值几个子儿一枚？我问他。他没说什么，可是脸完全绿了。这还不要紧，从那天起，他好像死记上了我。他甚至写信质问校长：梅先生没有博士学位，怎么和有博士学位的——而且是美国的——挣一样多的薪水呢？我不晓得他从哪里探问出我的薪金数目。”

“校长也不好，不应当让你看那封信。”

“校长才不那么胡涂；博士把那封信也给了我一封，没签名。他大概是不屑与我为伍。”老梅笑得更不自然了。青年都是自傲的。

“哼，这还许就是他要求加薪的理由呢！”我这么猜。

“不知道。咱们说点别的？”

辞别了老梅，我打算在暑假放学之前至少见博士一面，也许能够打听出点什么来。凑巧，我在街上遇见了他。他走得很急。眉毛拧着，脸洼得像个羹匙。不像是走道呢，他似乎是想把一肚子怨气赶出去。

“哪儿去，博士？”我叫住了他。

“上邮局去，”他说，掏出手绢——不是胸袋掖着的那块——擦了擦汗。

“快暑假了，到哪里去休息？”

“真哪！听说青岛很好玩，像外国。也许去玩玩。不过——”

我准知道他要说什么，所以没等“不过”的下回分解说出来，便又问：“暑假后还回来吗？”

“不一定。”或者因为我问得太急，所以他稍微说走了嘴：不一定自然含有不回来的意思。他马上觉到这个，改了口：“不一定到青岛去。”假装没听见我所问的。“一定到上海去的。痛快地看几次电影；在北方作事，牺牲太大了，没好电影看！上学校来玩啊，省得寂寞！”话还没说利落，他走开了，一迈步就露出要跑的趋势。

我不晓得他那个“省得寂寞”是指着谁说的。至于他的去留，只好等暑假后再看吧。

刚一考完，博士就走了，可是没把东西都带去。据老梅的猜测：博士必是到别处去谋事，成功呢便用中国精神硬不回来，不管合同上定的是几年。找不到事呢就回来，表现他的美国精神。事实似乎与这个猜测相合：博士支走了三个月的薪水。我们虽不愿往坏处揣度人，可是他的举动确是令人不能完全往好处想。薪水拿到手里究竟是牢靠些，他只信任他自己，因为他常使别人不信任他。

过了暑假，我又去给老梅代课。这回请假的原因，大概连老梅自己也不准知道，他并没告诉我嘛。好在他准有我这么个替工，有原因没有的也没多大关系了。

毛博士回来了。

谁都觉得这么回来是怪不得劲的，除了博士自己。他很高兴。设若他的苦闷使人不表同情，他的笑脸看起来也有点多余。他是打算用笑表示心中的快活，可是那张脸不给他作劲。他一张嘴便像要打哈欠，直到我看清他的眼中没有泪，才醒悟过来；他原来是笑呢。这样的笑，笑不笑没多大关系。他紧这么笑，闹得我有点发毛咕。

“上青岛去了吗？”我招呼他。他正在门口立着。

“没有。青岛没有生命，真哪！”他笑了。

“啊？”

“进来，给你件宝贝看！”

我，傻子似的，跟他进去。

屋里和从前一样，就是床上多了一个蚊帐。他一伸手从蚊帐里拿出个东西，遮在身后：“猜！”

我没这个兴趣。

“你说是南方女人，还是北方女人好？”他的手还在背后。

我永远不回答这样的问题。

他看我没意思回答，把手拿到前面来，递给我一张像片。而后肩并肩的挤着我，脸上的笑纹好像真要往我脸上走似的；没说什么；他的嘴也不知是怎么弄的，直唧唧的响。

女人的像片。拿像片断定人的美丑是最容易上当的，我不愿说这个女人长得怎么样。就它能给我看到的，

不过是年纪不大，头发烫得很复杂而曲折，小脸，圆下颏，大眼睛。不难看，总而言之。

“定了婚，博士？”我笑着问。

博士笑得眉眼都没了准地方，可是没出声。

我又看了看像片，心中不由得怪难过的。自然，我不能代她断定什么；不过，我倘若是个女子……

“牺牲太大了！”博士好容易才说出话来：“可是值得的，真哪！现在的女人多么精，才二十一岁，什么都懂，仿佛在美国留过学！头一次我们看完电影，她无论怎说也得回家，精呀！第二次看电影，还不许我拉她的手，多么精！电影票都是我打的！最后的一次看电影才准我吻了她一下，真哪！花多少钱也值得，没空花了；我临来，她送我到车站，给我买来的水果！花点钱，值得，她永远是我的；打野鸡不行呀，花多少钱也不行，而且有危险的！从今天起，我要省钱了。”

我插进去一句：“你一向花钱还算多吗？”

“哎哟！”元宝底上的眼睛居然努出来了。“怎么不费钱！一个人，吃饭，洗衣服。哪样不花钱！两个人也不过花这么多，饭自己作，衣服自己洗。夫妇必定要互助呀。”

“那么，何必格外省钱呢？”

“钢丝床要的吧？澡盆要的吧？沙发要的吧？钢琴要的吧？结婚要花钱的吧？蜜月要花钱的吧？家庭是家庭哟！”他想了想：“结婚请牧师也得送钱的！”

“干吗请牧师？”

“郑重；美国的体面人都请牧师证婚，真哪！”他又想了想：“路费！她是上海的；两个人从上海到这里坐二等车！中国是要不得的，三等车没法坐的！你算算一共要几多钱？你算算看！”他的嘴咕弄着，手指也轻轻地掐，显然是算这笔账呢。大概是一时算不清，他皱了皱眉。

紧跟着又笑了："多少钱也得花的！假如你买个五千元的钻石，不是为戴上给人看么？一个南方美人，来到北方，我的，能不光荣些么？真哪，她是上海最美的女子；这还不值得牺牲么？一个人总得牺牲的！"

我始终还是不明白什么是牺牲。

替老梅代了一个多月的课，我的耳朵里整天嗡嗡着上海、结婚、牺牲、光荣、钢丝床……有时候我编讲义都把这些编进去，而得从新改过；他已把我弄胡涂了。我真盼老梅早些回来，让我去清静两天吧。观察人性是有意思的事，不过人要像年糕那样粘，把我的心都粘住，我也有受不了的时候。

老梅还有五六天就回来了。正在这个时候，博士又出了新花样。他好像一篇富于技巧的文章，正在使人要生厌的时候，来几句漂亮的。

他的喜劲过去了。除了上课以外，他总在屋里拍拉拍拉的打字。拍拉过一阵，门开了，溜着墙根，像条小鱼似的，他下楼去送信。照直去，照直回来；在屋里咚咚地走。走着走着，叹一口气，声音很大，仿佛要把楼叹倒了，以便同归于尽似的。叹过气以后，他找我来了，脸上带着点顶惨淡的笑。"噗！"他一进门先吹口气，好像屋中尽是尘土。然后，"你们真美呀，没有伤心的事！"

他的话老有这么种别致的风格，使人没法答碴儿。好在他会自动的给解释："没法子活下去，真哪！哭也没用，光阴是不着急的！恨不能飞到上海去！"

"一天写几封信？"我问了句。

"一百封也是没用的！我已经告诉她，我要自杀了！这样不是生活，不是！"博士连连摇头。

"好在到年假才还不到三个月。"我安慰着他，"不是年假里结婚吗？"

他没有回答，在屋里走着。待了半天："就是明天结婚，今天也是

难过的！”

我正在找些话说，他忽然像忘了些什么重要的事，一闪似的便跑出去。刚进到他的屋中，拍拉，拍拉，拍，打字机又响起来。

老梅回来了。我在年假前始终没找他去。在新年后，他给我转来一张喜帖。用英文印的。我很替毛博士高兴，目的达到了，以后总该在生命的别方面努力了。

年假后两三个星期了，我去找老梅。谈了几句便又谈到毛博士。

“博士怎样？”我问，“看见博士太太没有？”

“谁也没看见她；他是除了上课不出来，连开教务会议也不到。”

“咱俩看看去？”

老梅摇了头：“人家不见，同事中有碰过钉子的了。”

这个，引动了我的好奇心。没告诉老梅，我自己要去探险。

毛博士住着五间小平房，院墙是三面矮矮的密松。远远的，我看见院中立着个女的，细条身材，穿着件黑袍，脸朝着阳光。她一动也不动，手直垂着，连蓬松的头发好像都镶在晴冷的空中。我慢慢地走，她始终不动。院门是两株较高的松树，夹着一个绿短棚子。我走到这个小门前了，与她对了脸。她像吓了一跳，看了我一眼，急忙转身进去了。在这极短的时间内，我得了个极清楚的印象：她的脸色青白，两个大眼睛像迷失了的羊的那样悲郁，头发很多很黑，和下边的长黑袍联成一段哀怨。她走得极轻快，好像把一片阳光忽然全留在屋子外边。我没去叫门，慢慢地走回来了。我的心中冷了一下，然后觉得茫然地不自在。到如今我还记得这个黑衣女。

大概多数的男人对于女性是特别显着侠义的。我差不多成了她的义务侦探了。博士是否带她常出去玩玩，譬如看看电影？他的床是否钢丝的？澡盆？沙发？当他跟我闲扯这些的时候，我觉得他毫无男子气。可是由看见她以后，这些无聊的事都在我心中占了重要的地位；自然，这些东西的价值是由她得来的。我钻天觅缝地探听，甚至于贿赂毛家的仆人——他们用着一个女仆。我所探听到的是他们没出去过，没有钢丝床与沙发。他们吃过一回鸡，天天不到九点钟就睡觉……

我似乎明白些毛博士了。凡是他口中说的——除了他真需要个女人——全是他视为作不到的；所以作不到的原因是他爱钱。他梦想要作个美国人；及至来到钱上，他把中国固有的夫为妻纲又搬出来了。他是个自私自利而好摹仿的猴子。设若他没上过美国，他一定不会这么样，他至少在人情上带出点中国气来。他上过美国，觉着他为中国当个国民是非常冤屈的事。他可以依着自己的方便，在所谓的美国精神装饰下，作出一切。结婚，大概只有早睡觉的意思。

我没敢和老梅提说这个，怕他耻笑我；说真的，我实在替那个黑衣女抱不平。可是，我不敢对他说；他的想象是往往不易往厚道里走的。

春假了，由老梅那里我听来许多人的消息：有的上山去玩，有的到别处去逛，我听不到博士夫妇的。学校里那么多人，好像没人注意他们俩——按一般的道理说，新夫妇是最使人注意的。

我决定去看看他们。

校园里的垂柳已经绿得很有个样儿了。丁香花可是才吐出颜色来。教员们，有的没去旅行，差不多都在院中种花呢。到了博士的房子左近，他正在院中站着。他还是全份武装地穿着洋服，虽然是在假期里。阳光不易到的地方，还是他的脸的中部。隔着松墙我招呼了他一声：

"没到别处玩玩去，博士？"

"哪里也没有这里好，"他的眼撩了远处一下。"美国人不是讲究旅行么？"我一边说一边往门那里凑。

他没回答我。看着我，他直往后退，显出不欢迎我进去的神气。我老着脸，一劲地前进。他退到屋门，我也离那儿不远了。他笑得极不自然了，牙咬了两下，他说了话：

"她病了，改天再招待你呀。"

"好吧，"我也笑了笑。

"改天来——"他没说完下半截便进去了。

我出了门，校园中的春天似乎忽然逃走了。我非常不痛快。

又过了十几天，我给博士一个信儿，请他夫妇吃饭。我算计着他们大概可以来；他不交朋友，她总不会也愿永远囚在家中吧？

到了日期，博士一个人来了。他的眼边很红，像是刚揉了半天的。脸的中部特别显着洼，头上的筋都跳着。

"怎啦，博士？"我好在没请别人，正好和他谈谈。

"妇人，妇人都是坏的！都不懂事！都该杀的！"

"和太太吵了嘴？"我问。

"结婚是一种牺牲，真哪！你待她天好，她不懂，不懂！"博士的泪落下来了。

“到底怎回事？”

博士抽答了半天，才说出三个字来：“她跑了！”他把脑门放在手掌上，哭起来。

我没想安慰他。说我幸灾乐祸也可以，我确是很高兴，替她高兴。

待了半天，博士抬起头来，没顾得擦泪，看着我说：

“牺牲太大了！叫我，真！怎样再见人呢？！我是哈佛的博士，我是大学的教授！她一点不给我想想！妇人！”

“她为什么走了呢？”我假装皱上眉。

“不晓得。”博士净了下鼻子。“凡是我以为对的，该办的，我都办了。”

“比如说？”

“储金，保险，下课就来家陪她，早睡觉，多了，多了！是我见到的，我都办了；她不了解，她不欣赏！每逢上课去，我必吻一下，还要怎样呢？你说！”

我没的可说，他自己接了下去。他是真憋急了，在学校里他没一个朋友。“妇女是不明白男人的！定婚，结婚，已经花了多少钱，难道她不晓得？结婚必须男女两方面都要牺牲的。我已经牺牲了那么多，她牺牲了什么？到如今，跑了，跑了！”博士立起来，手插在裤袋里，眉毛拧着：“跑了！”

“怎办呢？”我随便问了句。

“没女人我是活不下去的！”他并没看我，眼看着他的领带。“活不了！”

“找她去？”

“当然！她是我的！跑到天边，没我，她是个‘黑’人！她是我的，那个小家庭是我的，她必得老跟着我！”他又坐下了，又用手托住脑门。

“假如她和你离婚呢？”

“凭什么呢？难道她不知道我爱她吗？不知道那些钱都是为她花了吗？就没一点良心吗？离婚？我没有过错！”

“那是真的。”我自己知道这是什么意思。

他抬头看了我一眼，气好像消了些，舐了舐嘴唇，叹了口气：“真哪，我一见她脸上有些发白，第二天就多给她一个鸡子儿吃！我算尽到了心！”他又不言语了，呆呆的看着皮鞋尖。

“你知道她上哪儿了？”

博士摇了摇头。又坐了会儿，他要走。我留他吃饭，他又摇头：“我回去，也许她还回来。我要是她，我一定回来。她大概是要回来的。我回去看看。我永远爱她，不管她待我怎样。”他的泪又要落下来，勉强地笑了笑，抓起帽子就往外走。

这时候，我有点可怜他了。从一种意义上说，他的确是个牺牲者——可是不能怨她。

过了两天，我找他去，他没拒绝我进去。

屋里安设得很简单，除了他原有的那份家具，只添上了两把藤椅，一张长桌，桌上摆着他那几本洋书。这是书房兼客厅；西边有个小门，通到另一间去，挂着个洋花布单帘子。窗上都挡着绿布帘，光线不十分足。地板上铺着一领厚花席子。屋里的气味很像个欧化了的日本家庭，可是没有那些灵巧的小装饰。

我坐在藤椅上，他还坐那把摇椅，脸对着花布帘子。

我们俩当然没有别的可谈。他先说了话：

“我想她会回来，到如今竟自没消息，好狠心！”说着，他忽然一挺身，像是要立起来，可是极失望地又缩下身去。原来这个花布帘被一股风吹得微微一动。

这个人已经有点中了病！我心中很难过了。可是，我一想结婚刚三个多月，她就逃走，想必她是真受不住了；想必她也看出来，这个人是无希望改造的。三个月的监狱生活是满可以使人铤而走险的。况且，夫妇的生活，有时候能使人一天也受不住的——由这种生活而起的厌恶比毒药还厉害。我由博士的气色和早睡的习惯已猜到一点，现在我要由他口中证实了。我和他谈一些严肃的话之后便换换方向，谈些不便给多于两个人听的。他也很喜欢谈这个，虽然更使他伤心。

他把这种事叫“爱”。他很“爱”她。他还有个理论：

“因为我们用脑子，所以我们懂得怎样‘爱’，下等人不懂！”

我心里说，“要不然她怎么会跑了呢！”

他告诉我许多这种经验，可是临完更使他悲伤——没有女人是活不下去的！我去了几次，慢慢地算是明白了他一点：对于女人，他只管“爱”，而结婚与家庭设备的花费是“爱”的代价。这个代价假如轻一点，“博士”会给增补上所欠的分量。“一个美国博士，你晓得，在女人心中是占分量的。”他说，附带着告诉我：“你想要个美的，大学毕业的，年青的，品行端正的女人，先去得个博士，真哪！”

他的气色一天不如一天了。对那个花布帘，他越发注意了；说着说着话，他能忽然立起来，走过去，掀一掀它。而后回来，坐下，不言语好大半天。他的脸比绿窗绿得暗一些。

可是他始终没要找她去，虽然嘴里常这么说。我以为即使他怕花了钱而找不到她，也应当走一走，或至少是请几天假。为什么他不躲几天，而照常的上课，虽然是带着眼泪？后来我才明白：他要大家同情他，因为他的说法是这样：“嫁给任何人，就属于任何人，况且嫁的是博士？从博士怀中逃走，不要脸，没有人味！”他不能亲自追她去。但是他需要她，他要“爱”。他希望她回来，因为他不能白花了那些钱。这个，尊严与“爱”，牺牲与耻辱，使他进退两难，啼笑皆非，一天不定掀多少次那个花布帘。他甚至于后悔没娶个美国女人了，中国女人是不懂事，不懂美国精神的！

木槿花一开，就快放暑假了。毛博士已经几天没有出屋子。据老梅说，博士前几天还上课，可是在课堂上只讲他自己的事，所以学校请他休息几天。

我又去看他，他还穿着洋服在椅子上摇呢，可是脸已不像样儿了，最洼的那一部分已经像陷进去的坑，眼睛不大爱动了，可是他还在那儿坐着。我劝他到医院去，他摇头：“她回来，我就好了；她不回来，我有什么法儿呢？”他很坚决，似乎他的命不是自己的。“再说，”他喘了半天气才说出来：“我已经天天喝牛肉汤；不是我要喝，是为等着她；牺牲，她跑了我还得为她牺牲！”

我实在找不到话说了。这个人几乎是可佩服的了。待了半天，他的眼忽然亮了，抓住椅子扶手，直起胸来，耳朵侧着，“听！她回来了！是她！”他要立起来，可是只弄得椅子前后的摇了几下，他起不来。

外边并没有人。他倒了下去，闭上了眼，还喘着说：“她——也——许——明天来。她是——我——的！”

暑假中，学校给他家里打了电报，来了人，把他接回去。以后，没有人得到过他的信。有的人说，到现在他还在疯人院里呢。

图书在版编目 (CIP) 数据

我这一辈子 : 老舍中短篇小说集 / 老舍著 ; 梦华主编 . -- 北京 : 中国华侨出版社 , 2019.9（2024.3 重印）

ISBN 978-7-5113-7898-9

Ⅰ . ①我… Ⅱ . ①老… ②梦… Ⅲ . ①中篇小说－小说集－中国－现代②短篇小说－小说集－中国－现代 Ⅳ . ① I246.7

中国版本图书馆 CIP 数据核字（2019）第 116514 号

我这一辈子 : 老舍中短篇小说集

著　　者: 老　舍
主　　编: 梦　华
责任编辑: 高文喆
封面设计: 冬　凡
美术编辑: 李丹丹
经　　销: 新华书店
开　　本: 880mm × 1230mm　1/32 开　印张: 8　字数: 220 千字
印　　刷: 三河市华成印务有限公司
版　　次: 2019 年 9 月第 1 版
印　　次: 2024 年 3 月第 10 次印刷
书　　号: ISBN 978-7-5113-7898-9
定　　价: 36.00 元

中国华侨出版社　北京市朝阳区西坝河东里 77 号楼底商 5 号　邮编: 100028
发 行 部:（010）88893001　　　传　　真:（010）62707370
网　　址: www.oveaschin.com　　E-mail: oveaschin@sina.com